HEYNE <

Das Buch

Die Gegenüberstellung auf dem Polizeirevier wird zur erotischen Bestrafung, eine Stunde beim Kampftraining entwickelt sich zu einem Dreier, eine Frau erhält DVDs, die ihrem voyeuristischen Vergnügen dienen sollen, und an einem heißen Sommerabend in Barcelona geht die Protagonistin so weit mit einem Fremden, dass sie selbst überrascht ist. Violet Blue, die sich selbst als die Schokoladentesterin der Erotik bezeichnet, hat aus einer Welt voller endloser Möglichkeiten die besten erotischen Erzählungen ausgewählt und in diesem Band versammelt. Nichts ist so, wie es zunächst scheint, und jede einzelne dieser Geschichten ist eine lustvolle Sensation.

Die Autorin

Violet Blue ist Bloggerin, Technik-Freak, preisgekrönte Bestsellerautorin und Herausgeberin und Reporterin bei der Web-TV-Serie GETV. Sie tritt außerdem als Technikfuturistin und Sexpertin im öffentlichen Fernsehen auf (beispielsweise bei CNN und in der »Tyra Banks Show«). Blue schreibt für den *San Francisco Chronicle* die wöchentliche Sexkolumne »Open Source Sex« und hat einen Podcast gleichen Namens mit bisher über acht Millionen Downloads.

Violet Blue

Scharfe Spiele

Erotische Erzählungen

Aus dem Amerikanischen
von Sara Fehrlein

WILHELM HEYNE VERLAG
MÜNCHEN

Die Originalausgabe BEST WOMEN'S EROTICA 2010
erschien bei Cleis Press, Berkeley, USA

MIX
Papier aus verantwortungsvollen Quellen
FSC® C014496

Verlagsgruppe Random House FSC-DEU-0100
Das für dieses Buch verwendete FSC®-zertifizierte
Papier *Holmen Book Cream* liefert
Holmen Paper, Hallstavik, Schweden.

Vollständige deutsche Erstausgabe 11/2011

Printed in Germany 2011
Umschlaggestaltung: Nele Schütz Design unter Verwendung
eines Fotos von © Shutterstock / Darja Vorontsova
Satz: KompetenzCenter, Mönchengladbach
Druck und Bindung: GGP Media GmbH, Pößneck
ISBN: 978-3-453-54547-2

www.heyne.de

Inhalt

Einleitung

Die Schokoladentesterin

Violet Blue

In den acht Jahren, seit ich erotische Kurzgeschichten herausgebe, hat man meinen Job häufiger mit dem einer Schokoladentesterin verglichen. Das ist zweifellos ein Traumberuf, wenn man eine Schwäche für Süßes hat, und wie die wahr gewordene Lieblingsfantasie, sofern man Schokolade liebt. Man studiert die Kunst der Chocolaterie, redet klug über die Herstellung von Schokolade, die Geschichte des Kakaos (grausam, romantisch und spannend) und kann sich sogar zu ökologischen Höhenflügen versteigen, indem man den Leuten etwas über das »Vergrünen« von Schokolade beibringt (Fair-Trade-Kakao, umweltfreundliche Verarbeitung).

Es klingt wie eine Welt voller süßer, endloser Möglichkeiten, wie ein Job, der keinerlei Ähnlichkeit hat mit den Anstrengungen einer Fünftagewoche als Kellnerin oder Fließbandarbeiterin, die Plastikstühle baut. Für mich ist das Herausgeben von erotischen Geschichten genau solch ein Traum. Meine Freunde hingegen fragen, ob ich es nicht allmählich leid wäre. Nach einer Weile müsste es doch schlicht öde werden. Selbst Schokoladenliebhaber, so vermuten sie, graust es mit der Zeit davor, jeden Krümel gerösteter Köstlichkeit probieren zu müssen, der ihnen unter die Nase gehalten wird, und sie fühlen sich verpflichtet, jeden Trüffel zu kommentieren, ob sie nun in Stimmung sind oder nicht.

Erotische Erzählungen, sorgen sich meine Freunde, werden über kurz oder lang so eintönig, dass sie das Gegenteil von dem bewirken, was man von ihnen erwartet. Typische Fragen an mich lauten, ob ich langsam genug habe von immer noch einer Verführungsszene und ob mir bei der Idee zu noch einer spontanen Nummer in der Öffentlichkeit nicht eher die Lust vergeht. Kurzum: Ob mir das Lesen dieser ganzen erotischen Geschichten nicht das Liebesleben verhagelt oder mich zumindest immun oder, schlimmer noch, abgestumpft macht – desensibilisiert.

Es stimmt, dass ich eine unglaubliche Menge erotische Geschichten lese und gelesen habe. Wie eine gute Schokoladentesterin halte ich mich in meiner Freizeit auf dem Laufenden. Ich lese Erzählbände von anderen Herausgebern und mache mich schlau, was neue wie alte Autorinnen tun. Und ich beobachte die Trends aufmerksam (wie beispielsweise den letzten Schrei: sehr deutliche Liebesromane).

Ich passe auf, wer Sammlungen herausgibt und wie sie von ihren Verlagen behandelt werden. Das ist nämlich nicht unwichtig für mich. So habe ich schon Verträge für E-Books zwischen Anthologie-Autorinnen und Verlegern gelesen, mit denen ich nichts zu tun hatte, nur weil ich wissen wollte, wie fair diese Vereinbarungen waren und ob marktüblich bezahlt wurde (wurde es nicht). Außerdem lese ich erotische Geschichten von Freundinnen und gebe ihnen Tipps, wie sie das Geschriebene so aufpeppen können, dass es in anderen Büchern veröffentlicht wird. Und wenn mir danach ist, lese ich meine Lieblingsgeschichten laut für meinen Podcast, Open Source Sex.

Bei der Arbeit gebe ich mindestens zwei erotische Geschichtensammlungen pro Jahr heraus, von denen jede etwa zwanzig

Erzählungen enthält. Für den angesehenen Bestseller *Best Women's Erotica* lese ich jede Einzelne der über dreihundert eingereichten Geschichten, die mir jährlich für die Anthologie vorgeschlagen werden. Schließlich soll mir keine gute Geschichte durch die Lappen gehen. Und wenn mein Verleger mir sagt, dass ich zu viele erstaunlich heiße Erzählungen für das Buch ausgesucht habe (wie in diesem Jahr), sodass ich ein paar wieder rausnehmen und den Autorinnen eine Absage erteilen muss, kommt es mir vor, als würde ich ein Stück Gold hergeben. Es ist fast schmerzhaft, denn mich treibt ein irrationaler Drang an, die heißesten Geschichten gedruckt sehen zu wollen, weshalb es mir widerstrebt, auch nur ein einziges Juwel aufgeben zu müssen.

Natürlich fragen sich viele, ob das nicht ermüdend wird, und vielleicht denken sie auch, mein Liebesleben würde leiden. Ganz im Gegenteil: Ich bekomme laufend neue Anregungen, kann neue Fantasien mit einem Liebhaber ausprobieren, und oft lese ich die besonders reizvollen Geschichten dem scharfen *Pain au chocolat* vor, das gerade in meinem Bett liegt. Solche Momente sind ein Genuss – ganz zu schweigen von der Wirkung, die sehr bildhaftes Erzählen hat. Sagen wir: Es funktioniert.

Aber ermüdend? Okay, ich gestehe, dass ich schon mehr schlechten Geschichten ausgesetzt war, als auf einen Menschen allein entfallen sollten. Manchmal ist der Schreibstil derart erbärmlich und sind die Szenen so lächerlich, dass nicht bloß keine halbwegs intelligente Frau die Geschichten glauben würde, sondern ich am liebsten das Papier oder den Bildschirm anschreien möchte, »Wir sind hier nicht bei ›Penthouse Letters!‹« Mehrfach war ich nur einen »schwellenden Busen«, ein »pulsierendes Glied« oder einen »lüsternen Liebesmuskel« davon entfernt, den »Alles löschen«-Knopf zu drücken und, mit einer Mistgabel, einem Benzinkanister und einem Flammenwerfer bewehrt, die Harlequin-Zentrale zu stürmen.

Trotzdem bin ich alles andere als desensibilisiert. Wenn überhaupt, dürfte ich eher hypersensibel für das Beste sein, was die erotische Literatur zu bieten hat. Ich erkenne es schon an den ersten beiden Absätzen. Entsprechend verstehe ich den Schokoladentester, der gar nicht genug reinen Kakao bekommen kann, oder den Sommelier, der jedes Wochenende mit Verkostungen für seinen privaten Weinkeller verbringt.

Wenn man weiß, wie etwas schmecken soll, oder, in meinem Fall, welchen Bogen eine Geschichte nehmen müsste, und dann von einer besonders raffinierten Note (oder einem unerwarteten Moment) überrascht wird, fühlt es sich an, als würde man zum allerersten Mal eine neue Geschmacksnote kosten. Das geschieht bei der besten Schokolade; da ist plötzlich eine Nuance von Rauch, ein Hauch von Zitrus oder eine blumige Andeutung, durch die sie zu einem vollkommen neuen Erlebnis wird. Am Ende ist sie nicht mehr, was sie anfangs schien, sondern weit mehr.

Die Geschichten in dem diesjährigen Sammelband zeigen den Leserinnen, was ich meine. Keine einzige von ihnen ist, was sie zunächst scheint, und jede enthält eine Überraschungsnote, die das Leseerlebnis auf den Kopf stellt, während sie uns mit den Hauptfiguren in ein prickelndes Sexabenteuer entführt und zugleich herrlich in Stimmung bringt. Mit anderen Worten: Jede der Geschichten in dieser Sammlung zeigt den Leserinnen, warum ich meinen Job liebe, denn allesamt sind sie besser als Schokolade, und jede ist eine erotische Überraschung.

In »Der Schuhputzer an der Liverpool Street Station« von Scarlett French gerät das erste Mal, dass sich eine junge Frau die Stiefel putzen lässt, zu einem öffentlichen Sexspiel mit einem besonderen Kniff, denn die sexuelle Spannung und der Höhepunkt sind so verhalten, dass es niemand sonst in der Menge mitbekommt. Louisa Hartes »Der Hauptverdächtige« beschert uns eine wundervolle Wendung. Eine Polizistin verkehrt eine Gegenüberstellungsübung in eine erotische Bestrafung (mit viel Kitzel), indem sie sich ihren unverschämten Kollegen vornimmt, was für beide sehr angenehm wird.

K. D. Graces »Alles fürs Gemüse« ist eine spannende und verspielte Geschichte von einer Frau und Gemüse, was zunächst stereotyp anmuten mag, nur dass es sich hier nicht um eine gewöhnliche Frau handelt und der Garten nicht ihrer ist. Die Erzählung gipfelt in Gemüseausschweifungen, Diebstahl und dem Kribbel, ertappt zu werden, was eine höchst untypische erotische Strafe nach sich zieht. Fantasien werden wahr in Loz McKeens »Besser als jede Fantasie«, als sich ein normaler Tag beim Kampftraining zu einem aufregenden Dreier entwickelt, bei dem der Lehrer einem Schüler eine Lektion erteilt, die der nie vergisst, und wir erleben eine bisexuelle Begegnung von zwei Männern und einer Frau, die wir auch nicht so bald vergessen werden.

Faszinierend schildert Angela Capertons »Timbre« in ihrer auf einer wahren Begebenheit beruhenden Geschichte, wie eine junge Frau, die freiberuflich transkribiert, den Auftrag für eine ziemlich harte BDSM-Szene erhält, die sie in Worte fassen soll; während sie die Laute, die Gespräche und all die Geräusche im Zimmer niederschreibt, stellt sie fest, dass der männliche Dom sie nicht bloß erregt, sondern sie mit jedem rätselhaften Umschlag, den sie erhält, tiefer in das Geschehen zieht. Unverschämt, heiß und hinterhältig sind die besten Worte, um sich auf Carrie Cannons »Eingeschnürt« vorzubereiten. Hier verbringen wir einen Moment in einem Dessous-

Geschäft, in dem die Verkäuferinnen gelegentlich für Kunden »modeln« und die Umkleide zum Rahmen eines Stelldicheins zwischen einem Model und einem Kunden wird, woraus eine unerwartete, Dessous-geladene Wendung entsteht.

Noch mehr rätselhafte Umschläge und mehr sexuelle Überraschungen erwarten uns in Heidi Champas »Amy«, in dem eine junge Frau DVDs erhält, die eindeutig ihrem voyeuristischen Vergnügen dienen sollen: In jedem der Filme unterwirft sich eine andere Frau den groben Wünschen und Strafen an exakt der Stelle, an der unsere Erzählerin einst für die Kamera (und den Mann) posierte. In Hollywood angesiedelt ist Alison Tylers meisterliche Erzählung »Zum Teufel damit« von einer zierlichen jungen Frau und einem hünenhaften Mann, deren langjährige Freundschaft in eine Glaubenskrise führt. Hier wird der Konflikt eines zweifelnden Katholiken zu jener Art von Sex auf dem Papier, bei der wir innerlich erbeben und entflammen.

Jeder, der schon mal in einem Zimmer geschlafen hat, in dem die Nachbarn nur eine Pappschicht entfernt zu sein scheinen, wird die Bilder mögen, die uns Aimee Herman mit »Pappwände« präsentiert. Eine junge Frau lauscht und stöhnt während der Masturbationen ihres Nachbarn, was ihr am Ende eine Überraschung beschert. Sich auf das Unerwartete einzulassen, ist auch Aimee Pearls Thema in ihrer recht rauen, aber süßen Geschichte »Bodenhaftung«. Sie beschreibt uns eine anscheinend endlose Reihe von fetischgeladenen Sexbegegnungen, angefangen auf San Franciscos Folsom Street Fair, bei denen sich Lesben, Vollweiber, Holz und jede Menge Gummi aneinanderreiben (nicht zu vergessen das Silikon in jeder Körperöffnung unserer unterwürfigen Protagonistin).

Mit dem Unerwarteten rechnen darf man unbedingt bei Kristina Lloyds Erzählung »Auf den Knien in Barcelona«, in der sich ein verschwitzter Sommerabend in einer Barceloner Bar zu einem bezahlten, schlüpfrigen Oralerlebnis wandelt und die Heldin selbst überrascht ist, wie weit sie mit einem Fremden geht – und bereitwillig für ihr Risiko (und ihr Vergnügen) zahlt. Und falls die Leserin glaubt, sie könnte die Geschehnisse in Amie M. Evans' »Weiberheld« vorausahnen, irrt sie. Hier haben wir einen heterosexuellen Mann, der eine lesbische Frau mit einem Faible für Transsexuelle mag, sich als Drag-King verkleidet und sich in eine sehr weibliche Lesbe verguckt, die ihn für biologisch weiblich hält. Herauskommen jede Menge sexuelle Enttäuschungen sowie heiße Oralsexszenen zwischen einem Mann und einem Transsexuellen, wie sie sich niemand von uns hätte vorstellen können.

Wenn man gerade denkt, die Überraschungen könnten nicht auf- oder erregender werden, bietet uns Anastasia Mavromatis' »Entblößt« eine komplizierte Geschichte über Geschlechterrollen, die entlarvt werden, als sich eine junge Frau aus einer orthodoxen griechischen Familie mit drei männlichen Mitbewohnern wiederfindet. Und als wäre das noch nicht Tabubruch genug, entblößen sich die WG-Mitglieder emotional voreinander, was zu eindrucksvollem Sex mit wechselnden Partnern führt, bei dem weit mehr als Kleidung abgelegt und jede Enthüllung genüsslich ausgekostet wird. Lily Harlems »Stallmanieren« ist eine sehr verdichtete Erzählung über heimlichen Sex, der rasch und still inmitten des Chaos einer Reitstunde stattfindet.

Reitzubehör ist es nicht, was in Kay Jaybees »Passendes Gerät« für Überraschungen sorgt. Vielmehr ist es die Ausstattung eines sehr großen, tätowierten Machos, der sich darauf freut, seine unterwürfige Partnerin zu fesseln, stattdessen aber erfährt, wie befriedigend der liebevoll erzwungene Blick von unten aus sein kann. An die äußersten Grenzen des Unvorhersehbaren bringt uns die erfahrene Autorin Sommer Marsden, nach deren Geschichte mir tagelang duselig war. »Stillleben« ist heiß, unverblümt, erregend und auf jede Weise verdorben, wie ich es mir bei einer guten Geschichte wünsche. Doch wie sich unsere Erzählerin per Gedanken zum Orgasmus bringt und ihren sehr ungewöhnlichen Fetisch letztlich auslebt, dürfte die Leserinnen nicht minder schwindlig machen als mich.

Dann wären da noch die Geschichten, die uns ein klein wenig überfahren, gleichzeitig aber den Wunsch wecken, sie SOFORT auszuprobieren. Rachel Kramer Bussels fantastische Erzählung »Secret Service« ist eine perfekte Mischung aus »Küchengeheimnisse« und *Best Women's Erotica*: Kulinarische Kunst begegnet Oralsex für Damen und noch ein bisschen mehr, als die Betreiberin eines sehr ausgefallenen New Yorker Restaurants einige Kostproben nehmen möchte. Und schließlich bringt uns die letzte Erzählung des Buches wieder ein wenig näher an die Realität. Emeralds »Schichtwechsel« sorgt dafür, dass ein Besuch bei einer Apple-Genius-Bar nie wieder wie früher sein kann. Und die Wartezeiten werden ein klein wenig erträglicher, wenn uns künftig beim »Ziehen Sie eine Nummer« für eine Minute mit einem der Computergenies diese Geschichte wieder einfallen wird.

Ich hoffe, die Leserinnen finden die diesjährige Sammlung ebenso erregend, unterhaltsam und wahrhaft überraschend wie ich sie fand – und wie meine Liebhaber sie gewiss auch finden, wenn ich ihnen jede einzelne Geschichte vorlese.

Der Schuhputzer an der Liverpool Street Station

Scarlett French

Auf dem Weg durch die Liverpool Street Station von meinem Nahverkehrszug hinunter zur U-Bahn blickte ich in einen großen Spiegel, der in einem Schaufenster stand. Ja, dachte ich, es war klug gewesen, für heute »lässig-elegant« zu wählen. Das Meeting war zwar wichtig, aber ein Kostüm wäre übertrieben gewesen. Die enge schwarze Bluse, die Vintage-Perlen und der grüne, leicht ausgestellte Samtrock waren genau richtig. Und dank der butterweichen schwarzen Stiefel, die knapp übers Knie reichten, konnte ich auf eine scheußliche, unbequeme Feinstrumpfhose verzichten. Lächelnd ging ich weiter und fühlte mich ziemlich optimistisch, dass der heutige Tag gut verlaufen würde. Ich war sehr zeitig losgefahren, sodass ich ohne Hektik ankam und noch ein paar Minuten hatte, vor der Sitzung meine Gedanken zu sortieren.

Also beschloss ich, mir einen Becher Latte zu holen, ehe ich mich in die Menge stürzte und mich mit ihr hinab zur alten Londoner U-Bahn treiben ließ. Ich schwenkte zur Seite aus, um mir einen Kaffee zu kaufen. Als ich auf die Filiale meiner bevorzugten Kette zuging, nun, wohl eher ein Verkaufswagen, kam ich an einem Schuhputzer vorbei, der seinen Platz neben einer breiten Steinsäule aufgebaut hatte. Vornübergebeugt polierte er die Schuhe eines Bankers. Der Banker las mit aufgestützten Armen in einer Zeitung. Während der Schuhputzer emsig an seinen Schuhen werkelte, blätterte sein Kunde ein bisschen steif die Zeitung um. Anscheinend war es ihm unangenehm, dass ein Mann sich zu seinen Füßen abarbeitete, so wie manche Menschen Schuldgefühle haben, weil sie eine Putzfrau beschäftigen. Die Zeitung konnte als eine Art Schutzwall zwischen den beiden fungieren. »Passen Sie doch auf, wo Sie hingehen!«, sagte eine verärgerte Frau, die mir auswich und auf die U-Bahn-Treppe zulief. Sie war weg, bevor ich mich entschuldigen konnte.

Während ich auf meinen Latte wartete, fragte ich mich, wie es wäre, mir die Stiefel putzen zu lassen. Meine einzigen Berührungspunkte mit Schuhputzern beschränkten sich auf Dickens-Romane, in denen schwindsüchtige Kinder die Schuhe Adliger putzten und von einem besseren Leben träumten; Jungen, die für ihre Familien sorgen mussten, nachdem ihr Dad entweder von einer Krankheit oder vom Alkohol dahingerafft war. Inzwischen standen sie offenbar ganz anders da. Die Schuhputzer von heute waren junge Kleinunternehmer, die ihr eigenes Geschäft betrieben. Angesichts der Preistafel neben dem Stand überschlug ich, dass dieser Typ an einem Vormittag mehr verdienen könnte als ich an einem ganzen Tag. Dennoch haftete dem Thema Füße und Unterwerfung etwas Merkwürdiges an, zu dem mir gleich diverse Beispiele einfielen, angefangen mit Jesus, der seinen Jüngern die Füße wusch.

Als ich wieder an dem Schuhputzer vorbeikam und an meinem Latte nippte, blieb ich stehen. Er saß auf seinem Hocker, wartete auf den nächsten Kunden und blickte zu mir auf. Der Mann war ganz und gar nicht mein Typ: blond mit viereckigem Kinn und das Gesicht vernarbt von Pubertätsakne. Und doch brachte er mich dazu, scheu den Blick abzuwenden. Ich sah auf meine Füße und stellte fest, dass die Stiefel an den Rändern ein bisschen schmutzig waren. Dafür dass sie mein

Lieblingsschuhwerk waren – auf eine beinahe schon fetischähnliche Art –, pflegte ich sie denkbar schlecht.

»Kann ich etwas für Sie tun?«, fragte er in einem harten, osteuropäischen Akzent.

Ich sah auf und antwortete: »Oh, äh, ich habe ein Vorstellungsgespräch, also, jedenfalls so was Ähnliches wie ein Bewerbungsgespräch. Und da dachte ich, ich lasse mir vielleicht die Stiefel putzen. Wie viel nehmen Sie für solche Stiefel?«

»Nun, ja, die sind größer als andere Stiefel, und die kosten fünf Pfund. Aber sagen wir einfach fünf.«

Da er mir einen Sonderpreis anbot, konnte ich schlecht einfach weggehen. Zudem hatte ich massenhaft Zeit.

»Ja, gut, prima. Ich habe mir noch nie die Schuhe putzen lassen, also müssen Sie mir sagen, was ich machen soll.«

»Sie setzen sich hin.«

Ich setzte mich auf den Holzklappstuhl an der Säule, und er drehte sich auf seinem Hocker zu mir, wobei er die Beine spreizte. »Stellen Sie Ihren Fuß hierher.« Er wies auf die gummierte Fußstütze, die im 45-Grad-Winkel aus seinem Hocker ragte. Ich stellte meinen Fuß darauf und wurde ein wenig verlegen – nein, nicht richtig verlegen, sondern eher nervös, denn jetzt war sein Schritt nur wenige Zentimeter von meiner Stiefelspitze entfernt.

Als Erstes nebelte er die Spitze und die Ränder, wo das Leder in die Sohle überging, mit einer Sprühflasche ein und rieb mit einem Lappen hin und her. Offenbar wischte er den Schmutz weg. Ich hatte das Gefühl, dass ich etwas sagen müsste.

»Sind Sie Pole?«, fragte ich.

»Nein. Sie?«

»Oh, nein, ich komme aus Neuseeland.« Diese Stadt ist derart bunt bevölkert, dass bisweilen niemand mehr sicher ist, wer woher kommt.

»Ich bin aus Estland«, sagte er, nahm eine geschwärzte Zahnbürste mit sehr runtergeschrubbten Borsten auf, tunkte sie in Schuhcreme und bürstete über die Stiefelspitze und die Ränder, die er eben mit Wasser gereinigt hatte.

»Von Tallin«, fuhr er fort. »Ist die Hauptstadt von Estland. Sie waren da?« Bei jedem Bürstenstrich spürte ich ein Kitzeln auf meinem Spann und den Zehen. Unwillkürlich musste ich lächeln, unterdrückte es aber umgehend. Zu meinem Verdruss schaute er in dem Moment zu mir auf, und mir schien, er hatte es gesehen, auch wenn er sich nichts anmerken ließ.

»Nein, da war ich noch nicht. Aber ich war schon in Osteuropa, in Budapest einmal und in Prag. Wie ist Tallin so?«

Er legte die Zahnbürste ab, nahm eine breitere Bürste und trug Politur auf.

»Es ist sehr schön«, sagte er, während er seine Bürste in kurzen, kräftigen Strichen über meinen Stiefel bewegte. Etwas geschah mit meinem Fuß, meinem Bein und darüber hinaus, so dass ich die Augen schloss. Ja, dachte ich, das ist bestimmt sehr schön.

»In Tallin gibt es große Strände, und es ist sehr malerisch. Für mich ist es im Sommer der schönste Platz der Welt.«

Die Bürste bewegte sich mit den kleinen, festen Strichen mein Bein hinauf, und löste überall dieses Kribbeln aus. Als er sich meinem Knie näherte, knautschte sich das Leder bei den Abwärtsstrichen ein bisschen, und plötzlich fühlte ich seine Hand auf meinem Knie. Ich riss die Augen auf und blickte auf seine Hand, die mein Knie umfasste, um den oberen Stiefelrand zu halten.

»Ist das okay?«, fragte er. »Ich muss den Stiefel festhalten.«

»Ja, ja, natürlich, schon gut«, sagte ich und bemerkte, dass ich etwas atemlos klang. Seine Hand lag warm auf meinem Bein, und ich spürte seine Kraft in dem Druck, den er ausübte. Er variierte die Striche, als er meinen Stiefel ganz hinauf, um mein Knie herum und wieder nach unten bürstete, sodass sie etwas Sinnliches bekamen. Mich erinnerte es daran, wie Liebhaber meine Nippel geleckt haben – lange, feste Reibebewegungen mit der Zunge bis zur Spitze und zurück. Ja, genau das tat er nun mit seiner Bürste.

Als ich wieder nach unten sah, bemerkte ich eine Wölbung in seiner Jeans, über der sich die Nähte spannten – keine zwei Zentimeter von meinem Zeh. Unsere Blicke begegneten sich, und er sagte nichts, aber er wandte die Augen auch nicht ab. Langsam rückte ich meinen Fuß nach vorn, wobei ich ihn weiter ansah. Ein Teil der Stiefelspitze berührte ihn, und ich drückte nur ganz wenig gegen den gespannten Jeansstoff. Er verzog keine Miene, auch wenn er merklich erschauderte. Rasch blickte ich mich um, ob irgendjemand mitbekam, was hier vor sich ging, aber da war nur eine Wand aus Pendlern, die hin- und hereilten, die Gesichter verbissen und Zeitungen unter die Arme geklemmt, um sich die lange Fahrt zu verkürzen. Schon komisch, wie man inmitten solcher Menschenmassen doch eine gewisse Privatsphäre genießen konnte.

Ich wandte mich wieder dem Schuhputzer zu, der mich ansah und nach seinem Putzlappen griff. Als wollte er jeden Verdacht, ich könnte mich geirrt haben, ausräumen, beugte er sich vor, setzte sein Poliertuch an meiner Wade an und presste seinen Schritt gegen meine Stiefelspitze. Dann rieb er kräftig drauflos, hinten meinen Stiefel hinauf und hinab, dann vorn von unten nach oben. Währenddessen stieß mein Zeh immer wieder gegen seine zunehmend harte Wölbung. Ich schloss abermals meine Augen und stellte mir vor, er würde mit seinem Lappen weiter und weiter reiben, meinen Stiefel hinauf, zwischen meine Schenkel … vor und zurück. Dass das rein logistisch ausgeschlossen war, machte nichts, denn in der Fantasie brauchte man sich nicht damit abzuplagen, die Beine in die richtige Position zu bringen, oder sich zu fragen, ob man eigentlich einen solch gigantischen Schwanz …

»Okay, dieser Stiefel ist fertig«, weckte mich der Schuhputzer aus meinem Tagtraum. Ich öffnete die Augen und schmunzelte. Wieder blieb seine Miene gänzlich unbewegt. Sein ernster Gesichtsausdruck bewirkte, dass sich meine Scheide lustvoll zusammenzog. »Jetzt nehme ich den anderen«, sagte er. Ich hob das Bein vom Fußbrett; der Stiefel war so blitzblank, ich schwöre, dass ich mich darin spiegeln könnte! Als ich den anderen Fuß auf das Brett stellte, stupste ich absichtlich gegen diese Beule in seiner Jeans, und zu meinem Entzücken erbebte der Mann wieder.

Der Schuhputzer hatte eine Hand an meiner Wade, als er den Stiefel mit Wasser einsprühte, wobei ihm ein Tropfen aus dem Sprühaufsatz auf die Finger fiel. Er rieb in einer Weise mit dem Daumen über seinen Zeige- und Mittelfinger, dass ich mich innerlich wand. Ich malte mir aus, wie diese Finger in mich eintauchten und mich streichelten, bevor er sie wieder herauszog, glänzend von meinem Saft, und sie an seinen Mund führte. Ich sah ihn vor mir, wie er an ihnen sog, um mich zu kosten. Feucht und offen vor Verlangen, fielen meine Beine von selbst ein bisschen auseinander.

Er sah weiter zu mir auf, als er mit dem Putzlappen über den Wassernebel rieb, dann die Schuhcreme entlang der Sohlenränder mit der Zahnbürste auftrug und schließlich anfing, mit der breiteren Bürste von unten nach oben zu arbeiten. Jeder lange Bürstenstrich wurde zu einem Fantasiebild von seinem Schwanz – dick und unbeschnitten, vermutete ich –, der in mich hineinstieß und mich ausfüllte. Und mit jedem Rückwärtsstrich fühlte ich, wie sein Schwanz aus mir glitt, bis nur noch die Spitze drinnen war. Dann, als ich kurz davor war, unglücklich zu wimmern, schob er die Bürste wieder auf dem Stiefel nach oben, und irgendwie trieb er gleichzeitig diesen heißen, dicken Schwanz tief in mich hinein. Ein Seufzer entfuhr mir. Sein Mundwinkel bog sich nach oben. War das endlich ein Lächeln oder eher ein Zeichen von Triumph?

Über mich gebeugt, bürstete er kräftig weiter, bis ich ein leises Knurren hörte. Das ganze Drücken gegen die Wölbung in seiner Jeans ... war er gekommen? Hatte er einen kleinen, heimlichen Orgasmus gehabt? Ich jedenfalls war unmittelbar vor einem, und ich musste unbedingt kommen. Mir gingen die absurdesten Dinge durch den Kopf: Vielleicht war ein Hotel in der Nähe; vielleicht ein Lagerraum; sicher gab es auf dem Bahnhof Toiletten für Behinderte, die genug Platz für zwei boten? Aber ich hatte die Toiletten hier schon benutzt und wusste, dass die Behindertenkabinen in den Herren- und Damentoiletten waren, an deren Eingängen Klowärter saßen. In dem Moment war mir herzlich egal, ob man mich verhaften würde, denn ich wollte nur, dass er mich auf der Stelle vögelte. Mit seinen Fingern, seinem Schwanz, wie auch immer. Ich blickte mich um. Nein, hier konnten wir es auf keinen Fall unbemerkt tun.

In Fahrt gebracht zu werden, ohne es abzuschließen, war nichts für mich; es funktionierte einfach nicht bei mir. Statt wahnsinnig scharf wurde ich bestenfalls sauer oder gelangweilt. Und das hier war ein Necken, ob mit Absicht oder nicht. Doch noch während ich spürte, wie sein Gebürste nach dem Übereifer eben verhaltener wurde, stellte ich fest, dass ich in meiner verzweifelten Gier nach einem Orgasmus das Wesentliche übersah: Ein Erlebnis wie dieses hatte ich nicht erwartet, als ich morgens das Haus verließ. Womöglich hielt dieser Tag eine Menge mehr für mich bereit, wenn ich es nur geschehen ließ. Ich beschloss, es zu lassen, lehnte mich auf dem Stuhl zurück und versuchte, mich ganz auf das zu konzentrieren, was passierte. Hier, in diesem Moment. Selbst wenn meine Muschi brannte und ich unbedingt kommen wollte.

Er hörte auf zu bürsten, wischte sich die Stirn und lächelte erneut. »Nun zum letzten Schritt«, sagte er und nahm seinen Lappen auf. Ich schloss die Augen, während er sich mit seinem Poliertuch ans Werk machte. Aufmerksam spürte ich dem Reiben nach, unter dem sich das Leder auf meinem nackten Bein auf und ab bewegte. Die Vibrationen strömten mein Bein hinauf und sammelten sich in meiner Scheide. Dort wurden sie zu einem elektrisierten Teich, winzig, aber voller Wellen.

Als das Streichen schneller wurde, gab ich mich dem Pfeifen des Tuchs hin, dem Geruch nach Schuhcreme und dem Geräusch seines beschleunigten Atems, im Takt mit seinen Reibebewegungen. Mein ganzer Leib glühte, so intensiv war es. Meine Sinne öffneten sich dem Geschehen, bis er langsamer wurde und schließlich ganz aufhörte. Zaghaft öffnete ich die Augen wieder. Zunächst blendeten mich die grellen Lichter, doch meine Pupillen stellten sich rasch auf die Helligkeit ein. Der Schuhputzer grinste.

»Ich glaube, Sie sind zufrieden, ja?«, sagte er leise.

»Ja«, antwortete ich nachdenklich. »Ich war nicht sicher, was ich erwarten sollte, aber wenn Schuhputzen immer so ist, wundert mich nicht, dass Sie gut zu tun haben.« Mir war klar, dass meine Augen blitzten, als ich es sagte.

»Nun, manche Schuhe brauchen mehr Behandlung als andere«, sagte er. Wie charmant, dachte ich. Meine Stiefel waren ja wohl nicht so dreckig gewesen!

Ihm den Fünfer zu reichen, kam mir ein bisschen seltsam vor, als hätte ich gerade für Sex bezahlt. Aber er strahlte mich breit an. »Ich hoffe, ich darf Ihnen mal wieder die Stiefel putzen.«

Ich nahm meine Tasche und den inzwischen lauwarmen Latte. »Ganz bestimmt«, sagte ich lächelnd. Im Fortgehen verwandelte sich mein Lächeln in ein hochzufriedenes Grinsen.

Ich bebte vor sexueller Energie, brannte nach wie vor. Als ich mich unter die Leute mengte, die durch die Bahngänge eilten, überlegte ich, zu einer Toilette zu gehen und es zu beenden. Ich könnte meine Finger – vier Finger – in mich hineinstecken und mir vorstellen, er würde mich an die Toilettentür drücken und diesen Schwanz, den ich mir ausgemalt hatte, vollständig in mir versenken, fest in mich hineinstoßen, während er mich hinten im Nacken hielt. Ich würde sein Stöhnen hören, seinen abgehackten Atem an meinem Ohr fühlen. Unnachgiebig würde er mich bumsen, bis ich bei dem kehlig unterdrückten Laut, mit dem er kam, selbst den Orgasmus erreichte. Dann würde ich zitternd in die Knie sinken.

Doch stattdessen bog ich in den U-Bahneingang, wobei meine Schritte durch die unverbrauchte Energie kraftvoller und entschlossener wurden. Im Nachhinein dachte ich mir, dass der Schuhputzer wahrscheinlich nicht gekommen war, dass höchstens ein bisschen Erregungsflüssigkeit ausgetreten war und direkt in seiner Unterhose versickerte. Und bei dem Gedanken an diesen Geruch erbebte ich gleich wieder. Wie auch immer, es tat nichts zur Sache.

Ich ergatterte einen freien Platz in der vollen U-Bahn, machte die Augen zu und konzentrierte mich auf meinen Körper. Die aufgestaute Energie in mir, die mich von innen heraus erleuchtete, war noch deutlich zu spüren. Sie durchströmte mich allerdings nicht mit diesem ungeduldigen Kribbeln, brachte mich nicht dazu, mich rastlos zu winden. Nein, sie leuchtete schlicht. Ruhe legte sich über mich, ähnlich der

Stille im Zentrum eines Sturms. Vielleicht war es das, was Tantra-Leute erlebten. Falls ja, konnte ich deren Begeisterung sofort verstehen.

Ich kam pünktlich und wunderbar klar im Kopf zu dem Meeting. Und als ich zu Beginn des Gesprächs meine Beine überkreuzte, blitzten meine Stiefel im Lampenschein. Was für eine schöne Erinnerung an meine morgendlichen Vorbereitungen.

Der Hauptverdächtige

Louisa Harte

Ich sitze hinter dem venezianischen Spiegel und tippe mit dem Fuß auf das Linoleum. Es ist Freitagnachmittag und ziemlich still auf dem Revier. Ein paar Leute sind weg, eine Anzeige aufnehmen, während die anderen alles für die Party nach Dienstschluss vorbereiten. Ich freue mich auf die Gelegenheit, ein bisschen mit den neuen Kollegen zu plaudern und sie besser kennenzulernen.

Gedankenversunken streiche ich über meine Uniform. Es fällt mir immer noch schwer, das alles zu begreifen. »Officer Jess Roberts«, murmele ich vor mich hin und genieße es, wie das klingt, so amtlich und mächtig.

Die Tür geht auf, und Carla, meine Vorgesetzte, kommt herein. Sie lächelt mich an. »Alles klar?«

»Ja, sicher.« Ich klappe meinen Notizblock auf und nehme einen Stift.

Carla stellt ihren Kaffeebecher ab und zieht sich einen Stuhl heran, um sich neben mich zu setzen. Sie ist wirklich nett, hat mich überall herumgeführt und mir einen ersten Eindruck vermittelt. Heute zeigt sie mir, wie eine normale Gegenüberstellung abläuft. Keine offizielle natürlich, lediglich eine Übung.

»Okay, normalerweise trommeln wir ein paar Leute zusammen, die dem Verdächtigen ähnlich sehen«, erklärt Carla. »Aber weil wir heute etwas knapp besetzt sind, habe ich einfach jeden geschnappt, der da war, um dir ein ungefähres Gefühl für die Sache zu geben.«

Ich nicke. Bis hierhin bin ich mitgekommen.

»Wir benutzen eine Gegensprechanlage«, fährt Carla fort und weist auf das Mikro auf dem Tisch vor uns. »Wenn wir mit jemandem reden müssen, kippen wir diesen Hebel, der den Ton ein- und ausschaltet.«

Ich nicke und mache mir Notizen.

»Und das hier ist die Türverriegelung für den Raum«, sagt sie und zeigt auf einen Knopf.

»Okay.« Wieder notiere ich.

Carla nippt an ihrem Kaffee. »Gut, wenn du so weit bist, holen wir die Jungs rein.« Sie drückt den Knopf zum Entriegeln. Nebenan geht die Tür auf, und ein Trupp von sechs Männern kommt herein, die Schilder mit den Nummern eins bis sechs vor sich haltend.

Ich sehe mir die Gesichter an, während sie sich in einer Reihe zu uns gewandt aufstellen. Die meisten von ihnen erkenne ich nicht, aber ich arbeite ja auch erst seit wenigen Wochen hier, und das Revier ist riesig. Dann aber bleibt mein Blick bei Nummer sechs hängen. Ich sehe genauer hin. Dieses dichte dunkle Haar und die hypnotischen braunen Augen kommen mir bekannt vor. Ja, natürlich, das ist der Kerl, der dauernd anzügliche Bemerkungen über meine Körbchengröße macht oder wie niedlich mein Hintern in der Uniform aussieht. Was nicht so schlimm wäre, würde mir *einmal* eine witzige Erwiderung einfallen, aber mein Hals scheint jedes Mal komplett auszutrocknen, bevor ich antworten kann.

Nur mit einem halben Ohr höre ich Carla zu, die mir weiter alles erklärt, während meine Gedanken auf Matt konzentriert sind. Erst gestern hatte ich gehört, wie er zu einem Kollegen sagte, ich wäre ganz schön verkrampft und müsste wohl

»dringend mal flachgelegt« werden. Ich hätte ihm eine klatschen sollen oder ihn zumindest melden. Doch das Komische ist, dass mich seine Kommentare erregen. Nicht dass ich es jemals zugeben würde, aber er ist wirklich scharf. Wahrscheinlich werfen sich ihm die Frauen reihenweise an den Hals. Da muss ich mich nicht auch noch unter die Horde mischen.

Ich sehe mir sein überhebliches Gesicht durch den Spiegel an und überlege. Ja, ich hätte ihm doch eine knallen müssen.

Verärgert konzentriere ich mich wieder auf die Arbeit. Carla bittet jeden der Männer, vorzutreten und sich zur Seite zu drehen. Fasziniert beobachte ich ihre Mienen. Obwohl sie wissen, dass es nur eine Übung ist, werden sie sichtlich nervös, weil wir sie sehen, sie uns aber nicht. Sie scharren mit den Füßen und wirken total schuldig. Selbst Matt scheint sich unwohl in seiner Haut zu fühlen. Ich grinse zufrieden. Was für eine angenehme Überraschung, ihn so zu erleben.

Carlas Stimme unterbricht meine Gedanken. »Na, wie sieht's aus? Hast du alles mitgekriegt?«

»Ja, super«, antworte ich lächelnd. Später kann ich mir immer noch mein Handbuch nehmen und nachlesen, was ich verpasst habe.

Carla sieht auf ihre Uhr. »Oh, verflucht! So spät schon? Tut mir leid, Jess, ich muss zu meinem Meeting flitzen.« Sie schnappt sich ihren Kaffee. »Kannst du die Jungs für mich rausschicken?«

»Klar, mach ich.«

»Danke.« Carla eilt zur Tür. »Dann bist du jetzt der Boss«, sagt sie, als sie schon halb draußen ist.

Der Boss.

Das Wort schwirrt mir durch den Kopf. Ich lege meinen Notizblock weg und betrachte Matt genauer. Er sieht eindeutig unruhig aus. Sicher will er hier raus und sich für die Party umziehen oder sich noch ein paar blöde Anmachsprüche für die Kolleginnen ausdenken.

Da muss er wohl warten, denn ich habe andere Pläne.

Ich beuge mich übers Mikro, das noch angeschaltet ist. Sehr gut. »Nummer eins«, sage ich.

Nummer eins hebt den Kopf und hat sichtlich Mühe, meine Stimme zuzuordnen.

»Nummer eins, Sie können gehen.«

Er nickt den anderen zu und verlässt den Raum.

»Nummer zwei, Sie können auch gehen.« Einen nach dem anderen schicke ich aus dem Raum, bis nur noch Matt zurückbleibt. Ohne auf meine Ansage zu warten, legt er sein Schild ab und schlendert zur Tür.

Ich packe das Mikro. »Nummer sechs!«

Matt zuckt zusammen, weil ich etwas zu laut war, dreht sich zum Spiegel und kneift die Augen ein wenig zusammen, als wollte er versuchen, hindurchzusehen. Zum Glück klingt meine Stimme über die Gegensprechanlage anders, irgendwie kräftiger. Vor allem aber wird sie leicht verzerrt, was das Ganze quasi anonym macht.

»Nummer sechs, gehen Sie zurück auf Ihren Platz«, fahre ich mit bemüht fester Stimme fort.

Matt schiebt seine Hände in die Hosentaschen, runzelt die Stirn und kehrt an seinen Platz zurück. Gewiss macht ihn das nicht froh, aber in diesem Moment gehört er mir. Und ich habe vor, ihn so lange in dem Nebenzimmer festzuhalten, bis er ins Schwitzen kommt.

Ich lehne mich auf meinem Stuhl zurück und mustere ihn. Bisher hatte ich noch nie Gelegenheit gehabt, ihn richtig anzusehen. Wenn wir uns im Büro begegnen, kommt es mir immer beunruhigend vor, seinen Blick zu erwidern. Aber hier, hinter dem sicheren venezianischen Spiegel, darf ich mir alles in Ruhe angucken: den Bogen seines Kinns, die Rundungen seines sinnlichen Munds, den fabelhaften Körper.

Matt rückt erneut auf die Tür zu.

»Wir sind noch nicht fertig, Nummer sechs«, blaffe ich ihn an.

»Nummer sechs, Nummer sechs«, raunt er. »Ich heiße Matt, verdammt.«

»Solange Sie in diesem Raum sind, sind Sie Nummer sechs«, entgegne ich, wobei mich selbst erstaunt, wie autoritär ich klinge. Erst recht verblüfft mich, dass Matt tatsächlich den Kopf senkt und mit seinem Schuh scharrt wie ein gescholtenes Kind. Dann sieht er blinzelnd hinauf zur Decke. »Unter dem grellen Licht wird's hier reichlich heiß«, beschwert er sich.

»Dann ziehen Sie Ihre Jacke aus«, sage ich kühn.

Ohne zu zögern streift Matt seine Jacke ab und lässt sie auf den Boden fallen.

Mein Blick gleitet über seine breiten Schultern unter dem blütenweißen Hemd. Unter den Deckenstrahlern wirkt der Stoff beinahe durchsichtig. Beinahe.

»Jetzt ziehen Sie das Hemd aus.« Die Worte sind über meine Lippen, bevor ich etwas dagegen tun kann. Ich klatsche mir die Hand auf den Mund und halte den Atem an, denn ich bin mir fast sicher, dass Matt aus dem Nebenraum zu mir hereinstürmen wird.

Nur tut er das nicht. Stattdessen öffnet er den Mund, als wollte er etwas sagen, schließt ihn aber gleich wieder. Ein verwegener Ausdruck huscht über seine Züge, während er schon nach den Knöpfen greift.

Ich umklammere das Mikrofon mit beiden Händen und unterdrücke ein freudiges Kichern. Wow, er macht tatsächlich was ich sage! Mein Lachen erstirbt allerdings, als er sein Hemd auszieht und seinen festen, muskulösen Oberkörper enthüllt.

Hilflos wandert mein Blick über die dunklen Locken auf seiner Brust bis zu seinem Hosenbund. Ich ringe nach Luft. Dass Matt so umwerfend aussieht, hatte ich nicht erwartet.

Er wirft sein Hemd auf den Boden, ohne die Augen vom Spiegel abzuwenden. Es ist fast, als würde er mich geradewegs anstarren.

Unwillkürlich ducke ich mich, und mein Herz pocht, weil ich Angst habe, dass er mich doch sehen könnte. Dann ermahne ich mich, nicht albern zu sein. Natürlich kann er mich nicht sehen. Langsam hebe ich den Kopf wieder, halte Matts Blick stand. Seine Augen sind befremdlich ruhig. Trotzig geradezu.

Schluckend richte ich mich auf dem Stuhl auf. Ich bin am Zug.

Ich raffe all meinen Mut zusammen und nehme das Mikro auf. »Jetzt ziehen Sie die Hose aus.« Meine Stimme aus der Sprechanlage hört sich tief und rauchig an.

Matt neigt den Kopf zur Seite, und ein zynisches Grinsen tritt auf seine Züge. Er sieht zur Tür hinüber, als wollte er sich vergewissern, dass niemand sonst da ist.

»Hier ist keiner. Nur du und ich«, flüstere ich zunehmend rauchiger. Ich klinge wie eine Telefonsexanbieterin. Aber sei's drum, es funktioniert. Matt zieht den Gürtel aus den Schlaufen und legt ihn zusammen, bevor er ihn einmal durch die Luft schnalzen lässt und auf den Boden schleudert.

Bei dem Geräusch fahre ich zusammen. Ein kribbelnder Hitzeschwall jagt mir zwischen die Schenkel. Wie bitte? Das hier kann mich doch unmöglich scharf machen. Es ist bloß eine kleine Rache, oder? Ich öffne die obersten Knöpfe meiner Bluse, weil mir auf einmal sehr warm ist.

Matt steht vollkommen regungslos da, arrogant, als warte er erst auf meine ungeteilte Aufmerksamkeit, bevor er weitermacht.

Nun, die hat er. »Mach schon«, befehle ich ihm.

Sein Grinsen wird breiter, als er seine Hose Knopf für Knopf öffnet. Wie ein bescheuerter Stripper, denke ich. Vor allem bleibt nicht mehr viel Zeit, denn sicher kommen die anderen bald wieder. »Beeil dich!«, rufe ich. Ich merke, wie meine Wangen glühen, und mir entgeht nicht, dass ich mich anhöre wie eine dumme Kuh auf einer Damenparty, die es nicht abwarten kann, nacktes Fleisch zu sehen.

Beim veränderten Klang meiner Stimme, krümmt sich Matt ein bisschen. Sein Lächeln verfinstert sich, und mit einem lodernden Blick zum Spiegel greift er mit den Daumen hinter den Hosenbund, schiebt die Hose nach unten und kickt sie lässig beiseite.

Ich stelle das Mikro wieder hin, starre den halb nackten Mann vor mir an. Nein, ich sauge den Anblick buchstäblich in mich auf: die festen, schmalen Hüften, die strammen Oberschenkelmuskeln und vor allem die riesige Wölbung vorn in seinen Boxershorts. Ich atme ein. Macht ihn das hier an? Ich kneife die Beine zusammen, entsetzt und erregt, weil mein Slip bei der Vorstellung feucht wird.

Stille. Matt steht mit dem Gesicht zum Spiegel, ich sitze gleich dahinter, sehe ihn an, und zwischen uns ist alles wie erstarrt. Ich kann mein Herz klopfen hören. Das reicht jetzt. Weiter sollte ich die Sache nicht treiben. Aber da ist Matts fantastischer Körper und dann diese gewaltige Erektion unter seinen Boxershorts. Ich will dringend mehr sehen.

»Die Boxershorts runter«, kommandiere ich. Meine Stimme hallt in dem leeren Raum.

Langsam öffnet Matt den Mund und zieht die Brauen hoch. Er hält den Kopf schräg, als könnte er nicht glauben, was er hört. »Ach, komm schon, Süße, du hast deinen Spaß gehabt. Lass es gut sein.«

Diese Arroganz! Er glaubt allen Ernstes, dass ich bluffe. Mein Adrenalinpegel steigt. »Ich bestimme, wann es vorbei ist, und ich sagte, *runter mit den Boxershorts!*« Meine Kühnheit erschrickt mich.

Matt zögert, scheint überrascht. Dann bückt er sich, rafft seine Sachen zusammen und läuft zur Tür.

Doch ich bin schneller, drücke den Knopf und höre das Klicken, mit dem die Riegel nebenan einrasten.

»Hey!« Matt hebt beide Hände. »Das kannst du nicht machen!«

»Ich habe es gerade gemacht«, erwidere ich. »Du kommst hier erst raus, wenn ich es dir erlaube.« Mein neu gewonnenes Selbstbewusstsein ist ein wahrer Genuss.

Matt geht wieder in die Mitte des Raums. Er sieht ein bisschen zerknirscht aus; offenbar ist ihm klar, dass er machtlos ist. Die anderen kommen bald wieder, und er darf nicht riskieren, dass sie ihn so vorfinden. Der Spott würde ihn über Jahre verfolgen. Also ist seine einzige Hoffnung, dass alles schnell vorbei ist, wenn er meine Befehle befolgt. Er legt seine Sachen wieder auf den Boden.

»Nun zu den Boxershorts«, erinnere ich ihn.

Matt schluckt, wischt sich die Stirn und zieht langsam die Boxershorts nach unten.

Meinen Wonneseufzer kann ich gerade noch unterdrücken, als ich seinen riesigen hübschen Schwanz sehe. Er ragt aus dem dichten Schamhaar auf, bettelt um Zuwendung. Ich ertappe mich dabei, wie ich das Mikro streichele. Meine Stimme wird ein paar Nuancen leiser, als ich unwillkürlich sage: »Jetzt reib ihn.«

Matt fängt an, nervös zu werden. »Bist du irre? Hier drinnen? Auf keinen Fall!«

»Na gut«, sage ich, immer noch das Mikro streichelnd, »ich habe den ganzen Abend Zeit.«

Wieder schluckt er, bewegt unruhig die Hände, als überlegt er, welche Möglichkeiten ihm bleiben. Viele sind es nicht.

Ihn so hilflos und entblößt zu sehen, erregt mich noch mehr. »Mach schon«, schnurre ich, so heiser vor Lust, dass ich meine Stimme fast nicht wiedererkenne.

Prompt wird Matts Schwanz länger. Ich lächle verzückt, während er wütend zu seinem pulsierenden Glied sieht, als hätte es ihn verraten.

»Ich warte«, murmele ich.

Matt senkt den Kopf und legt bedächtig die rechte Hand um seine Erektion, deren Spitze glitzert.

Mit einem tonlosen Aufschrei stemme ich die Hände an den Spiegel und beuge mich vor. Oh, mein Gott, er tut es! Er masturbiert wirklich hier auf dem Revier! Gebannt sehe ich ihm zu, wie er anfängt, träge auf und ab zu reiben.

Ich greife nach dem Mikro. »So nicht.«

Fragend zieht er die Brauen zusammen.

»Mach es, als wenn es dir ernst ist. Als wärst du zu Hause und würdest dir zu einem Porno einen runterholen.«

Matt blickt sich wieder unsicher um. Dann schürzt er die Lippen, senkt den Kopf und legt die Hand fester um seinen Penis. Fasziniert schaue ich ihm zu, wie er sich nun richtig bearbeitet, einen regelmäßigen, intensiven Rhythmus findet.

»Schon besser«, raune ich und rutsche auf meinem Stuhl hin und her, denn mein Slip wird merklich feucht. Noch nie habe ich einem Kerl beim Masturbieren zugesehen, und jetzt bin ich so nahe dran, dass ich die Schweißperlen auf seiner Stirn erkenne, sein ersticktes Stöhnen höre, sogar seine Erregung fühle.

Und meine eigene rieche.

Auf der anderen Spiegelseite kommt Matt richtig in Fahrt. Ganz in sein Tun versunken, hat er den Kopf geneigt, die

Schultern leicht vorgebeugt und reibt seinen Schwanz fast brutal.

Vor Lust spannen sich meine Bauchmuskeln an. Plötzlich reicht es mir nicht mehr, bloß zuzugucken. Ich brenne vor Verlangen, also greife ich über den Tisch und schalte das Mikro aus. Dann schiebe ich eilig den Stuhl nach hinten, um mehr Platz zu haben. Ich ziehe meinen Rock bis zur Taille hoch, spreize die Beine und tauche eine Hand in meinen Slip. Er ist inzwischen ganz nass. Ich benetze meinen Finger mit dem Saft und streichele meine Klitoris, wobei ich weiter Matt beobachte, der sich mir gegenüber befriedigt.

Ich sehe, wie seine Beine zittern und er rückwärts an die Wand stolpert, um sich abzustützen. Gleichzeitig neigt er den Kopf tiefer und pumpt schneller. Seine Lippen öffnen sich zu einem beinahe schmerzerfüllten Stöhnen.

Dass er die Kontrolle verliert, macht mich noch heißer. Hitze schießt mir von der Klitoris bis in die Brustspitzen. Seufzend spreize ich die Beine weiter und schiebe einen Finger in meine Muschi. Mit der anderen Hand öffne ich mein Top, reibe meine eine Brust und kneife in den Nippel, ohne die Augen von Matt abzuwenden.

Seine Lider flattern, seine Oberschenkelmuskeln straffen sich. Es sieht aus, als würde er jeden Moment kommen. Ich reibe energischer meine Klitoris, weil ich mit ihm mithalten will. Das Kribbeln in mir baut sich rapide auf, türmt sich wie eine riesige Welle angesichts Matts scharfer Show. Ich höre nur noch meine leisen Seufzer und das Rascheln meiner Hand zwischen den Schenkeln.

Plötzlich ächzt Matt laut und greift hinter sich an die Wand. Verzaubert schaue ich zu, wie sich sein Körper versteift, sein Schwanz erbebt und Samenflüssigkeit herausspritzt. Im selben

Moment blickt er auf und sieht mich derart verdorben an, dass ich es kaum ertrage.

Nein, er hat nie die Kontrolle verloren. Er hatte sie die ganze Zeit.

Das war's. Allein diese Strenge in seinen Augen reicht aus, um mich über die Klippe zu stürzen. Mit einem letzten Strich über meinen Kitzler bin ich bei ihm. »O Gott, ja!«, schreie ich fast und falle gegen die Stuhllehne, als mein Orgasmus mich durchpeitscht.

Keuchend sehe ich zur Decke hinauf, hole mehrmals tief Luft. Mein Herz droht, mir jeden Augenblick den Brustkorb zu sprengen. Ein Kribbeln erfüllt mich von Kopf bis Fuß. Ich spüre überdeutlich, dass mein Haar zerwühlt ist. Als ich den Kopf wieder senke, steht Matt immer noch nackt da, seine Hände in die Hüften gestemmt und die Lippen zu seinem typischen spöttischen Grinsen verzogen, als wäre nichts gewesen. Ich hingegen sitze an dem schäbigen Schreibtisch und bin ein bisschen beschämt, weil ich mich von diesem eingebildeten Idioten erregen ließ.

»Kann ich dann gehen?«, fragt er mich schadenfroh.

Der arrogante Mistkerl!

Hastig zerre ich meinen Rock herunter und greife nach dem Mikro. »Ja, du kannst gehen!«, rufe ich, wütend über mein nuttiges Verhalten.

Matt grinst und zieht sich gelassen seine Boxershorts, die Hose und das Hemd wieder an. Dann schwingt er sich seine Jacke über die Schulter und schlendert zur Tür. »Hast du nicht was vergessen?« Er tippt an die Tür.

Kopfschüttelnd boxe ich auf den Schließknopf.

»Bis später, Babe«, ruft er, als die Tür schon hinter ihm zufällt.

Ich knöpfe meine Bluse zu, starre blind in den Raum nebenan und frage mich, was zur Hölle ich mir bei all dem eben gedacht habe. Noch dazu habe ich Matt die ganze Zeit gesehen, mich selbst jedoch versteckt und meine Identität geheim gehalten wie ein alberner Teenie. Ich schnappe mir meinen Notizblock und schalte das Licht aus. Jetzt ist es sowieso zu spät für Bedenken, denn ich muss zur Party.

Ich renne in den Umkleideraum, ziehe mir mein Kleid an, richte mein Haar und versuche, wieder ein wenig Fassung zu erlangen, was nicht leicht ist.

Nachdem ich mein Kleid glattgestrichen habe, stoße ich die Tür auf und stürze mich mitten ins Partygeschehen. Es sind schon viele Leute da. In der Ecke ist eine Bar aufgebaut, bunte Lichterketten beleuchten den Raum, und leise Musik spielt im Hintergrund. Ich mische mich unter die Leute, lächle, mache höflich Smalltalk und kann doch an nichts anderes denken als an das, was ich eben erlebt habe.

Dann sehe ich Matt, der an der Bar steht und sich umblickt, als warte er auf jemanden. Er hat sich umgezogen, trägt Jeans und ein T-Shirt, und sieht immer noch unglaublich scharf aus. Meine Wangen werden heiß, als die Bilder in meinem Kopf aufscheinen. Eilig will ich in den anderen Raum, um Matt auszuweichen.

Leider ist es zu spät. Er hat mich schon entdeckt. »Hey, Jess!«, ruft er.

Ich drehe mich um, halte mich bewusst gerade und beruhige mich, dass nicht ich nackt in einem Vorführraum gestanden habe. Das ist meine Gelegenheit, zur Abwechslung mal ihn hochzunehmen. So lässig wie ich kann, gehe ich hinüber und stelle mich neben ihn.

»Nettes Kleid.« Er mustert mich von oben bis unten.

»Danke.« So leicht kriegt er mich nicht. »Wie war dein Nachmittag?«, frage ich unschuldig.

Matt lüpft eine Braue. »Sehr gut, und deiner?«

»Nicht schlecht.« Ich will mir meine Verwunderung nicht anmerken lassen.

»Für mich klang es besser als das«, murmelt er.

Nervös schaue ich mich um und kriege Herzklopfen. »Ich weiß nicht, was du meinst.«

»Nein, natürlich nicht.« Er beugt sich zu mir. »Das am Ende, als du gekommen bist«, raunt er. »Du bist sehr viel außergewöhnlicher, als du scheinst, was?«

Mir steht der Mund offen. »Wie …?«

Matts Gesicht ist so nahe, dass ich seinen Atem an meiner Wange fühle. »Da ist ein Schalter neben dem Mikro. Ich schätze, den übersieht man leicht, wenn man ihn nicht kennt.«

Oh, Schande! Ich hatte das Mikrofon nicht richtig abgestellt, also konnte er alles hören.

»Was nicht beweist, dass ich das war«, sage ich trotzig.

Matt lacht leise. »Nee, aber nur ein Grünschnabel würde so etwas vergessen.«

Falls noch irgendwelche Zweifel bestanden, dürfte mich mein knallrotes Gesicht endgültig überführen. Ich bin ertappt. Das ist es dann wohl. Mein Ruf, mein Job, alles im Eimer, und nur, weil ich dringend ein bisschen Kribbeln wollte! Matts Anspielungen jedenfalls sind das Letzte, was ich jetzt gebrauchen kann. Ich wende mich ab und will gehen.

»Hey, warte!« Matt klingt nicht, als würde er ein Nein akzeptieren.

Ich sehe ihn an.

Ein dunkles Verlangen leuchtet in seinen Augen. »Falls es dir ein Trost ist, ich fand dich heiß.«

Unweigerlich ziehen sich meine Schoßmuskeln zusammen. Diesen Blick habe ich heute schon mal gesehen.

Matt kommt näher, bis seine Lippen nur noch Millimeter

von meinen entfernt sind. »So heftig bin ich seit Jahren nicht gekommen«, flüstert er.

Ich muss grinsen. Von allen Bemerkungen, die ich mir bislang von ihm anhören durfte, kommt die hier einem Kompliment am nächsten. Und plötzlich fallen mir die richtigen Worte ein. »Hör zu, Matt. Was du neulich meintest, von wegen, ich müsste dringend mal flachgelegt werden …«

Er stutzt.

Kühn streiche ich mit einer Fingerspitze über seine Brust. »Ich erwarte dich in fünf Minuten im Vorführraum.«

Diesmal ist er derjenige, dem die Worte fehlen, als ich an ihm vorbei zur Tür gehe.

Alles fürs Gemüse

K. D. Grace

Die Tatsache, dass Todd Sheldon oft in nichts als sehr knappen Laufshorts in seinem Gemüsegarten arbeitete, hatte schon oft Beth Grays Aufmerksamkeit erregt. Von ihrem Küchenfenster aus konnte sie dem Spiel von harten Muskeln und organischem Grünzeug zugucken, wenn er die fedrigen Blätter streichelte, auseinanderschob, trennte und behutsam zog, bis der weiche Lehmboden eine vollkommene Karotte preisgab, köstlich phallisch und mit dem affigen Zierbüschel obendrauf.

Sie hielt den Atem an, wenn er die Hand um die Rübe schloss und auf und ab strich, um die verbleibende Erde abzustreifen. Beth stellte sich vor, dass er seinen Schwanz genauso streichelte, wenn er hart war und Erleichterung brauchte. Bei dem Gedanken zuckten die Muskeln tief in ihrem Bauch.

Todd wiederholte den Akt, bis er vier gleich perfekte Karotten hatte. Irgendwann während seiner Ernte waren Beths Finger unter ihren Rock geschlüpft und in ihre Schamlippen eingetaucht. Sie fragte sich, wie sich eine Karotte da unten anfühlen würde, wenn sie ihre warme, feuchte Öffnung füllte.

Am nächsten Abend zog sie ihr gewagtestes Sommerkleid an, nahm eine Flasche guten chilenischen Merlot und ging zu ihm. Fast drei Wochen wohnte sie schon hier, und wenn sie noch länger wartete, hielt er sie womöglich für abweisend.

Ihre Gärten trennte kein Zaun. Der Makler hatte gesagt,

weder Todd noch der vorherige Nachbar wollten die Aussicht mit einer Barriere verschandeln. Und nach dem, was Beth mit den Karotten gesehen hatte, neigte sie zur selben Ansicht. Sie ging durch die Gärten und klopfte an Todds Hintertür.

Keine Antwort.

Sein Wagen stand in der Auffahrt. Sie erwartete, das Rauschen einer Dusche oder einen lauten Fernseher zu hören, aber das Haus war dunkel und still. Sie klopfte noch einmal und betrachtete den Gemüsegarten, der grün und wohlgeordnet dalag. In der heißen Sommerluft verströmte er einen schweren Geruch. Beths Muschi zuckte, als ihr Blick an der Reihe mit Karotten hängen blieb.. Die Augen auf das satte Grün gerichtet, kickte sie ihre Sandalen weg und trat barfuß auf die krümelig warme Erde.

Mit gespreizten Beinen die Karottenreihe entlangzuschreiten, schien für sich schon ein ungehöriger, reizvoller Akt, und sich zu bücken, um die weichen Federblätter zu streicheln, sogar noch mehr. Beth war überrascht, dass ihr sanftes Streicheln einen satten Duft freisetzte. Unter dem üppigen Grün war eindeutig vieles verborgen.

Sie hätte schwören können, ein rhythmisches Pochen zu spüren, das aus dem Boden in ihre Füße vibrierte, die Beine hinauf bis zu ihrer Scheide. Fast konnte sie sich ausmalen, wie die Karotten sich in der Erde streckten, sich befreien wollten, um in ihre Hand, in ihren Mund, in ihre Muschi zu gelangen.

Rasch blickte sie sich zu Todds Haus um, vergewisserte sich, dass er sie nicht sah, bevor sie ihre Finger genauso über eines der Büschel gleiten ließ, wie sie es bei ihm gesehen hatte. Und sie zog. Ihr Herz hämmerte in ihrem Brustkorb, und ihre Nippel bohrten sich beinahe schmerzhaft in das Sommerkleid.

Nichts passierte.

Doch Beth war keine Frau, die schnell aufgab. Sie stellte die

Beine weiter auseinander, krallte die Zehen in die Erde und legte die Hand um die Stelle knapp über der orangen Erhebung unter einer dünnen Sandschicht. Dann zog sie noch einmal, langsam, fest, aber vorsichtig, um das zarte Grün nicht abzureißen. Ihre Bemühungen hatten eine olfaktorische Explosion zur Folge. Ein starkes Karottenaroma stieg ihr in die Nase, flutete ihre Kehle und vermengte sich mit dem zunehmenden Geruch ihrer Erregung.

Widerwillig gab die Erde um die Karotte herum nach. Beth konnte es tief im Boden fühlen, und als sie endlich ganz frei war, wusste Beth auch den Grund. Das Gemüse, das sie sich ausgesucht hatte, war obszön riesig, nicht spitz unten wie die Mohrrüben, die Todd vorher geerntet hatte, sondern angenehm rund, und der Anblick genügte, dass ihre Muschi gierig anschwoll.

Die Karotte war erstaunlich sauber, beinahe so wie die im Supermarkt. Beth glitt mit einer Hand über die ganze Länge und fragte sich, ob die Größe Rückschlüsse auf den Mann zuließ, der den winzigen Samen säte und die Pflanze liebevoll hegte, auf dass sie seinem Bild gerecht wurde. War es das? Sie sah sich im übrigen Garten um. Noch größer als die Karotte waren Dutzende von Zucchini, die unter gigantischen Fächerblättern und geblähten gelben Blüten hervorlugten. Es gab lange, gerillte Gurken, die ihr aufgebundenes Grün schwer nach unten zogen. Todds Garten war eine Ansammlung von Phallus-Symbolen unterschiedlicher Größe und Textur, und Beth verspürte den überwältigenden Drang, sie alle auszuprobieren.

Anfangen allerdings wollte sie mit einer wunderbar gefiederten, sinnlich erigierten Karotte. Schamlos knöpfte sie ihr Sommerkleid auf, um den Spalt zwischen ihren Brüsten zu entblößen, die von dem Mieder ein bisschen zu stramm zusammen und nach oben gedrückt wurden, so dass eben genug Platz blieb, das Gemüse hineinzuschieben. Das Grün kitzelte Beths Nasenspitze, als sie die warme, etwas raue Haut der Rübe auf und ab rieb, so dass die Schweißperlen verteilt wurden, die sich in der Sommerhitze gebildet hatten. Ihre Nippel schmerzten und drückten gegen den Stoff. Beth stellte sich vor, es wäre Todds Schwanz zwischen ihren Brüsten. Eine Hand streichelte und lenkte das Gemüse, während Beth die Knie weiter beugte und mit der anderen Hand ihren Slip zur Seite zog. Ihre Muschi spannte sich, sowie sie das kribbelnde Grün berührte und ihren Saft mit jeder Hüftbewegung auf die federartigen Halme gab.

Die Welt war heiß, wurde regelrecht gebacken von der Sonne. Beinahe schien es Beth, als hätte ihr zärtlich erregter Akt mit dem Gemüse eine Kettenreaktion im Erdreich ausgelöst. Sie zog die Karotte aus ihrem Ausschnitt, sah, wie sie von ihrem Schweiß glänzte, und befreite ihre Brüste aus dem Kleid. Mit dem Karottengrün strich sie über die Spitzen und beobachtete, wie sie sich noch steifer aufrichteten.

Beth dachte an den fast nackten Todd, der zärtlich seine Karotten umhegte. War er dabei hart geworden? Und ähnelte er der Karotte oder vielleicht den Zucchini, die sich ihr entgegenreckten, aus den Blättern aufragend bereit, in sie einzudringen?

Schwungvoll glitt Beth mit ihrer Zunge über die Unterseite der Karotte, schmeckte ihren Schweiß gemischt mit den zarten Aromen der Erde und dem Versprechen frischen, leicht metallischen Gemüses. Sie umkreiste die Spitze, fing sie ein, als wäre sie Todds Schwanz, dick und reif, ihre Muschi zu füllen.

Von der Anstrengung, die Karotte möglichst tief in sich aufzunehmen, lief Beth Speichel übers Kinn. Sie spreizte die

Schamlippen und stieß das Gemüse in sich hinein, wimmernd vor Wonne, und ihre Scheide nahm den Schaft wie ein hungriger Säugling die Brust.

Mit festem Griff bewegte sie die Karotte rein und raus, spürte das Grün, das mit jedem Stoß an ihre Schenkel schlug, und drückte ihre Klitoris mit der freien Hand, bis sie sich größer und härter anfühlte als die Steine, die Todds unglaublich erotischen Garten umrahmten.

Wäre er zurückgekommen, sie hätte es nicht einmal bemerkt. Ach was, ein ganzes Fünf-Uhr-Nachrichtenteam hätte mit Kameras und Sound-Crew anrücken können, und Beth würde nichts mitbekommen. Für sie existierte nur noch ihre Scheide, und was die fantastische Karotte damit tat. Inmitten all des Stoßens und Kneifens hielt sie den Atem an, hielt ihren ganzen Körper angespannt vor Erwartung, bis sie schließlich von Explosionswellen überrollt wurde, unter denen sie aufschrie, knurrte wie ein Tier und das Gleichgewicht verlor, sodass sie mitten in der Karottenreihe auf dem Hintern landete.

Ihre Scheide noch pochend von den Nachbeben, gab Beth sich redliche Mühe, sämtliche Spuren ihres Eindringens zu verwischen. Sie fühlte sich gleichermaßen kühn wie schuldig, und Letzteres wiederum machte sie in ihren Augen noch verdorbener. Die Fußspuren konnte sie problemlos verwischen, doch das platt gedrückte und teils abgebrochene Grün der Karotten, auf die sie gefallen war, ließ sich nicht spurlos wieder richten. Sie konnte nur hoffen, dass Todd es übereifrigen Kaninchen anlastete.

Sobald sie getan hatte, was sie konnte, floh sie mit der von ihrem Saft aromatisierten Karotte hinüber in ihr Haus, in ihr Bett und trieb es dort noch zwei Mal mit dem Gemüse ihrer Wahl, bevor sie in einen herrlich zufriedenen Schlaf sank.

In den frühen Morgenstunden wachte sie auf, die Karotte

noch tief in ihrer Muschi. Als sie ihre Scheidenmuskeln mit dem Gemüse spielen ließ, überkam sie der Anflug eines schlechten Gewissens, und Beth wusste sehr gut, was sie tun musste, um es zu besänftigen.

Sie zog die Karotte aus ihrer Scheide, worauf ein intensiver Geruch von Sex und Gemüse durchs Zimmer strömte. Nackt tapste Beth nach unten und stellte den Backofen an. Bald schon summte sie vergnügt vor sich hin, während sie die Zutaten mischte: Eier, Mehl, sehr viel Butter, Zimt und Zucker. Als alles bereit war, setzte sie sich auf den Küchenstuhl, knetete ihre Brüste und zwackte ihre Nippel mit mehligen Händen, bis der Stuhl unter ihr befeuchtet war. Dann nahm sie die Karotte, steckte sie einmal in den Mund, dass die Spitze hinten in ihre Kehle drang, und stieß sie in ihre feuchte Muschi. Wiegend, stöhnend und an Todd denkend, genoss sie einen letzten gigantischen Orgasmus, bevor sie die letzte Zutat in den Teig gab.

Am nächsten Abend kam sie von der Arbeit zurück und fand ihre Sandalen an ihrer Hintertür neben einem flachen Korb, in dem kleine, leuchtend rote Tomaten aufgehäuft waren. Ihre Freude über die Tomaten wurde von dem Gefühl gedämpft, dass sie erwischt worden war. Natürlich hatte Todd sich über den Zufall gewundert, dass ihre verlassenen Sandalen auf seiner hinteren Veranda standen, und er zugleich entdeckte, was mit seinen armen Karotten geschehen war.

Von ihrer Warte am Fenster aus konnte sie ihn sehen, in seiner wie immer spärlichen Bekleidung, wie er Unkraut jätete. Sie wühlte in ihrer Schublade nach dem Fernglas zum Vögelbeobachten, das ihre Schwester vergessen hatte, als sie Beth beim Einzug half. Schlagartig bekam Beth eine Nahaufnahme vom Muskelspiel seiner Arme und Schultern zu sehen, die eine Hacke schwangen. Ihr gefiel es, wie sich seine Pobacken in den knappen Shorts jedes Mal wölbten, wenn er mit einem besonders hartnäckigen Kraut kämpfte. Danach wandte er sich wieder seinen Karotten zu, streichelte das abgebrochene Kraut, kratzte sich am Kopf und blickte sich nach Hinweisen um, was geschehen sein könnte. Mit dem Fernglas erwischte Beth einen guten Blick auf seine Ausstattung, die sich unter den Shorts gerade genug wölbte, dass sie fantasieren konnte, wie sie sich erst präsentieren würde, wenn er erregt wäre.

Ihre Kleidung landete in einem Haufen auf dem Küchenfußboden, und sie unterhielt sich bestens, während sie Todd beim Gärtnern zusah, Tomaten aß und deren Saft beinahe im selben Rhythmus auf ihre Brüste und Bauch tropfen ließ, indem er sein Gemüse streichelte und liebkoste. Sie fragte sich, ob er sich genauso seinem Schwanz widmete, wenn er wieder im Haus war. Wie gern würde sie ihm dabei zusehen!

Das Letzte, was er tat, war, die Zucchini-Pflanzen vom Unkraut zu befreien, deren Zucchini-Penisse sich seiner Hand entgegenreckten. Beth hielt den Atem an aus lauter Angst, er könnte sie pflücken, aber er strich nur einmal darüber, drehte sich um und ging ins Haus.

Am nächsten Morgen, als Beth sicher war, dass Todd zur Arbeit gefahren war, brachte sie ihm den Korb zurück, beladen mit dick glasiertem Karottenkuchen. Beth betrachtete es als eine Art Vorauszahlung. Sie stellte den Korb vor Todds Tür und warf den erigierten Zucchini ein Lächeln zu. Bei der Vorstellung, dass etwas so Dickes, so Unanständiges sie vögelte, zog sich ihre Scheide zusammen. Auf Zehenspitzen tapste sie in den Garten und streckte vorsichtig eine Hand aus, um die glatte grüne Haut zu streicheln, die von der Morgensonne gewärmt war. Sie schaute sich kurz um und stellte fest, dass es reichlich andere Zucchini gab. Sicher würde Todd nicht auffallen, wenn eine Einzelne fehlte.

Beth war versucht, sie sofort zu nehmen, denn immerhin hatte sie schon dafür bezahlt, sozusagen. Aber sie musste zur Arbeit, und es kam ihr irgendwie falsch vor, die Frucht in ihr so gar nicht gartenähnliches Haus zu verfrachten, bevor sie beide sich richtig kennengelernt hatten – ein bisschen wie Sex vor dem ersten Date. Also streichelte sie die Zucchini ein letztes Mal und eilte zur Arbeit.

Am Abend regnete es. Enttäuscht blickte Beth hinaus, wo der Regen auf die Blätter der Zucchini-Pflanze einprasselte. Das einzige Gemüse in ihrem Haus waren ein Kopf Römersalat, der sein Verfallsdatum bereits überschritten hatte, und ein paar schrumpelige Kartoffeln.

Wie erbärmlich war das denn, dass sie einen ganzen Abend um eine erotische Begegnung mit einem Gemüse herum plante? Sie versuchte, sich mit anderem zu beschäftigen. Die Küche musste geputzt werden, und ein Haufen Post, der sich auf dem Küchentresen angesammelt hatte, sollte dringend sortiert werden. Leider verharrten ihre Gedanken hartnäckig bei Todds Phallus-Gemüse. Baute er das Zeug an, weil er es gern aß? Was wäre, wenn nicht nur sie Sexspielzeuge in seinem Garten erntete? Mochte Todd es womöglich von hinten?

Sie konnte sich leicht vorstellen, wie er eine Karotte mit Speichel benetzte, seinen Shorts-Schritt zur Seite schob und sie sich in das stramme, widerstrebende Loch bohrte. Vielleicht tat es ein bisschen weh, sodass Todd kurz vor dem Schmerz erschauderte. Aber das Vergnügen würde alles Unangenehme rasch vergessen lassen. Und sein Schwanz würde hart, so hart, dass er die Nähte der Shorts bis zum Äußersten dehnte, und Todd die kurze Hose nach unten ziehen und zwischen die Gemüsereihen fallen lassen musste. Dort stünde er, stoßend, ziehend, reibend und stöhnend, bis er einen milchigen Schwall im Bogen über das Grün und die weiche Erde ergoss.

Das reichte! Regen hin oder her, sie brauchte die Zucchini. Zweimal vergewisserte sie sich, dass Todd nicht zu Hause war. Rasch schlüpfte sie in ein weites Sommerkleid und sonst nichts.

Es schüttete wie aus Eimern und wurde allmählich dunkel. Der Matsch quatschte zwischen ihren Zehen, sodass sie ausrutschte, als sie zwischen den Reihen entlanglief, und beinahe vor die Zucchini-Pflanze fiel, die im Regen größer und eindrucksvoller wirkte. Das Objekt ihrer Begierde war zum Greifen nah, reckte sich ihrer Hand entgegen.

Inzwischen klebte ihr das Kleid am Körper, war durchsichtig von der Nässe und zeichnete ihre Brüste und ihren Venushügel deutlich ab. Sie packte die Zucchini, als wäre sie Todds Erektion, zog und drehte behutsam und fühlte, wie sie sich von der Pflanze löste. Schwer lag sie in Beths Hand. Der Umfang war eine echte Herausforderung für ihre pochende Scheide.

Die Zucchini war regennass und kühl, und Beth rang nach Luft, als sie ein Bein auf die umgekippte Schubkarre stellte und ihre Schamlippen spreizte. Für ein Gemüsevorspiel fehlte ihr die Muße. Sie hockte sich halb hin, zurrte ihr klebriges Kleid beiseite und senkte sich Zentimeter für Zentimeter auf das harte Gemüse, wimmernd, weil die Frucht ihre widerstrebende Scheide zu sehr dehnte. Aber es war ein süßer Schmerz. Noch nie hatte sie so etwas Dickes in ihrer Muschi gehabt. Sie war nicht einmal sicher, ob sie mehr aufnehmen konnte, aber sie hockte sich tiefer, um Platz zu schaffen.

Der Regen wurde noch stärker. Wiegend und stöhnend kämpfte Beth sich auf die Zucchini, nahm weder die Nässe noch die Kälte wahr, sondern nur den Druck in sich, als würde sie Todds gesamten Garten in ihre schmerzende Scheide zwingen.

Kaum war sie vollständig ausgefüllt, kam Beth sehr schnell. Ihr Körper erbebte, zuckte, und sie fiel zitternd auf die Knie, atemlos von der Anstrengung und die Zucchini noch fest in ihrer Muschi.

Bevor sie sich erholen konnte, hörte sie Todds Wagen in die Auffahrt biegen. Erschrocken zog sie ihren neuen besten Freund aus ihrem misshandelten Schlitz und raste durch den Garten zu ihrem Haus. Allerdings fiel ihr Blick noch kurz auf die gerillte Gurke, und Beth wusste, dass sie wiederkommen würde.

Am Morgen war sie steif und wund. Vorsichtig bewegte sie sich durch die Küche, bereitete Mehl, Zimt und Zucker vor. Danach genoss sie einen letzten Ritt auf der Zucchini, bevor sie das Zucchini-Brot buk. Als es fertig war, huschte sie durch den Garten und legte Todd einen duftenden, in Alufolie gewickelten Brotlaib auf die Veranda.

Den ganzen Tag redete sie sich ein, dass sie warten müsste, bis sie wieder in seinen Garten ging. Schließlich wäre sie fast in flagranti mit der Zucchini ertappt worden. Sie sagte sich, die Vorfreude würde das Vergnügen nur umso intensiver machen. Aber sie war noch nie der Typ gewesen, der Belohnungen aufschieben konnte. Außerdem dachte sie immerzu an die hübsche, geschwollene Gurke, die in ihrem Grün hing und ihrer harrte. Und was konnte schon eine Gurke einer harmonischen Nachbarschaft anhaben?

Ungeduldig wartete sie den ganzen Samstagmorgen, dass

Todd das Haus verließ. Endlich am späten Nachmittag fuhr sein Wagen aus der Einfahrt, und Beth verlor keine Zeit. Sie wusste ja nicht, wie lange er fort sein würde. Und es war ihr auch egal, denn sie war besessen. Sie musste herausfinden, wie sich die Gurke anfühlte.

Hastig warf sie sich ein loses Minikleid über, das vorn durchgeknöpft war und kaum ihren Hintern bedeckte. In Todds Garten angekommen, öffnete sie die Knöpfe oben und schob den Stoff über ihre Schultern, damit sie ihre Brüste kneten und die Nippel kneifen konnte, während sie gierig den Duft von wachsendem Gemüse einsog, der dem von Sex sehr ähnelte. Schon von dem Gedanken an ihr Vorhaben, war ihre Muschi feucht, und die geschwollenen Schamlippen ließen ihre Finger sofort hinein. Während sie die Gurke bewunderte, wurde ihre Klitoris hart vor Freude, und sie lief fast über bei der Vorstellung, was für ein böses Mädchen sie war. Sie tauchte erst zwei, dann drei Finger in ihre gierige Scheide, erinnerte sich an die dicke Zucchini und malte sich aus, dass die Gurke sie ungefähr gleich weit dehnte. Diesmal sollte sie dem fantastischen Gemüse jedoch ein kleines Vorspiel gönnen.

Als sie bereit war und schmerzlich danach verlangte, ausgefüllt zu werden, streckte sie eine zitternde Hand nach der Gurke aus, zog sie aber gleich wieder zurück. Das verdammte Ding war rau, piksig, beinahe stachelig. Ein bisschen Schmerz war eine Sache, das hier indes hatte sie nicht erwartet. Sie blickte sich zu den Karotten und Zucchini um. In jedem anderen Moment wären die prima für Beths Zwecke gewesen, doch sie hatte sich nun einmal auf die Gurke gefreut.

»Na, das erklärt eine Menge.«

Sie schrie auf vor Schreck und drehte sich um. Todd stand direkt hinter ihr. Er trug seine übliche Gartenbekleidung, hatte die Arme vorm nackten Oberkörper verschränkt und blickte auf ihre Brüste und ihre Hand unter ihrem Kleid. Ihr entging nicht, dass sich seine Shorts über seiner schwellenden Erektion spannten.

»Der Karottenkuchen, das Zucchinibrot, beide waren köstlich, aber sie wurden aus gestohlenem Gemüse zubereitet, stimmt's?« Mit den Fingern seiner rechten Hand tippte er sich auf den linken Bizeps. »Ich möchte wetten, dass du mein Gemüse vorm Backen gebumst hast. Habe ich recht?«

Sie nickte und wurde feuerrot. Es war zwecklos, das Offensichtliche zu leugnen.

Todd schnalzte mit der Zunge. »Du bist ein sehr ungezogenes Mädchen.« Ohne den Blick von ihr abzuwenden, griff er nach unten, zog eine schmale Karotte aus dem Boden und strich über das Grün. Dabei schüttelte er bedächtig den Kopf. Bevor Beth eine Entschuldigung stammeln konnte, machte Todd einen Schritt nach vorn und schlug ihr mit dem Karottengrün über die steifen Brustwarzen. Sie stieß einen stummen Schrei aus und zuckte zusammen. Das kräftige Aroma des Gemüses konkurrierte mit dem von Beths Erregung.

»Ungezogene Mädchen, die mit gestohlenem Gemüse bumsen, müssen bestraft werden. Bück dich.« Er drehte sie herum, und bugsierte sie über die Schubkarre, auf der sie sich mit beiden Händen aufstützte, sodass ihr Hintern in die Höhe ragte. Dann schob er ihr Kleid bis zur Taille hoch, streichelte ihre Pobacken und glitt mit einem Daumen den Schlitz entlang. Ihr blieb keine Zeit, es auszukosten, denn er schlug sie erneut mit dem Grün, und sie quiekte leise.

»Ich werde dir beibringen, meine Gemüse zu vögeln, ohne zu fragen.« Wieder hieb er mit der Behelfspeitsche zu. Diesmal stöhnte sie nur, wiegte ihren Hintern und spreizte die Beine, damit er sehen konnte, was seine Strafe mit ihrer feuchten Muschi anrichtete.

Natürlich bemerkte er, wie geschwollen und glitschig sie war, und als er das nächste Mal mit dem farnartigen Kraut zuschlug, vergrub er gleichzeitig einen Finger in ihrer Muschi, hob ihn anschließend an seine Lippen und leckte daran wie eine Katze, die Milch aufschleckte. »Mmm, ich glaube, ich habe die geheime Zutat deiner köstlichen Backwaren entdeckt.«

Ein letztes Mal schlug er sie, dann hörte sie, wie er ausspuckte. Sie linste über ihre Schulter und sah, dass er die Karotte mit seinem Speichel einrieb. Dann, ohne jede Vorwarnung, drängte er ihre erhitzten Pobacken auseinander und die Spitze der Karotte in ihren Anus. »Ich habe die hier etwas zu früh geerntet«, sagte er. »Sie muss wieder ins Loch zurück.« Mit diesen Worten stieß er die Karotte tiefer.

Beth schrie erschrocken auf. Der Schmerz der unerwarteten Penetration verwandelte sich schnell in eine solch intensive Wonne, dass sie binnen weniger Stöße zum Orgasmus kam.

Er lachte zufrieden. »Eine derart große Wertschätzung hat bislang niemand für meinen Gemüsegarten gezeigt, und ich kann dafür sorgen, dass du ihn sogar noch mehr schätzen lernst.« Er bückte sich und knabberte an ihrem Ohrläppchen. »Rühr dich nicht weg. Ich bin gleich wieder da.«

In dieser schamlosen Pose, über eine umgekippte Schubkarre gebeugt und mit einer Karotte in ihrem Hintern, ließ er sie allein. Aber Beths Verlangen war so stark, dass sie keinen Gedanken an Würde verlor. Sie rieb und drückte ihre Klitoris, drang mit dem Finger in sich ein und verlängerte so die Nachbeben ihres Höhepunkts.

Schnell war Todd wieder da und gab ihr einen Klaps auf die Hände. »Ungezogene kleine Gemüsediebinnen dürfen nicht mit ihren Muschis spielen. Sie müssen den Gärtner entschädigen.« Er streichelte das Grün, das ihr vom Hintern baumelte.

»Und wir beide wissen, dass du mehr als nur Finger in deiner Möse willst. Deshalb bist du ja in meinen Garten gekommen.«

Sie beobachtete, wie er die schwere Gurke pflückte; anscheinend machte ihm die raue Oberfläche nichts aus. »Manche Gemüse brauchen ein wenig Vorbereitung, bevor sie genossen werden können.« Er strich mit dem Daumen über die Rillen, nahm ein Schweizer Armeemesser hervor und schälte die Haut ab, worauf der Regenwassergeruch der Gurke in die Luft aufstieg. Todd schälte weiter, bis nur noch das Ende in seiner Hand übrig war, und inspizierte die Frucht. »Ja, das dürfte gehen.«

Beth wurde der Mund wässrig, und ihre Muschi kribbelte. Sie stellte die Beine weiter auseinander und kniff die Pobacken um die Karotte zusammen.

Todd rieb mit der kühl-feuchten Gurke über ihre Nippel, sog abwechselnd an ihnen und stellte sich wieder hinter Beth. »Du willst meine Gurke in deiner Muschi, nicht?« Er strich mit der Gurkenspitze unter ihrem Anus den Schlitz entlang und umkreiste ihre pralle Klitoris.

Sie stöhnte und bog sich ihm entgegen.

»Weil du so ungezogen bist, weiß ich nicht, ob ich dir geben soll, was du willst.« Abermals umkreiste er ihren Kitzler und tauchte die feuchte Spitze des Gemüses tiefer zwischen ihre Schamlippen, aber nicht direkt in ihre Scheide. Dann zog er sie zurück, und als Beth ihm ihre Hüften entgegenreckte, versetzte er ihr einen Klaps mit der flachen Hand.

»Was für ein böses Mädchen!«

»Bitte, bitte, schieb sie mir rein.« Sie stand inzwischen auf Zehenspitzen, und ihre Waden waren angespannt vor Anstrengung. Das Karottengrün wippte wie ein Pferdeschweif an ihrem Hintern, sodass sie sich wie eine Stute vorkam, die verzweifelt darauf wartete, dass der Hengst sie bestieg.

»Du musst dich schrecklich unwohl fühlen mit deiner ganz geschwollenen, feuchten Möse. Armes, verdorbenes Mädchen.« Er schob die Gurke gerade weit genug in sie hinein, dass ihre Schoßmuskeln sie packen konnten, und zog sie wieder heraus.

»Bitte, ich brauche das!«, schluchzte sie verzweifelt. »Bitte, steck sie rein.«

Wortlos trieb er die Gurke tief in sie hinein. Sie war beinahe so groß wie die Zucchini, dehnte Beths Scheide und benetzte sie mit ihrem duftenden Saft. Todd bewegte Karotte und Gurke rhythmisch in ihr, und Beth, die sich mit aller Kraft ihm entgegendrängte, klammerte sich bei jedem Stoß knurrend an der Schubkarre fest.

Mit einem Ruck zog er die Gurke aus ihrer Muschi, und ihr sexvernebeltes Gehirn registrierte kaum, dass eine Kondomverpackung aufgerissen wurde. »Eine gesunde Ernährung darf nicht bloß aus Gemüse bestehen.«

Sie hatte seinen Schwanz nicht gesehen, fühlte ihn aber verdammt deutlich, als er in sie eindrang und dabei die Karotte bewegte. Plötzlich wusste sie es: Ob Gurke oder Zucchini, nichts konnte es mit dem Echten aufnehmen. Seine gewölbten Hoden klatschten bei jedem Stoß gegen ihre Schamlippen. Er streichelte ihre Brüste, rieb ihre Klitoris, umfing ihren Venushügel, dann glitt er zurück, hielt sie unmittelbar vor dem Orgasmus, kurz vor der Explosion. Als er in sie hineinhämmerte, war sein Körper merklich angespannt unter der Intensität seiner Lust, die sich aufbaute, bis er ihr ins Ohr raunte: »Ich halte nicht mehr lange durch.«

»Dann mach schon!«, zischte sie mit zusammengebissenen Zähnen.

Er stieß so hart in sie hinein, dass sie glaubte, er würde sie spalten. Sie bekam keine Luft mehr, und dennoch machte sie mit, wiegte sich ihm entgegen. Schließlich spürte sie das Zucken seines Schwanzes. Mit einem lauten Ächzen zog er die Karotte aus ihr, und ihr Orgasmus überrollte sie wie ein Erdbeben. Sie schrie auf, drängte sich an ihn, dass er das Gleichgewicht verlor und sie beide auf der Erde zwischen Karotten und Zucchini landeten.

Lange Zeit rührten sie sich nicht, rangen nur nach Luft und lagen auf der warmen Sommererde, bedeckt von Schmutz, Schweiß und Ejakulat. Irgendwann stand er auf, nahm ihre Hand und führte sie zu seiner Dusche.

Als sie seinen Schwanz einseifte und streichelte, stellte sie fest, dass er weder wie eine Zucchini noch eine Karotte war. Eigentlich eher wie eine Banane.

Er stöhnte wonnevoll und vergrub seine Hand in ihrem Haar. »Es ist wirklich schön, dass endlich jemand einen guten Gemüsegarten zu würdigen weiß.«

Sie sah lächelnd zu ihm auf. »Freut mich, das zu hören, denn ich zähle darauf, dass du mich mit meinen täglichen Gemüseportionen versorgst.« Sie spülte ihm die Seife vom Schwanz, kniete sich hin und nahm ihn in den Mund. Gemüse war wunderbar, doch besonders köstlich wurde es, wenn auch Fleisch mit auf dem Speiseplan stand.

Besser als jede Fantasie

Loz McKeen

Über ein gutes Jahrzehnt war Sean Burgen das Objekt meiner Fantasie, obgleich er für mich stets Mr. Burgen war. Mr. Burgen war ein Kampfsportlehrer, kein Pin-up-Bursche, oh nein. Andererseits hatten mich noch nie Männer interessiert, die »süß« oder »knackig« waren. Während sich meine Freundinnen die Wände mit dem Grinsegrübchen Corey Haim pflasterten, hockte ich auf meiner Fensterbank und sah den sonnenverbrannten Bauarbeitern nebenan zu. Als wir älter wurden, schwärmten die anderen von Tom Cruise, wohingegen Colonel Nathan Jessup meine Säfte fließen ließ. Folglich musste der Mann, der meine nächtlichen Alleingänge durch die Teenager- und frühen Twenjahre beflügelte, etwas Besonderes sein. Und der letzte konkrete Auslöser, jenes Ereignis, das ihn schließlich von der puren Vorstellung in höchst erotische Realität katapultierte, ist es allemal wert, darüber zu schreiben.

Es war nicht allein Martys Schuld. Der dämliche Mistkerl hatte mich zu oft zu grob geschlagen, und ich hatte das gründlich satt. Eine ganze Weile hatte ich seine Grobheiten hingenommen, aber irgendwann reichte es. Nach der Stunde blieb ich noch ein bisschen, und als die anderen weg waren, ging ich zum Boss, um mich über Marty zu beschweren.

Hier sollte ich etwas klarstellen. Ein guter Kämpfer muss einen nicht verletzen, um seine Überlegenheit zu demonstrieren. Ein guter Kämpfer weicht deinen Hieben und Schlägen aus, und man wundert sich, wie es kommt, dass man selbst in Schweiß gebadet ist, während der andere fast entspannt wirkt. Marty und ich gehörten zu der Schülergruppe, die für die Landesmeisterschaften trainierte. Turnierkampf ist künstlich; dabei geht es nicht darum, dem Gegner wehzutun oder ihn außer Gefecht zu setzen. Alles dreht sich nur um Punkte. Marty jedoch kapierte das überhaupt nicht. Er griff mich nicht nur gnadenlos an, sondern verteidigte sich auch noch ohne jedes Maß. Meine Unterarme und Schienbeine waren grün und blau von seiner Verteidigung. Dem Kerl musste dringend eine andere Einstellung vermittelt werden, und ich wusste zufällig, wer das am besten könnte.

Ich ging nach vorn in die Halle, wo Mr. Burgen seine Sachen zusammenpackte. Seinen Rücken sah ich besonders gern an. Der schwarze Gürtel hielt die Jacke fest um seine Hüften, und darüber verbreiterte sich sein Rücken in einer schönen Linie bis hin zu den Schultern.

»Hey, Cat. Wieso bist du noch hier? Brauchst du eine Mitfahrgelegenheit?«

»Nee. Ich dachte nur, dass ich meine Schlüssel verloren hab.« Ich hielt sie in die Höhe. »Eigentlich wollte ich mit Ihnen über was reden.«

»Ach ja? Worum geht's?« Jahrelanges Unterrichten und Selbständigkeit hatten Sean Burgen sicher und gelassen werden lassen. Er hatte seinen Gürtel aufgebunden, sodass die Jacke vorn aufklaffte, und ich die harten, flachen Muskeln sehen konnte.

»Es ist wegen Marty. Er ist immer noch …« Ich suchte nach dem richtigen Wort.

»Was? Geht er es ein bisschen zu hart an?«

»Ja, irgendwie schon. Ich meine, ich vertrage ja einiges, aber …« Ich seufzte. Gott, wie sollte ich das sagen, ohne wie ein weinerliches Mädchen rüberzukommen? Es war verrückt, aber selbst nach all den Jahren machte der Mann mich immer noch schrecklich nervös.

»Ich kann mich gegen ihn wehren, aber das ist nicht der Punkt. Außerdem ist er ein lausiges Vorbild für die Jüngeren.«

Mr. Burgen schnaubte kurz. »Tja, manchmal ist es eben zu viel.«

Er beugte sich nach unten und zog mein Hosenbein hoch. Da war eine große rote Schwellung, wo morgen früh ein Bluterguss sein würde, und weiter oben ein schon gelblicher Fleck von letzter Woche.

»Mach dir keine Sorgen, okay?« Er legte einen Arm um meine Schultern und ging mit mir zur Tür. Vom Training war er noch schweißnass, und ich fühlte seine Hitze durch meine Jacke. Es war spät, ich war müde. Als ich in dem Club anfing, gab es für mich nur die Schule und den Sport. Inzwischen trainierte ich mehr, arbeitete Vollzeit, um meine Hypothek abzuzahlen, und studierte auch noch. Ich lehnte mich an ihn, sodass ich seine Bartstoppeln an meiner Stirn und das tiefe Rumpeln in seiner Brust spürte.

»Marty wird ein bisschen zu keck, das ist alles. Wir müssen ihn wohl mal einen Gang zurückschalten, was?« Damit schickte er mich nach Hause.

Zwei Tage später waren wir unten bei Mr. Burgen. Er erwähnte unser Gespräch nicht, und ich hatte nicht bemerkt, ob er beim Training etwas zu Marty gesagt hatte. Trotzdem war offensichtlich, dass etwas los war, als sie zusammen trainierten. Ich war mit meinem Partner beschäftigt, hörte aber das unmissverständliche Geräusch, als ein Fuß sein Ziel traf, sowie das Klatschen und Ausatmen, das mit einem festen Treffer gegen die Brust einherging.

Auch die anderen guckten hin. Alle kämpften halbherzig weiter, während sie beobachteten, wie der Heißsporn gegen den Boss kämpfte. Wir hatten das natürlich alle schon mal erlebt und wussten, wie es endete, was der Erregung, die mir über den Rücken jagte, allerdings keinen Abbruch tat.

Bald hatten wir anderen das Training unterbrochen und einen losen Kreis um die beiden gebildet. So sah ich Martys seitlichen Tritt gegen Mr. Burgens Schenkel, dem ein Faustschlag unter die Rippen folgte. Marty war richtig aufgedreht. Seine Schulter rammte hörbar gegen Mr. Burgen. Der zog ihn dicht an sich heran, und so aneinandergepresst wie sie waren, wunderte ich mich über die pure Dumpfheit der Männer und ihre Hormone. Mr. Burgens Brust war fast doppelt so breit wie Martys, sodass ich, als sie sich umdrehten, nichts außer seinem Rücken sah. Marty war irgendwo in der Umklammerung des anderen Mannes. Mr. Burgen besaß etwas Hartes, was Marty niemals haben würde. Klar war er stark, und er hatte ein strammes Sixpack unter seinem Kampfanzug, das ihm einen Modelvertrag einbringen könnte, doch etwas an Mr. Burgen zeigte mir, dass er den stürmischen Marty problemlos schlagen könnte und nicht einmal aus der Puste geraten würde. Das verrieten mir seine Schultern, die Abschürfungen an seinen Fingerknöcheln, aber auch sein Blick und das harte Kinn.

Marty sackte zusammen, als Mr. Burgen seine große Faust in seinen Bauch hieb, und ich bekam ein bisschen Angst. Ich wollte ja, das Marty zu Boden ging, aber nicht, dass er verletzt wurde. Mr. Burgen hatte seine Hüfte hinter Marty und schien entschlossen, ihn auf die Matte zu knallen. Dann überlegte er es sich aber anders, schubste Marty von sich weg und klatschte in die Hände. Das war's, alle zurück zum Training.

Wir machten unsere Aufwärm- und Dehnübungen, und

ich fragte mich, was passiert war. Für mich hatte es ausgesehen, als würde Marty nach einem echten Kampf lechzen, den Mr. Burgen ihm verweigerte. Marty war vom Haken gewesen, bevor er überhaupt dran gebaumelt hatte. Und ich fühlte mich betrogen. Wir stellten uns auf. Nachdem Mr. Burgen uns an die nächste Trainingsstunde erinnert hatte, schickte er uns nach Hause. Für einen winzigen Moment begegneten sich unsere Blicke, seiner war kalt und ruhig. Dann fügte er beiläufig hinzu: »Ach, und Marty, kannst du bitte noch kurz bleiben?«

Es war also doch nicht vorbei. Er wollte lediglich die Zuschauer loswerden.

»Wie fühlst du dich? Gut?« Mr. Burgen war wieder auf der Matte. Lächelnd manövrierte er Marty wortlos in Position.

»Ja, ähm, prima, aber …«

»Schön, dann probieren wir's noch mal, okay?« Mr. Burgen verneigte sich, bereit anzufangen, und Marty beeilte sich, mit ihm mitzuhalten.

»Cat? Zähl uns an.« Ich gab das koreanische Startkommando, und Mr. Burgen stürzte sofort los. Marty wurde von einem frontalen Kick in den Bauch nach hinten geschleudert, und Mr. Burgen war gleich wieder vor ihm, hieb mit seinen großen Fäusten auf ihn ein. Marty schaffte es, wegzutänzeln, ohne zu Boden zu gehen, doch Mr. Burgen ließ nicht locker, trieb ihn in die Ecke.

Normalerweise hielt er sich beim Training mit Schülern zurück. Er erlaubte dem Schüler, ihn anzugreifen, zeigte ihm, was er falsch machte, und warf ihn so auf die Matte, dass es nicht wehtat, geschmeidig, stark, aber sanft. Deshalb sprach man ja auch von Kampfkunst. Man bekam den Hintern versohlt, keine Frage, doch Mr. Burgen tat es mit einer fließenden Eleganz, sodass die Landung angenehm war und man schwören wollte, er packte einen hin, um sich dazuzulegen.

Von alle dem war hier keine Spur. Da war nichts Elegantes an der Art, wie er auf Marty losging. Er drängte ihn unnachgiebig weiter zurück. Inzwischen war Marty nicht mehr im Trainingsquadrat, dennoch wich Mr. Burgen nicht zurück, um ihn wieder in den Bereich zu bringen, sondern trieb ihn weiter gegen die Gewichtbänke. Marty verlor das Gleichgewicht und kippte nach hinten, als Mr. Burgen ihn vorn an seiner Jacke packte und zurück ins Quadrat schleuderte. Marty stolperte, schoss aber vor Angst gleich wieder nach oben. Mr. Burgen kam näher und fing Martys Roundhouse unter seinem Arm ab. Ein Bein von Marty eingeklemmt, war es leicht für Mr. Burgen, ihm das andere wegzutreten. Marty knallte auf die Matte und schrie, als Mr. Burgens Gewicht auf ihm landete.

»Wehgetan?«, raunte Mr. Burden in Martys Ohr.

»Nein, nur …«

Ich schätzte, dass er sagen wollte, er wäre nur aus der Puste, bloß kam er nicht dazu, denn Mr. Burgens Faust krachte ihm gegen das Kinn.

»Und jetzt? Wie gefällt dir das, hä?«

Marty war blutend unter ihm eingeklemmt, und Mr. Burgens Schweiß tropfte auf ihn. Mr. Burgen änderte seine Position ein wenig und rammte die Hüften übel auf Martys Schritt.

»Wie gefällt dir das?«

»Scheiße! Was zum Geier war das?«

»Das ist mein Schwanz! Merkst du es nicht? Das ist mein verfluchter Schwanz. Und du wirst noch viel mehr von ihm merken, du kleines Stück Scheiße!«

Die meisten Leute würden jetzt wohl nach einer Auszeit

schreien. Doch alles schien noch ziemlich normal, bis Marty sich einen Schlag mit der Rückhand ins Gesicht einfing. Und nicht einmal das war richtig befremdlich. Marty war ein Kotzbrocken, der längst verdient hatte, etwas an die Ohren zu kriegen.

Ich wollte protestieren, tat es jedoch nicht. Ein elektrisierendes Kribbeln hatte sich in meiner Brust geregt, als Mr. Burgen alle anderen wegschickte. Irgendwann, vermutlich als Mr. Burgen seinen Schwanz an Martys rieb, musste in mir eine Sicherung durchgebrannt sein, sodass nun heiße Ströme zwischen meine Schenkel strömten. Mr. Burgen war ein kräftiger, muskulöser Mann, und ich wettete, dass er einen dazu passenden dicken, muskulösen Schwanz hatte. Über diesen Schwanz hatte ich schon sehr viel nachgedacht. Ich wusste es, er wusste es, und ich war ziemlich sicher, dass auch seine Frau es wusste. Aber dabei hatten wir es belassen, und deshalb trainierte ich wohl auch so hart und so lange und wurde so verdammt gut. All die sexuelle Energie musste ja irgendwohin.

Was mich außerdem vom Protestieren abhielt, war der Ausdruck in seinen Augen. Und die Geschichten. Fakt: Mr. Burgen war ein Kriegsveteran. Heißes Gerücht: Mr. Burgen bekam eine Versehrtenrente vom Staat. Das machte mich nachdenklich. Versehrt? Ausgeschlossen. Es konnte jedenfalls nichts Körperliches sein. Und das war der Grund, weshalb ich meinen Mund hielt. Der Staat verschenkte solche Pensionen nicht. Wenn also mit Mr. Burgens Körper alles in Ordnung war, musste etwas mit seinem Kopf nicht stimmen.

Mein erster Gedanke war, Hilfe zu holen. Mr. Burgen hatte offensichtlich so eine Art Kriegstrauma-Flashback. Vielleicht hatten Martys aggressives Kämpfen und meine mädchenhaften Klagen den Soldaten in ihm geweckt, der beschützen und verteidigen wollte. Obwohl das eigentlich nicht erklärte, wieso er einen Ständer hatte, als er auf Marty eindrosch. Ich blickte zur Decke und lauschte, ob ich Schritte hörte. Claudia, Mr. Burgens Frau, musste da oben sein. Falls es tatsächlich hart auf hart ging und Mr. Burgen es ernst meinte, dass Marty seinen Schwanz zu spüren bekam, würde Marty doch gewiss schreien. Was anderes blieb ihm gar nicht übrig, denn Mr. Burgen war doppelt so kräftig wie er und doppelt so gefährlich wie Marty und ich zusammen. Also würde Claudia die Schreie hören und nachsehen.

»Sie ist nicht da, Cat.« Mr. Burgen war Auge in Auge mit Marty und hatte dessen Arme über seinem Kopf auf die Matte gedrückt. »Sie ist abgehauen. Vor drei Monaten. Sie meinte, dass mir meine Schüler sowieso immer wichtiger wären als sie, also macht es mir eh nichts aus.«

Er sah zu mir. »Komm hier rüber. Setz dich.« Seine Stimme war nun ruhig, kein Anflug mehr von Wut. Auch seine Miene war ausdruckslos, distanziert. Vielleicht war der Anfall vorbei, dachte ich, also ging ich hin und kniete mich neben sie auf die Matte. Wenn wir ihn einfach nur ruhig hielten, ging das hier eventuell vorüber, ohne dass jemand zu Schaden kam.

»Hier, halte ihn.« Ich rutschte näher, sodass Martys Kopf zwischen meinen Schenkeln war, und stützte meine Knie auf seine Unterarme. Auf die Weise hatte ich beide Hände frei, falls Mr. Burgen irgendwas Verrücktes tat. Martys Hände waren warm, als er meine Fesseln umfasste. Ich lächelte ihm beruhigend zu. Seine Erwiderung, die ich von oben sah, war nicht etwa mühsam kaschierte Panik, wie ich erwartet hatte. Eher war das … kaum kontrollierte Lust, was mich verwirrte. Marty war kein verkappter Schwuler, eher langweilig normal. Er trainierte hart und arbeitete viel. Ich war sicher, dass er zusätzlich zu Mr. Burgens Training noch regelmäßig Ausdauer trainierte. Nachdem ich seine Frau kennengelernt hatte, nahm ich an, dass der Sport seine einzige Flucht für Mrs. Martys Terrorherrschaft war. Könnten zu viel Arbeit und zu wenig Vergnügen schuld sein, dass Marty auf einmal so spitz schien?

Mr. Burgen riss ihm die Hose mitsamt Unterhose herunter, und meine Theorie wurde bestätigt. Martys steifer Schwanz sprang hervor und landete mit einem dumpfen *Plumps* auf seinem Bauch. Er schloss die Augen und sog Luft ein. Mr. Burgen fixierte mich mit seinen Augen, als er seinen schwarzen Gürtel abnahm. Seine Hose lag schon auf dem Boden neben Martys, sein Schwanz ragte unter der Jacke auf.

Mist! Wie sah ich jetzt aus? Glotzte ich verdattert, den Mund halb offen? Denn mein Gehirn bewegte sich eindeutig in die Richtung. *Reiß dich zusammen! Jeden Moment hat er den Gürtel ganz abgenommen, die Jacke ausgezogen, und dann hast du ihn hier vor dir, heißes, hartes Fleisch und rauschender Puls.*

Panik ergriff mich. Es war egoistisch, aber was wäre, wenn der echte Mr. Burgen es nicht brachte? Jahre hatte ich ihn mir ausgemalt, während ich es mir selbst machte. Der Mr. Burgen, den ich kannte und liebte, war ein Fantasiegespinst. Und meine Hingabe ans Training war vor allem dem Genuss geschuldet, Mr. Burgen zu beobachten. Was, wenn er sich nun auf einmal als ganz normaler Kerl entpuppte?

Seinen nackten Oberkörper hatte ich schon gesehen, und der war definitiv Fantasiefutter. Eine meiner schönsten Erinnerungen war die an eine Stunde im Sommer, als er nur in Hose und Gürtel trainierte. Die Hose hatte tief auf seinen Hüften gesessen, und der Gürtel hatte seine straffen Bauchmuskeln betont. Die untere Hälfte war auch klasse, typisch »hart arbeitender Mann«: behaart, sonnengebräunt, mit ausgeprägten Muskelwölbungen. Aber was war mit der Mitte?

»Martin tut es leid, dass er so fies zu dir war, Cat.«

Er hatte immer noch seine Jacke an und kniete sich zwischen Martys Beine. Marty hob nun tatsächlich die Beine und legte sie über Mr. Burgens Schenkel. Wegen der Jacke konnte ich Mr. Burgens Schwanz nicht sehen, ahnte aber, dass Marty ihn an seinen Hoden fühlen müsste. Marty stöhnte laut, und fast hätte ich eingestimmt, als Mr. Burgen eine seiner groben Hände um Martys Schwanz legte und anfing, ihn zu reiben. Dass diese raue, gefährliche Waffe so sanft über die glatte Haut von Martys Glied glitt, war derart verblüffend, dass ich unwillkürlich zu meiner Hose blickte, da ich fürchtete, dass sich dort die Feuchtigkeit abzeichnete. Wie konnte etwas so Hässliches, Kampfgestähltes immer noch so zärtlich, geradezu liebevoll sein? Meine Hand wanderte automatisch zu meiner Muschi, eigentlich nur um zu fühlen, ob sie schon die Hose durchfeuchtete, aber ich ließ sie dort. Der Druck auf meiner Klitoris war köstlich, und ich konnte nicht widerstehen, sie ein bisschen zu reiben.

»Martin möchte sich entschuldigen, Cat«, murmelte Mr. Burgen, der sich auf Martys Schwanz konzentrierte.

»Lass ihn das wiedergutmachen.« Er sah meine Hand, und ein Lächeln erschien, bei dem sich seine Mundwinkel kaum merklich nach oben bogen und sich die Haut in seinen Augenwinkeln kräuselte. Er atmete tief durch die Nase ein und sah mir in die Augen, als er meinen Duft aufnahm.

»Nur zu, tu's.« Seine Stimme klang kehlig, hauchend und lustvoll. Sein Lächeln wurde ein wenig breiter.

»Ertränk den kleinen Wichser. Du hast es verdient.«

Ich stand auf, griff nach meinem Hosenbund und blickte hinab. Marty grinste mich an und zwinkerte mir zu, also ließ ich meine Hose herunterfallen, stieg heraus und setzte mich auf das dämliche Grinsegesicht. Martys Mund sog sich wie ein Putzerfisch an meinem Kitzler fest, und ich rang nach Luft, weil es so intensiv war. Ich rieb meine Möse an seinem Gesicht, damit er ein bisschen lockerer ließ, doch stattdessen tauchte er einen Daumen tief in meine Muschi. Dankbar seufzte ich und wiegte mich hin und her. Das Vakuum an meiner Klitoris wurde zu einem pulsierenden Rhythmus, und ich fühlte, wie Marty mit dem anderen Daumen die Flüssigkeit bis zu meinem Anus verstrich.

Ich hatte meine Augen geschlossen, als Martys Zunge meine Klitoris berührte, wurde aber in die Realität zurückgeholt, als jemand an meinem Gürtel zerrte. Mr. Burgen war da, aber seine Jacke war verschwunden, und nun hatte er zwei Schwänze fest in den Händen. Genüsslich nahm ich jede Wölbung, jedes Zucken in mich auf, als mein Blick von seinem verdorbenen Grinsen hinab zu den beiden glitschigen Schwänzen wanderte, die in seine Fäuste stießen. Ich sah auch, warum sie so glitschig waren. Ein großer Tropfen Vorsamen war aus Burgens Schlitz gesickert und rann langsam die violette, pilzförmige Eichel hinab in seine Faust. Dort wurde er von der Hitze und Reibung zweier zuckender Schwänze verschlungen.

Ich wollte kein Mitgefühl für Marty empfinden, denn immerhin saß ich auf seinem Gesicht, und er leistete wirklich gute Arbeit, und doch verglich ich die beiden, was ungerecht war. Der Längenunterschied war nebensächlich, zumal man ihn in dieser Stellung nicht genau erkennen konnte, aber der Unterschied im Umfang war brutal augenfällig. Wie sein Besitzer war Mr. Burgens Schwanz groß und gefährlich aussehend, und ich wollte ihn sofort. Burgens Faust, die sich geradezu verstörend riesig an Martys Schwanz ausnahm, schien auf seinem eigenen wohlproportioniert. Ja, alle Proportionen stimmten, und meine Fantasie blieb unbeschädigt. Meine Denkfähigkeit hingegen versagte.

»Sei fair, Cat. Jacke aus!«

Er hatte meinen Gürtel und die Jacke abgestreift, als wäre es nichts. Diese Kampfsportjacken wurden vorn übereinandergelegt und nur von einem Hüftgürtel gehalten, sodass sie ohnedies immer ein bisschen aufklafften. Der BH war etwas anderes. Bei diesem Sport trug ich immer meinen festesten Sport-BH mit halb geschlossenem Rücken, der biestig aufzubekommen war. Um die Sache zusätzlich zu erschweren, hatte Burgen die beiden Schwänze losgelassen, beugte sich vor und sog meine halbe linke Brust gierig ein – mitsamt BH. Die rechte Brust kam unterdes nicht zu kurz, denn er knetete und drückte die Spitze zusammen, sodass ich dringend meinen BH loswerden wollte. Marty musste meine Verzweiflung gespürt haben, oder ihm fehlte Burgens Hand an seinem Schwanz. Jedenfalls hatte er mir den BH geöffnet, ohne meine Klitoris auch nur eine Sekunde zu vernachlässigen. Sowie die Haken gelöst waren, riss Burgen ihn mir über den Kopf und nuckelte erneut an meiner Titte.

Ich sah zu ihm hinab und konnte nicht anders, als sein Gesicht zu berühren. Nur ganz kurz. Ich fühlte das Kratzen seiner grau melierten Bartstoppeln, die Muskeln in seiner Wange und an seinem Hals, und ich sah diese warmen braunen Augen – Mr. Burgens Augen, nicht die eines blutrünstigen Soldaten – zu mir aufblicken. Prompt schloss ich meine wieder, drückte seinen Kopf an meinen Busen und gab mich ganz dem Orgasmus hin, der sich in meiner Möse aufbaute.

Ich wollte, nein, ich brauchte einen Schwanz in mir. Sofort. Bald würde ich kommen, und dabei wollte ich Burgens Glied in mir haben. Aber ich wollte auch, dass Marty bekam, was er verdiente. Eines nach dem anderen.

Mit einem Geräusch wie eine sich öffnende Luftschleuse, löste ich mich von Martys Mund und lächelte Mr. Burgen an. »Sie sind dran.«

Ich fragte mich noch, ob er es tun würde, als Marty ihm die

Entscheidung abnahm. Er umfing die haarigen Arschbacken mit den Händen und schloss seine heißen geschwollenen Lippen um Mr. Burgens Schwanz. Ich hörte Mr. Burgen die Luft anhalten, und er schien sich vor mir förmlich auszudehnen. Marty fand einen steten Rhythmus, gab ihn frei, bis Mr. Burgens Eichel beinahe aus seinem Mund glitt, bevor er den ganzen Schaft in sich einsog und die Nase im Schamhaar vergrub. Zuerst genügte es Mr. Burgen offenbar, dazusitzen und sich von Marty lutschen zu lassen. Allerdings dauerte es nicht lange, bis er vorsichtig in ihn hineinstieß. Und eine kleine Weile später packte er Martys Kopf mit beiden Händen, bumste ihn ernsthaft in den Mund.

Eine von Martys Händen drang zwischen meine Schenkel und wollte nach meiner Klitoris suchen, aber ich war ihm zuvorgekommen. Also tauchte er zwei Finger in meine Möse, bevor er weiter nach hinten glitt und sanft gegen mein Loch drückte. Ich starrte gebannt auf Mr. Burgens geäderten Schwanz, der abwechselnd in Martys Mund verschwand und wieder aus ihm auftauchte. In den Jahren bei ihm hatte ich genug gesehen, um zu wissen, dass Mr. Burgen eine gesunde Libido hatte. Nun jedoch begriff ich, dass dieser Mann mehr Geheimnisse hatte, als ich jemals vermutete.

»Oh, Fuck!«

Es war eher ein Ausruf als eine Bitte meinerseits. Marty hatte es anscheinend aufgegeben, behutsam in mein hinteres Loch eindringen zu wollen, und hatte stattdessen seinen Daumen und die halbe Hand hineingerammt. Mr. Burgen indes verstand es wohl als einen Befehl, der sofort auszuführen war. Er bedeutete mir, mich umzudrehen, zog seinen Schwanz aus Martys Mund, fasste mich bei den Hüften und führte mich auf sein Glied hinunter. Er stieß mir grob entgegen, und ich stöhnte, als mein Hintern auf seinen strammen Bauch knallte.

Er glitt ein wenig zurück und versenkte sich vollständig in mir, füllte mich aus und hielt mich fest. Momente vergingen, in denen wir rückwärts rutschten, und ich fragte mich schon, was er vorhatte. Andererseits war ich so voll von ihm, dass es mir im Grunde egal war. Dann aber ließ er sich vorsichtig hinunter, mich mit sich nehmend, und ich hörte, wie er laut in meinen Nacken stöhnte.

Zwar konnte ich nicht nach hinten sehen, aber Martys Reaktion ließ nur einen Schluss zu: Mr. Burgen hatte Martys Schwanz auf die einzige Weise in Besitz genommen, die ihm möglich war.

Dann hob er mich ein wenig an. Ich spürte, wie sich seine Brust- und Armmuskeln wölbten, und richtete mich so weit auf, dass nur noch seine Eichel in mir war. Als ich mich wieder nach unten sinken lassen wollte, kam er mir entgegen und rammte seinen Schwanz tief in mich hinein. Ich blickte über die Schulter zu seinem Glied und hörte sein heftiges Einatmen, als er sich vollständig auf Martys Schwanz zurücksetzte. Es war zu viel. Schon bei dem Gedanken, dass er Mann genug war, sich zu nehmen, was er brauchte, statt zu warten, bis es ihm jemand gab, kam ich beinahe. Er vögelte uns beide, einfach so, und er tat es genauso, wie er alles tat: mit einer großen, geschmeidigen, nicht enden wollenden Kraft.

Ich bearbeitete meine Klitoris, während die andere Mr. Burgens Hand, die auf meinem Busen lag, aufforderte, gröber zu sein. Er verstand, biss mir in die Schulter und befahl mir mit einem letzten wilden Stoß zu kommen. Folgsame Schülerin, die ich war, gehorchte ich. Meine Schoßmuskeln kontraktierten an seinem dicken Schwanz und schickten Wellen durch meinen Körper, die sich in einem heiseren Stöhnen Bahn brachen. Er hielt mich dort, schmerzlich gedehnt auf ihm, und ich glaubte schon, er wäre zu Stein geworden. Alles an ihm wurde bretterhart, sodass ich fürchtete, mir etwas einzureißen. Marty ächzte und bäumte sich unter uns auf, und da atmete Mr. Burgen mit einem Knurren aus, erschauderte und sackte schwer gegen meinen Rücken.

Ich lehnte mich an seine Brust zurück, bis die letzten Beben in mir verebbten. Mein Kopf kippte nach hinten an seine Schulter. Ich hätte ewig so verharren können, wären da nicht Arthritis und Schrapnell gewesen.

»Lass mich aufstehen, Cat. Meine verfluchten Knie bringen mich um.«

Okay, diese Bemerkung würde es niemals in meine Fantasie schaffen, aber den Rest speicherte ich in satten, farbenfrohen Bildern für künftige Verwendung ab. Ich weiß bis heute nicht, ob er ein Kriegstrauma hatte, oder ob es nur eine beängstigend gute Darstellung gewesen war, um mir an die Wäsche zu gehen. Das ist letztlich auch gar nicht wichtig.

Es hat schließlich funktioniert.

Timbre

Angela Caperton

Arbeit. Allen Göttern und guten Geistern sei Dank! Die Probleme von jemand anderem zu hören, würde meine eigenen verstummen lassen.

Abends war ich bei der Postfiliale vorbeigegangen und hatte meine Briefe abgeholt: Bankauszüge, Kreditkartenabrechnung, wertlose Sonderangebotswerbung von Läden, in denen ich nie kaufe, ein lachhaftes Angebot, meine Hypothekenraten zu reduzieren, und zwei gepolsterte Umschläge. Hier winkte das Geld.

Im matten Schein der Lichterkette an der Cockpitreling meines Boots – das gleichzeitig mein Zuhause war – blinzelte ich auf die Absender. Der erste Umschlag kam von M.V., Chesapeake Bay. Max. Wieder mal ein Überwachungsband, hoffentlich ohne lautes Knistern und Knacken aus dem Jackentascheninnern eines hypernervösen Mannes. Nach dem letzten Schreibjob für Max hatten mir zwei Tage lang die Ohren geklingelt. Achselzuckend legte ich den Umschlag zur Seite. So oder so zahlte Max schnell und gut. Wenn ich es schaffen würde, das Band bis Donnerstag abzutippen, wäre das Geld zeitig zur nächsten fälligen Liegeplatzgebühr auf der Bank.

Ich nahm den zweiten Umschlag auf und betrachtete die in sauberer Druckschrift gehaltene Adresse. *R.K.* und ein Postfach.

Port Orange, nur zwanzig Meilen südlich von hier.

Meine Aufträge hier kamen meistens aus Jacksonville oder Tampa, wo die Postfächer zum Teil dem Bundesgericht gehörten und niemand groß einen Hehl daraus machte. Und die Honorare, die ohne großes Tamtam auf meinem Onlinekonto eingingen, bestätigten meinen Verdacht.

Port Orange. Ganz in der Nähe. Vielleicht half mir das, meine finstere Laune zu vertreiben.

Vor einem Monat endete die beste Beziehung, die ich je hatte, mit einem Handschlag. Glaubt man das? Ich hatte im Cockpit der Aunt-Sea gestanden und Leonard nachgesehen, wie er die Pier entlang zu seinem wartenden Truck ging. Beim Anblick des kleinen Leihanhängers hinten an seinem F150 hatte mir das Herz geblutet. Trotz des freundlichen Abschieds lag mir eine bleierne Schwere aus Schuldgefühlen und Verlust auf der Seele. Wie auch nicht? Leonard war ein guter Mann, stark und fleißig, mit Zielen und Ambitionen, die einen sehr klaren, mit schönen gleichmäßigen Steinen gepflasterten Weg vor ihm absteckten.

Vielleicht war gerade das Teil meines Problems mit ihm: dieser sehr gerade Weg. Ich mochte unterschiedliche Pflastersteine, hier und da ein Mosaik, spannende Unterbrechungen. Ich wollte Abwechslung, ein buntes Muster, das ganz allein mir gehörte, anstelle von gradliniger Einförmigkeit.

Leonard wollte eine Frau und ein Heim, vielleicht sogar Kinder, obwohl in meinem Alter Empfängnis und Schwangerschaft ein ganz eigenes Abenteuer gewesen wären. Seine schwindende Geduld angesichts meiner mangelnden Begeisterung für die kleinsten Andeutungen von häuslichem Glück äußerte sich in zunehmendem Grübeln und gesteigerter Konzentration auf seine Arbeit.

Jahrelang waren wir praktisch unzertrennlich gewesen,

Hand in Hand, Lippen an Lippen, voller Leidenschaft, wenn der eine den anderen nur ansah. Erst eine Woche vor dem Lebewohl hatten wir bei Sonnenuntergang Wein im Cockpit getrunken, auf das glitzernde Orange und Rot des Zwielichts über der Bucht geschaut und geschwiegen.

Er hatte mich gebeten, mit ihm zu kommen, die Aunt-Sea zu verlassen und mit ihm nach New Orleans zu ziehen. Sie brauchten gute Tischler und Zimmerer, um die historischen Gebäude und die Antiquitäten zu restaurieren. Er hatte schon geschwärmt, bevor sich das Wasser nach Katrina wieder zurückzog. Und er hatte alles geplant, sein Haus verkauft, seine Sachen zusammengepackt, bereit, ein neues Leben zu beginnen – mit mir oder ohne mich.

»Petra, komm mit mir. Du kannst doch überall arbeiten. Dein Bruder ist in Rotterdam, und deine Nichte studiert jetzt in New York, verdammt, hier hält dich nichts!«, war es aus ihm herausgeplatzt, als er mir eröffnete, dass er in nicht einmal einem Monat nach New Orleans gehen würde. Mehr brauchte er nicht zu sagen. Ich kannte ihn gut genug, um zu wissen, was unausgesprochen blieb. Er wollte, dass ich ihn heiratete, die letzten gleichförmigen Steine in seinen vorgezeichneten Weg einfügte.

Und der Teil von mir, der ihn liebte, sehnte sich danach, ihm nachzugeben, während der andere Teil, der schon einmal viel zu viel gegeben hatte, mir ein Messer an die Kehle hielt und mir das Leben zu nehmen drohte, sollte ich es tun.

Mein Überlebensinstinkt gewann.

Also, machte ich es mir mit Port Orange auf dem Schoß im Cockpit der achtzehn Meter langen Ketsch gemütlich, die ich mir nach dem Tod meines Vaters gekauft hatte, und starrte hinaus auf die tiefen Rot- und Violetttöne, die der Sonnenuntergang aufs Meer warf. Ich trank eine Flasche Cabernet, die ich vor dem Anruf geöffnet hatte. Ein Monat war seit Leonards Abreise vergangen. Seither hatte er zweimal angerufen, einmal um zu sagen, dass er gut in New Orleans angekommen sei, und das zweite Mal vor zwei Stunden. Da hatte seine Stimme ein wenig schleppend vom Alkohol geklungen – Bourbon, wollte ich wetten –, und die Pausen zwischen seinen Sätzen waren unangenehm lang gewesen. Mir war klar, dass dies mein letzter Abschied von ihm gewesen war.

Ich leerte den Rest des Weines und versuchte, mich auf die Arbeit zu konzentrieren, die mit der Post gekommen war. Mein Name, Petra Arin – Pete für Freunde und Stammkunden – war inzwischen ein Synonym für schnelle, genaue Abschriften und Diskretion. Was mir zu Ohren kam, landete nur an einer Stelle: in der Mitschriftakte. Und es schadete natürlich auch nicht, dass ich bereit war, irrwitzig lange zu arbeiten, um einen Auftrag rasch zu erledigen. Werbung musste ich jedenfalls keine machen, denn meine Kunden gaben meinen Namen und die Web-Adresse von sich aus weiter. Ich war bekannt dafür, dass ich sogar von Wachsrohlingen transkribierte, wenn es sein musste – und mir war egal, was ich tippte. Ich sprach und schrieb drei Fremdsprachen fließend und konnte »Verpiss dich« in sechs weitere übersetzen. Ich hatte schon Gespräche zwischen hohen Tieren des organisierten Verbrechens und Auftragskillern getippt und die intimsten Momente von mehr Affären belauscht, als ich zählen konnte. Autoren und Möchtegernautoren schickten mir Bänder und CDs von ihren Meisterwerken, damit ich ihren Gedankengängen eine lesbare Struktur verlieh.

Ich riss den Polsterumschlag auf und nahm die CD sowie das gefaltete Briefpapier heraus. Vom Wein hatte ich wackelige Knie, als ich die Stufen vom Cockpit in die Hauptkajüte der

Aunt-Sea hinunterstieg. Nachdem ich das Licht in der Kombüse angeknipst hatte, faltete ich den Briefbogen auseinander.

Anbei eine Aufnahme, die ich gern abgetippt haben möchte. Bitte alle Geräusche und alles Gesagte mitschreiben.

Der Rest des Begleitschreibens enthielt die üblichen Standardsätze und Bemerkungen zur Bezahlung; allerdings musste ich grinsen, als ich R.K.'s Beteuerung las, er – die Handschrift war maskulin – würde mir bei schneller Abgabe einen 50-Prozent-Aufschlag zahlen.

Das anheimelnde Knarren und Knarzen des Boots umgab mich, als ich in die Hauptkajüte ging, in der ich mir mein Arbeitszimmer eingerichtet hatte. Dort nahm ich mir meinen Discman und das Headset und machte mich auf den Weg zurück zum inzwischen dunklen Cockpit.

Ich setzte mich auf die dicken Kissen, legte die CD in den Player, stülpte das Headset über meine Ohren und lehnte mich zurück.

Das elektronische Knistern des Aufnahmegeräts wurde für mich zur Leinwand, vor der sich alles abspielte. Ich hörte eine Tür, die geöffnet wurde, Schritte, wahrscheinlich auf Stufen, ein Paar verhalten, schüchtern, das andere fester und selbstsicher. Die Augen geschlossen, schaltete ich das Wasserschwappen am Rumpf und das vertraute Klimpern der Takelage aus. Die digitalen Schritte wurden beständig lauter, und dann, leise wie ein Flüstern im Sommerwind, kam ein tiefe Stimme, das Timbre eines unendlich tiefen Geräuschflusses. Sie sprach nur zwei Worte, die meinen Bauch zum Erbeben brachten und ein Feuer in mir entfachten.

Folge mir.

Das war ein Befehl.

Jeder Muskel meines Körpers spannte sich an. Ich drehte die Lautstärke auf und hielt die Augen geschlossen, während ich mir vorzustellen versuchte, was ich hörte. Die Holzstufen waren deutlicher zu erkennen, wie man an dem vorsichtigen Scharren und dumpfen Aufschlagen der Sohlen hören konnte. Es kam mir vor wie eine Ewigkeit, in der ich nichts als Schritte hörte. Der Mann sagte nichts mehr. Irgendwann endeten die Stufen, und nun gingen die Schritte über Fliesen oder Stein. War es dunkel? Es klang dunkel, nach geschlossenem Raum. Ich hörte ein schwaches Echo von den Wänden.

Klicken. Handschellen? Absätze. Die Frau – nein, Moment: die zweite Person – trug hohe Absätze.

Vertraust du mir? Ein warmer Schauer lief mir über den Rücken. Wie tief konnte diese Stimme denn noch werden? Ich verglich sie mit teurem Kognak, der kräftig und scharf schmeckte. Die Stimme ließ mein Blut schneller fließen. Sie verhieß etwas, von dem ich wusste, dass ich es wollte. Ich drückte den Rücklauf und horchte erneut. Seine Stimme war nicht klar. Er sprach nicht in den Raum hinein. Nein, es klang, als wären seine Lippen nur Millimeter von Haut entfernt.

Eine Pause trat ein, dann war das geflüsterte, vibrierende Alt einer Frau zu hören. *Ja.*

»Und ob«, sagte ich laut, zog meine Knie an und fühlte, wie sich die Naht meiner Caprihose vielversprechend an meiner Klitoris rieb. Ich nahm eines der weichen Kissen, die ich im Cockpit hatte, auf den Schoß und drückte es an meine Brust, als könnte es mich vor der Erregung schützen, die sich in mir aufbaute.

Mehr Geräusche, wie reibender Stoff, ein Klimpern wie von Gürtelschnallen, der unregelmäßige Atem der Frau, ihr tiefes, gelegentlich ruckartiges Luftholen, das Erregung signalisierte.

Ich kannte die Laute des Beischlafs. Dutzende Male hatte

ich mir Bänder von untreuen Männern und Frauen angehört und drei Wochen Audioüberwachung einer Model-Agentin aus South Beach abgetippt, die ihre Mädchen gern groß, dünn und offen für ihre Avancen hatte. Mein Job war quasi Audiospannen in Reinform, und zumeist war es einfach nur anstrengend und nervig, anderen beim Sex zuzuhören – ich verdrehte nur noch die Augen, wenn ich einen Mann beim Orgasmus »Oh, Baby!« schreien hörte. Aber dann und wann waren die Bänder wie ein akustisches Vorspiel, sodass ich meinen Vibrator zückte und den Ritt genoss.

Wie war das? Ein weiterer Hitzeschwall direkt in meine Muschi.

Beim samtigen Schnurren der Frau biss ich mir auf die Unterlippe. Ich stellte den Ton lauter, als könnte mehr elektronisches Knistern die Szene näher bringen, die ich beinahe vor mir sah. Ich hörte Küsse – Lippenschmatzer unterbrochen von schweren Atemzügen, und …

Es war fast wie ein träges Plätschern, ein dumpfes Tröpfeln, kaum wahrzunehmen inmitten von Stöhnen und Küssen. Ich spulte abermals zurück und lauschte aufmerksam.

Nass. Feuchte Liebkosungen. Bumste er sie? War das sein Schwanz, der in ihrer Scheide hin- und herglitt? Nein. Kein Rhythmus, keine Laute von ihm, ausgenommen seine Lippen auf ihren.

Sie seufzte kurz, als wäre ihre Halsmuskulatur sehr angespannt.

Das Gleiten und Glitschen von Haut ging weiter. Befriedigte er sie mit den Fingern? Spielte er mit ihrer Klitoris, neckte sie mit langen Fingern, die er mit ihrem Saft benetzte? Ich hörte, wie feucht sie war, ja, das Geräusch war unmissverständlich.

Ihr Atem wurde abgehackter, unregelmäßiger. Er brachte

sie zum Orgasmus, und ich verkroch mich tiefer in meine kleine Ecke des Cockpits. Meine Nippel waren steinhart, und meine eigenen Säfte durchnässten meinen Slip.

Ihre Erregung steigt; sie kommt gleich.

Noch nicht.

Meine Wangen glühten, als ich in das frustrierte Stöhnen der Frau einstimmte. Die feuchten Geräusche verstummten, aber er berührte sie noch, denn ich hörte seine Lippen auf ihrer Haut, nicht auf ihrem Mund. Gütiger Gott, wollte er es ihr mit dem Mund machen? Ich leckte meine trockenen Lippen und horchte angestrengt.

Mein Finger drehte den Lautstärkeregler hoch, damit ich ja keinen der köstlichen Laute verpasste.

FLAPP!

Der Knall explodierte in meinen Ohren, während die Altstimme aufheulte. Vor Schreck glitt mir der Discman aus den Händen, der, gefolgt von den Ohrstöpseln, auf den Boden des Cockpits fiel.

Heiliger Bimbam, was war das denn?

Ich nahm das Gerät wieder auf und starrte es an wie einen Alien. Dann stöpselte ich die Ohrhörer wieder ein und drückte PLAY. Ich war froh, dass die CD noch intakt zu sein schien. Sie fing wieder von vorn an.

Ich drehte die Lautstärke zurück und drückte den Schnellvorlauf.

Noch nicht.

FLAPP!

Der Hieb klang nicht wie Haut auf Haut. Prügel hatte ich schon auf Band gehabt, und die hörte sich nicht so an. Vorsichtig drehte ich ein klein wenig lauter und spielte es noch einmal ab.

FLAPP!

Dieser scharfe, dumpfe Klatschlaut kam mir bekannt vor.

Zurückspulen.

FLAPP!

Leder. Verdammt! Er hatte sie mit irgendwas Ledernem geschlagen.

Unwillkürlich zog ich meine Beine dichter an meine Brust, mein Herz raste.

Mehr?

Ja, gurgelte die Frau atemlos.

Dann ein Klapsen, zuerst leicht, rhythmisch und lustvolles Wimmern von der Frau. Die Klapse wurden lauter, wurden zu einem dumpfen Stakkato, Haut an Haut, das verebbte und anschwoll, wobei sich die schweren Schritte des Mannes vor- und rückwärts bewegten. Die Seufzer und das Stöhnen der Frau blieben an einem Ort.

Lag sie auf einem Bett? Ich konnte keine Bettfedern oder raschelnden Laken hören, sehr wohl aber das Knistern von sich dehnender Kleidung und gelegentlich ein helles Klimpern wie von einer Gürtelschnalle.

Die Klapse wurden lauter und verharrten. Er schien jetzt nur noch auf eine Stelle zu schlagen.

Die Frau stieß ein heiseres Stöhnen aus, und das Klapsen stoppte.

FLAPP!

Noch nicht.

Nun wurden die Klapse weniger, aber stärker, und die kehligen Schreie der Frau fesselten mich, während die tiefe, kommandierende Stimme des Mannes erotische Strahlen zwischen meine Schamlippen feuerte. Ich bohrte die Fingernägel ins Kissen. Mir war teuflisch heiß, und in der feuchten Meeresluft bildeten sich Schweißperlen auf meiner Oberlippe und unter meinen Brüsten.

Dann hörten die Hiebe ganz auf, und es war nur noch das heftige Atmen der Frau zu hören.

Ich wartete, stocksteif und wie benommen. Jetzt klang es wie Stoff, der über frisch geschmirgeltes Holz gestrichen wurde, glatt und warm. Er berührte sie wieder. Seine Küsse hörten sich zärtlich an. Unterdes wurde das Atmen der Frau zu einem gierigen Ringen nach Luft. Die feuchten Liebkosungen setzten wieder ein.

Ihre Anspannung steigerte sich hörbar, denn ihre leisen Schreie kamen in immer kürzeren Abständen. Ich hörte ihre fiebrige Erregung, die unerträgliche Spannung unmittelbar vor dem Orgasmus, und ich ließ mich ganz in dieses Erlebnis der Fremden hineinziehen.

Öffne dich, befahl er, und die Frau kicherte leise unter den Schmatzgeräuschen. Schritte entfernten sich, dann wiederholte er sein Kommando, bei dem mein feuchter Schlitz pulsierte. *Öffne dich.*

Kein süßes Gemurmel, kein Bettgeflüster. Der Mann meinte es ernst, und der Frau gefiel es.

Mir auch, stellte ich fest.

Gut. Wo?

Mein Hintern, flehte die Frau.

Ich lehnte mich gespannt vor, atmete kaum mehr, als die Frau stöhnte und lachend aufschrie. Was hatte er ihr in den Hintern gesteckt? Seinen Schwanz, einen Dildo, eine bescheuerte Banane?

Das Pulsieren in meiner Muschi nahm zu, mein Schließmuskel zuckte. So scharf war ich seit vor meiner Hochzeit nicht mehr gewesen, und die lag Millionen Jahre zurück.

Bariton: *Du kommst, wenn ich es sage.*

Der Klang wie Haut auf Haut, der Rhythmus des Vögelns füllte meine Ohren, aber der Mann mit seinem umwerfenden

Timbre ermunterte sie nicht, stöhnte nicht oder johlte triumphierend. Einzig sein schweres, stoßartiges Atmen verriet, dass er selbst erregt war.

Die Frau wimmerte wieder, bettelte, flehte und rüttelte die klimpernden Schnallen.

Komm.

Der Schrei war markerschütternd, ein Lustschrei, der bis in meine Scheide drang, der zu einem erstickten Gurgeln und schließlich zu einem Keuchen wurde, als sie vom Everest zurückkehrte.

Er. Was war mit ihm?

Meine Hände zitterten, als ich zurückspulte und es mir noch einmal anhörte, bemüht, den Orgasmus der Frau auszufiltern.

Nur das Glitschen und Klatschen von Haut, die kurzen Atemstöße. Kein Schrei, kein Ächzen, kein Knurren.

Die Frau wimmerte nur noch.

Braves Mädchen.

Es folgten leichte Küsse, dann Klimpern und das Streifen von Stoff an Stoff. Seine Schritte umrundeten die leise schnaubende Frau.

FLAPP!

Haut auf Haut, eine Hand, entweder auf einer Hüfte oder einer Arschbacke, wenn ich raten sollte. Die Frau heulte auf und schnurrte zittrig.

Folge mir, befahl er, seine Stimme träge und belegt.

Dann ein Rauschen, und die Aufnahme endete.

Acht Wochen später erhielt ich ein weiteres Päckchen. *R. K. PO Box, Port Orange*. Das Aufreißband hinten am Umschlag hatte nicht den Hauch einer Überlebenschance.

Eigentlich hatte ich nicht erwartet, je wieder von R. K. zu

hören, nahm ich doch an, dass die Aufnahme ein verspieltes Geschenk für eine Partnerin war – oder womöglich Teil einer Erpressung. Die CD und die Abschrift in einen gepolsterten Umschlag zu stecken und abzuschicken, war so ziemlich das Härteste, was ich in all den Jahren tun musste. Ich behielt nie Kopien von Aufnahmen, und auch die Abschriften speicherte ich nicht auf meinem Computer. Sobald ich fertig war, schickte ich die Abschrift an ein Rechenzentrum, das eine Sicherungskopie verwahrte, brannte eine Kopie auf CD oder Stick und schickte alles an den Kunden. Danach löschte ich die Originalmitschrift auf meiner Festplatte.

Volle drei Tage nach dem Verschicken hatte ich noch Bauchschmerzen.

Jetzt zitterten meine Hände, und meine Libido schaltete fünf Gänge höher.

Zwei Stunden lang hörte ich mir wieder die Geräusche von Dominanz, Erregung, Unterwerfung und anscheinend atemberaubendem Sex an, allerdings fiel mir auf, dass die Frau nicht denselben Alt hatte wie die in der ersten Aufnahme.

Folge mir, waren die ersten Worte, die er sagte, und in meinen Fantasien während der Wochen nach der vorherigen Aufnahme hatte ich genau das immer wieder getan.

Binnen drei Monaten trafen zwei weitere Aufnahmen ein, jede von ihnen so heiß und faszinierend, eine mit dem Alt, die andere mit einer neuen Stimme, die einen weichen holländischen Akzent hatte und bei den Orgasmen sehr altmodisch aufschrie. Jede Aufnahme entwickelte sich anders. In der einen flehte die Altstimme R. K. an, sie zu bestrafen, was er auch tat, indem er ihr den Orgasmus verweigerte, den sie so verzweifelt wollte.

Während ich mich mit der Hand befriedigte, dachte ich an

sie und kam schnell, als könnte ich so wettmachen, was ihr nicht gegönnt war.

Beim Eintreffen des vierten Umschlags war ich mehr als bereit – sowohl geldmäßig als auch sexuell. In den fünf Monaten, die seit dem letzten Auftrag vergangen waren, hatte ich mir die wildesten Sachen ausgemalt, die mit meinem Lieblingskunden geschehen sein könnten. Vielleicht war er tot, weil er die gelangweilte Frau irgendeines Drogenbosses gefesselt und um Sinn und Verstand gevögelt hatte. Oder verhaftet. Falls er seine Dienste gegen Geld anbot, fiel die Möglichkeit, dass mein sexy Bariton irgendeiner schäbigen Knastbraut den Arsch versohlte, durchaus in den Bereich des Vorstellbaren.

Ich blickte auf sein Begleitschreiben, das genauso wie die bisherigen gehalten war: alle Geräusche aufschreiben, Bonus bei Abgabe. Nur dass er diesmal eine Deadline vorgab. Vier Tage. Als würde ich vier geschlagene Tage warten!

Ich setzte mich mit einem Glas Wein ins Cockpit und legte die CD ein, wie es mein R.K.-Ritual geworden war. Zuhören, Kommen, Tippen. Gedämpfte Musik und Partylärm wehten aus anderen Bereichen des Jachthafens herüber. Andere Leute gestalteten ihre Freitagabende eben ganz anders als ich. Mit den Ohrstöpseln drin war es nicht schwierig, die Außenwelt auszublenden und mich ganz auf ihn zu konzentrieren.

Die Aufnahme begann mit dem Klackern von Absätzen auf Fliesen.

Folge mir.

Schwall.

Sechs seiner ruhigen Schritte, dann Absatzklackern. Er blieb stehen, gleich darauf verstummte das Klackern.

Knie dich hin.

Ein kurzes Scharren von Sohlen, bevor ich R. K. hörte, der sich gemessen auf das Geräusch zubewegte und stehen blieb.

Dann klang es, als fiele Seide oder Satin auf die Fliesen. Ich drehte lauter, weil ich den Laut besser zuordnen wollte, rechnete jeden Moment mit dem Krachen des Leders, das mir hoffentlich als Hitzeschwall in den feuchten Schritt schießen würde.

Ein leises Seufzen und das Knistern von Händen auf Haut füllten meinen Kopf. Auf ein sanftes Stöhnen folgte ein kurzes, erregtes Luftholen. Als Nächstes kam ein gedämpftes Klackern, vermutlich von ihren Schuhen, die auf die Fliesen fielen.

Sie wimmerte, heulte beinahe, als sich R. K. wieder bewegte. Das Klimpern einer Kette und ein Klicken gingen dem verführerischen Murmeln der Frau voraus.

Runter.

Dumpfe Bewegung, dann das Klirren von Metall auf Fliesen. Schritte folgten und darauf ein Klang wie das Knattern einer Flagge im Wind. Der glockenhelle Aufschrei der Frau brachte mich zum Kichern, doch meine Belustigung schwand, als sie auf einmal richtig ängstlich klang.

Nein, bitte, flehte sie mit zitternder Stimme, aber es war weder ein Aufbegehren noch ein Rückzug zu hören.

Scchhh, beruhigte sein unsagbar tiefes Timbre sie. *Vertrau mir.*

Ein ersticktes Gackern ertönte, dann ein langes, lautes Ausatmen und schließlich sehr schnelles, aber regelmäßiges Atmen.

Gut. Er beschwichtigte sie mit sanftem Streicheln, meine Schamlippen fingen an zu pulsieren.

Mit geschlossenen Augen lauschte ich, wie er sie streichelte und immer mehr erregte. Als ein hohes Surren ertönte, riss ich die Augen auf. Ich spulte zurück und hörte genauer hin. Ein Vibrator?

Das Surren wurde zu einem hübschen Brummen, sowie es

durch den Hautkontakt gedämpft wurde. Die Wonnelaute der Frau bestätigten meine Vermutung. Dieselbe Sprache lehrte mich mein Vibrator schon vor langer Zeit.

Schwere Schritte und leichte Bewegungen lösten ein Wimmern in unterschiedlichsten Tonlagen aus, als das Gerät in verschiedene Öffnungen drang. Ich hörte das fiese Klackern von Plastik gegen Zähne, gurgelndes Stöhnen und Vibrationen an Metall.

Wieder veränderte er seine Position, und das Surren wechselte zwischen laut und gedämpft. Es klang feucht und gleitend, während die Laute der Frau an Intensität zunahmen, und ich hörte mein eigenes Schnauben im Rhythmus mit der Aufnahme. Das Surren wurde noch einmal lauter, dann war es weg.

Die Wonneschreie der Frau dröhnten in meinen Ohren. *Ja, ja. JA!* Erst heulend, dann wimmernd, dann verstummte sie, entweder vor Atemlosigkeit oder vor Stolz. Als Nächstes hörte ich R. K.'s triumphierendes Lachen, das mich wie ein Stromschlag durchfuhr und meine sehnsüchtige Muschi entflammte.

Folge mir, befahl er, und die Kette rasselte. Schritte und Scharren folgten, begleitet vom orgiastischen Stöhnen der Frau, deren schweres Atmen von spitzen Schreien und dem Klatschen von Haut auf Haut unterbrochen wurde.

Was zum Teufel machte er mit ihr? Sie bewegten sich, und dem Geräusch nach müsste sie immer noch auf den Knien sein, während er nahe, aber aufrecht stand.

Meine Hüften bewegten sich an dem Kissen, das ich irgendwann zwischendurch auf den Schoß genommen hatte. Ich wollte kommen, musste dringend kommen. Ich wollte, dass R. K. mich zum Orgasmus brachte.

Jetzt sofort, verdammt!

Aber da war nur ein Zusammensacken, dann Keuchen und flaches Stöhnen.

Braves Mädchen. Das reicht.

Mist! Ich hielt meinen Atem an, wartete auf das knisternde Zischen, das normalerweise am Aufnahmeende ertönte. Der feuchte Fleck in meinem Slip, der Schweiß auf meinem Gesicht und das Pulsieren in meinen Adern verlangten nach mehr!

Seine Schritte hallten auf den Fliesen.

Das digitale Zählwerk auf meinem Discman sagte mir, dass es noch nicht vorbei war. Ich drückte auf Vorlauf, stoppte und spulte zurück. Diesmal war nur seine Stimme zu hören, deren Klang mir mittlerweile so vertraut war wie mein Herzschlag – und so nahe.

Er sprach mich direkt an, kein Zweifel. Es klang wie Samt in meinen Ohren, und meine Klitoris wie auch meine kribbelnden Brüste ahnten schon, was kommen würde. Die Stimme sagte:

Petra Arin.

Juniper Street achtzehn. Port Orange.

Folge mir.

Eingeschnürt

Carrie Cannon

Alle Frauen, die bei Jolie arbeiteten, mochten Dessous. Warum sonst sollten wir für nur etwas mehr als den Mindestlohn zuzüglich Provision arbeiten? Bei mir allerdings ging die Begeisterung für Reizwäsche so weit, wie ich es niemals gegenüber anderen eingestehen würde. Da war etwas Reizvolles, nein, sogar Erhabenes an der Art, wie ein Balconette-Büstenhalter die weiblichen Rundungen konturierte, an der erdigen Burlesque von roten Netzstrümpfen oder an dem Anachronismus von maschinell gefertigten Ösen, durch welche die Seidenbänder von Korsetts liefen. Bei diesem Job durfte ich winzige Ripsbandschleifen und gerüschte Netzstoffe befühlen, soviel ich wollte.

Jeder Artikel in dem Geschäft brauchte einen Körper, der seiner schlaffen, faltigen Form Leben einhauchen sollte, aber sobald der Körper da war, bemerkte ich ihn kaum mehr. Die hautenge Spitze, das zwinkernde Lurex verbündeten sich gegen meine Konzentration und zogen mich in ein nebliges Märchenland von stoffverhülltem Verlangen. Wenn ich Kundinnen in der Ankleide half, musste ich an mich halten, nicht über ihre in Taft oder Seide gehüllten Brüste zu streicheln.

Bei den wenigen Gelegenheiten, die ich mich vom Befühlen der Dessous losreißen konnte, spielten meine Kolleginnen und ich gern ein Spiel namens Erkenne-den-Hetero. Heteromänner, die allein in den Laden kamen, fielen normalerweise in eine von vier Kategorien. Die »Sturmböen« kamen hereingerannt, gingen direkt auf die Ständer zu und griffen sich den erstbesten Artikel in der Größe, die sie suchten. *Ich mach das hier täglich*, wollten sie mit ihren aufgeblähten Brustkörben und dem breiten Grinsen vermitteln. Aber die Schweißabdrücke auf der Kreditkarte verrieten, wie panisch sie waren. Die »Ducker« waren mürrisch und finster. Sie ließen keinen Zweifel daran, dass sie sich lieber die Füße abschneiden würden als hier hereinkommen. Ducker zogen den Kopf ein, wenn sie einem ihren verkrumpelten Zettel reichten, auf dem in sauberer Handschrift Größen und Vorlieben notiert waren. Die Kerle mit den tellergroßen Augen und den unruhigen Pupillen waren »Verirrte.« Sie neigten zu übertriebener Höflichkeit und waren unendlich dankbar für jede Hilfe.

Die »Dandys« mochten wir am liebsten. Sie waren perfekt gekleidete Geschäftsleute mit italienischen Schuhen, die jedes Strumpfband und jeden trägerlosen BH inspizierten wie einen Pfirsich auf dem Markt. Sie gaben sehr viel Geld aus, sofern man ihren Feilscherinstinkt und ihre Libido richtig ansprach. Gewöhnlich waren sie es auch, die um kleine Modenschauen baten. *Ich muss das erst richtig sehen, bevor ich es kaufe*, sagten sie, wobei sie uns lüstern musterten. *Das tut uns schrecklich leid*, lautete dann unsere Antwort, die wir mit einem zerknirschten Kopfschütteln untermalten, was bedeutete, wie unfair und schrecklich unvernünftig wir diese Geschäftspolitik fanden. Ja, ehrlich (verschwörerisches Nicken), ginge es nach uns, würden wir die Sachen mit Freuden für ihn anprobieren, aber der fiese Chef im Büro würde uns auf der Stelle feuern, sollte er etwas mitbekommen.

Natürlich gab es gar keinen fiesen Chef im Büro. Die Besitzerin, Marta, war die meiste Zeit mit im Laden, und sie war mindestens so leicht zu überreden, gegen die Keine-Vorführungen-Politik zu verstoßen wie wir anderen. Bei den sehr raren Gelegenheiten, bei denen sich eine Verkäuferin in einen Kunden verguckte, durfte sie ihm sogar mehr als eine private Modenschau gönnen. Hierfür nutzten wir einen großen Umkleideraum, den wir uns mit dem Brautmodengeschäft nebenan teilten. Auch das gehörte Marta. In dem Raum waren drei von vier Wänden verspiegelt und in der Mitte ein Podest, wo sich die Bräute und künftigen Schönheitsköniginnen in ihren Kleidern bewundern lassen konnten oder die Säume abgesteckt wurden. Ein Paravant schützte die Damen vor ihren Müttern oder Freundinnen, während sie sich umzogen.

Wurden »Dandys« oder andere Kunden hineingebeten, um sich eine private Vorführung anzuschauen, waren sie fortan »Lerchen.« Lerchen gab es nur sehr wenige, denn schließlich wollten wir nicht, dass sich unser Spezialservice überall herumsprach. Ich persönlich hatte noch nie eine Lerche bedient und wusste nicht einmal, ob diese privaten Vorführungen über eine Peepshow hinausgingen. Angesichts der großen Kondomschachtel, die Marta im Schneiderschrank der Umkleide aufbewahrte, hatte ich allerdings so meine Vermutungen.

Das erste Mal, als Marcus in den Laden kam, hatte er den frischen, zerzausten Look eines Durchschnittsstudenten: ein bisschen ausgebeulte Jeans, Hemd über der Hose, die Ärmel bis kurz unterm Ellbogen aufgekrempelt. Normalerweise hatte ich für diesen Typ nichts übrig, aber diese blassgrauen Augen unter den dunklen langen Haarsträhnen jagten mir elektrische Stromschläge durch den Leib. Ich schritt in einigem Abstand hinter ihm her, als er sich langsam umsah. Unter dem losen Hemdstoff konnte ich seine breiten Schultern und die schmale Taille nur erahnen, und ich nagte fasziniert an meiner Unterlippe.

»Suchen Sie etwas Bestimmtes?«, fragte ich. *Mich zum Beispiel?*

Er zuckte zusammen und drehte sich rasch zu mir um, als hätte ich ihn gerade beim Ladendiebstahl ertappt. Bei seinem unbeholfenen Lächeln wurde mein Innerstes zu flüssigem Pudding.

»Oh! Nein … äh … nein … aber, danke.«

»Gut, aber scheuen Sie sich nicht zu fragen, falls Sie Hilfe brauchen. Ich bin gleich drüben an der Kasse.« *Und warte darauf, dass du mir die Kleider vom Leib reißt.* Bildete ich es mir ein, oder hielt er den Augenkontakt einen Tick zu lange?

Ich ging wieder zu Marta und Ellen an die Kasse, wo wir drei die Köpfe zusammensteckten und unseren einzigen Kunden analysierten.

»Der ist ein Verirrter«, sagte Marta. »Guckt doch nur, was für glasige Augen er kriegt, wenn er die Strumpfbänder ansieht.«

»Auf keinen Fall, er ist ein Ducker«, widersprach Ellen. Tatsächlich sah er ziemlich elend aus. Wenn er nicht gerade zu den Ständern guckte, irrte sein Blick nervös von einer Seite des Verkaufsraums zur anderen. Als hätte er Angst, die Schaufensterpuppen könnten sich in Menschen verwandeln, die ihn erkannten. Dann begegneten sich unsere Blicke wieder, und er sah nicht mehr so ängstlich aus; im nächsten Moment wurde er rot und machte mich mit seinem unsicheren Lächeln ganz kribbelig.

»Ich finde ihn süß«, sagte ich.

Marta sah mich an. »Setzen wir etwa auf eine Lerche, Katie?«

In dem Augenblick fiel mir etwas Interessantes auf – nicht direkt an dem Kunden, sondern mehr an den Sachen, bei denen er innehielt, um sie zu berühren. Es waren ausnahmslos exquisite Artikel. Sein legerer Look passte nicht zum Profil eines Edelwäscheliebhabers, und dennoch strichen seine langen schmalen Finger ausschließlich über zart bestickte Burano-Spitze oder über die makellose Kontur eines deutschen Korsetts.

»Vielleicht ist er schwul«, sagte Ellen.

Ich war maßlos enttäuscht. *Ja, natürlich, das erklärt alles.*

»Glaube ich nicht«, sagte Marta, die blinzelnd den Kopf schüttelte. Sie war diesbezüglich ziemlich treffsicher.

Ich hatte zwar keinen Grund, mich auf mein Urteil zu verlassen, trotzdem glaubte ich ebenso wenig, dass er schwul war. Mein Herz erholte sich ein wenig, und ein warmes Glühen breitete sich in mir aus. Dies hier war ein Mann, der außergewöhnliche Wäsche zu schätzen wusste. Und dieser Hintern … Gleich verpasste ich mir den nächsten Dämpfer, als mir einfiel, dass die Sachen, die er sich inzwischen über den Arm gehängt hatte, für irgendjemanden sein mussten.

Mit einem schüchternen, fröhlichen Lächeln kam er zur Kasse, sah nur mich an, und ich musste dem Impuls widerstehen, mich über den Tresen zu werfen, meine Beine zu spreizen und um Erbarmen zu flehen.

»Da kann sich die junge Frau aber glücklich schätzen«, bemerkte ich, während ich mit dem Scanner über die Etiketten fuhr.

»Was? Oh … ja.« Er sah perplex aus, als wollte er mehr sagen, schloss jedoch sofort den Mund und zog die Brauen zusammen.

Ich sah hinab auf die Sachen, dann fragend wieder zu ihm auf. Wer war diese Freundin?

Beim Durchziehen seiner Kreditkarte, achtete ich darauf, mir seinen Namen zu merken, und reichte ihm den Beleg. Als er sich vorbeugte, um ihn zu unterschreiben, hatte ich freien Blick auf seine Brust.

Das war der Moment, in dem ich so heftig meine Hand auf seinen Stift legte, dass der Tresen wackelte, und wir beide erschraken. Er sah mit großen Augen zu mir auf, und ich öffnete den Mund, brachte aber keinen Ton heraus. *Was machst du denn, Katie?* Er blickte wieder nach unten und erkannte, was sein Hemd freigab. Sofort guckte er mich entgeistert an und wurde feuerrot. So standen wir eine halbe Ewigkeit da: beide über seine Einkäufe gebeugt und einander fixierend.

»Sie sollten ...«, stammelte ich, weil mir meine Worte nicht gehorchen wollten. Erwartungsvoll hob er die Augenbrauen, obwohl er aussah, als würde er gleich vor lauter Peinlichkeit losheulen.

»Sie sollten sich ... die ... vorführen lassen«, hauchte ich heiser.

»Vorführen?« Er wurde wieder panisch, als er Ellens und Martas amüsierte Mienen bemerkte.

»Ich meine ... von mir. Ja. Sie sollten sich die Sachen von mir vorführen lassen. Jetzt.«

Er sah sich scheu über die Schulter um, schaute dann wieder zu mir und beugte sich näher zu mir. »Wirklich?«, flüsterte er. Bei dieser Mischung aus Zweifel und Hoffnung war ich endgültig geliefert.

»Folgen Sie mir.« Ein wenig selbstsicherer als zuvor zwinkerte ich Marta und Ellen zu, die mich erstaunt anguckten, und führte meine Lerche in den hinteren Teil des Ladens. Als ich auf den Umkleideraum zuging, schien die offene Tür unnatürlich groß zu werden, und der Anblick machte mir Angst. Was genau hatte ich denn vor, wenn ich erst mal da drinnen war? Schließlich könnte er immer noch schwul sein oder eine Freundin haben. Wollte ich mich allen Ernstes auf mein Gefühl verlassen? Wie auch immer, meine Füße trugen mich einfach vorwärts durch die Tür.

Ich hörte das Klicken des Türknaufs, der von innen automatisch verriegelte. Es gab nur eine Art herauszufinden, wohin das hier führen würde, also drehte ich mich zu ihm, um ihn zu küssen. Marcus musste derselbe Gedanken gekommen sein, denn sein Kopf bewegte sich schon auf meinen zu, sodass wir auf höchst unerotische Weise zusammenstießen. Unsicher Entschuldigungen stammelnd, strich er sanft über meine Stirn und seitlich an meinem Gesicht hinunter.

Mehr Ermunterung bedurfte es für mich nicht. Ich begann, mich an seinen Hemdknöpfen zu schaffen zu machen, weil ich keine Sekunde länger warten konnte, bis ich endlich sah, was sich unter dem Stoff verbarg. Leider packte Marcus meine Handgelenke.

»Hoppla, langsam! Können wir nicht ein bisschen, nun ja, herummachen und uns erst mal kennenlernen?«

Diesmal war ich diejenige, die die Brauen zusammenzog. »Klar. Häkeln wir zusammen ein paar Topflappen. Lass mich unter dieses Hemd!«

Er sah unentschlossen aus. Ich brauchte irgendeinen Trumpf, denn er hielt meine Handgelenke immer noch umklammert; so neigte ich mich vor und küsste seinen Hals, dann legte ich meine Lippen an sein Ohr und hauchte: »Ich trage Chantal Thomass.«

Mit einem schmerzlichen Wimmern ließ er meine Hände los. Bei einem langen, höschenbefeuchtenden Kuss durfte ich später sein Hemd aufknöpfen und es ihm von den Schultern schieben.

Bei meiner Reaktion, die aus einem recht zittrigen Atemschöpfen bestand, wirkte Marcus abermals unsicher. Er verstand sie falsch, denn er war schöner, als ich es mir in meinen kühnsten Träumen ausgemalt hätte. Eingeschnürt in ein grades elfenbeinfarbenes Jacquard-Korsett mit einem raffinierten in sich verschlungenen Blättermuster, war er exakt die Vision von Vollkommenheit, wie ich sie bisher nur in beschämenden Fantasien hinter geschlossenen Augen gesehen hatte. Ich presste beide Hände an seine Brust und bemühte mich, nicht allzu offensichtlich zu keuchen. Bedächtig und fest strich ich die harten Stangen hinab und um seinen Brustkorb herum, wobei ich an der Stelle verharrte, an der seine Rippen endeten, und die Seiten eigentlich zum weicheren Bauch hin übergingen. Stattdessen berührte ich eine strenge Festigkeit, die bis zu seinen Hüften reichte.

Ungeduldig knöpfte ich ihm die Jeans auf und zog sie zu seinen Schenkeln hinab, dann sank ich auf die Knie und drückte meine Wange an den glatten, harten Bauch. Ich atmete tief ein, auf dass der schwindelerregende Duft von Mann und Seide meinen Körper durchdrang und mich an all den geheimen Stellen kitzelte. Das edle Gewebe, das ihn umfing, war eingeschnürt, fest und unnachgiebig, und doch fühlte es sich unter meiner Haut wie fließend an. Ich schlang die Arme um seine Taille und fühlte das Gleiten der Spitze unter meinen Fingern. Als ich den Kopf wieder zurückbog, war ein dunkler Speichelfleck auf seinem Bauch.

Strahlend sah ich zu ihm auf. Die steile Falte zwischen seinen Brauen war fort, und er sah mich voller Erleichterung an. Die Schuhe und die Jeans hatte er bereits zur Seite gekickt, so dass er wie ein weißer Engel inmitten des Umkleideraums stand, dessen engelsgleiche Doubles sich in den Spiegel vervielfachten. Jeder von denen wird mich gleich vögeln, dachte ich und errötete ob meiner Verdorbenheit. Seine weißen Strümpfe, die fein säuberlich in Strumpfbändern verhakt waren, drückten das schwarze Haar darunter platt, und seine sich wölbende Erektion dehnte den dünnen Stoff seines Tangas. Er sah so süß und verwundbar aus, dass ich ihn am liebsten verschlingen wollte.

Ich stand auf und steckte meine Hände unter meine Bluse,

um sie mir über den Kopf zu ziehen. Der rohe, animalische Laut, der ihm entfuhr, sobald er meine in korallenroten Tüll gehüllten Brüste sah, wirkte wie ein Magnet auf mein Becken, das sich ihm gleich entgegenbog. Mit einer Hand zog er mich näher, sodass sein Atem meinen Hals wärmte, während er mit der anderen die zarten, handgekräuselten Rüschen an meinem Büstenhalter entlangstrich. »Du bist so wunderschön«, hauchte er. Ich war nicht sicher, ob er mich oder den BH meinte, aber das war mir egal.

In wilder Eile schoben wir beide meine Hose nach unten, so dass seine Hände ungehindert mein Spitzenhöschen erkunden konnten. Er streichelte meinen Hintern, fing ihn mit beiden Händen ein und neckte meine Scham nur mit federleichten Daumenstrichen. Dann wanderte eine Hand nach vorn und fand meine Klitoris. Elektrisierende Wellen schossen durch meinen Körper, doch er drückte fester, tiefer zwischen meine Beine, rieb den dünnen Stoff, der seine Finger von meiner Möse trennte. Fast ohnmächtig drängte ich mich in seine Hand, sehnsüchtig nach der kitzelnden Berührung seiner Finger durch die Lochmaschen der Spitze. Er erstickte ein Stöhnen an meinem Hals, und mir wurde bewusst, dass mein Slip durchnässt war. Ich zog seine Hüften näher und verlor mich in einem berauschenden Gefühl von Seide und Gestänge an meinem nackten Bauch.

Ich weiß nicht genau, wie ich es schaffte, mich lange genug von ihm zu lösen, um ein Kondom aus dem Nähkasten zu holen. Als ich zurückkam, saß er auf dem Boden und lehnte sich an das Podest. Dort hockte er, hatte seinen Tanga beiseitegeschoben, damit sich sein Schwanz stolz aufrichten konnte. Und ich kniete mich hin, um ihn zu streicheln, genoss es, seine dünne, gleitende Haut zu fühlen – viel glatter und geschmeidiger als jeder Stoff.

Bevor ich ihm das Kondom überstreifte, hockte ich mich rittlings über ihn und ließ ihn spüren, wie seine Schwanzspitze gegen meinen Slip stieß, wobei ich die Hüften wiegte, damit er die Reibung der Spitze fühlte. Seine Augen waren geschlossen, und seine Atemzüge kamen in einem schnellen, pustenden Stakkato. Wie die Erhebungen des geriffelten Stoffs, der an meiner Klitoris rieb. Ich wusste genau, wie er sich fühlte.

Es schien für uns beide falsch, ohne Unterwäsche Sex zu haben, also schob ich nur die durchfeuchtete Baumwollbrücke meines Slips zur Seite und führte ihn in mich ein. Hitze strömte kriechenden Fingern gleich von seinem Schwanz in die äußersten Enden meines Körpers. Ich war so beschwippst vor Seligkeit, dass ich meinem Leib erlaubt hätte, ihn vollständig zu verschlingen, wenn er könnte.

Einstweilen rieb ich mich sanft an ihm, genoss es, wie die Seide seines Tangas die Spitze meines Slips berührte, und so vögelten wir uns in einen Himmel aus Gliedmaßen, Hitze und Seide. O Gott, die Seide! Es gab Momente, in denen ich nicht unterscheiden konnte, ob es Marcus oder sein Korsett waren, was mich anhob, meine Stellung änderte und mich in Satinlust badete.

Irgendwann blickte ich auf und sah Hunderte von verwunderten, rotgesichtigen Frauen mit dunklem, verschwitztem Haar, die mich und einander mit großen Augen bestaunten. Das passt, dachte ich vage, während wir alle zurück in die bewusstlose Freude glitten – eine Freude, die sich zu groß anfühlte, als dass ein Körper allein sie hätte halten können.

Zurück in der Rittlingsstellung, bewegte sich mein *Körper* ganz von selbst, zitterte vor Verlangen, losgelöst und enthoben den reibenden Hüften. Dieser sich aufbauende Energieball zerrte mich aus meinen Träumen und lenkte meine volle Aufmerksamkeit auf Marcus. Ich konnte nicht aufhören, ihn anzusehen, und er grinste mich an, ein kleines bisschen unsicher. Plötzlich war mir das Korsett egal; alles, was zählte, war der wunderschöne Mann darin.

Unsere Finger waren ineinandergeschlungen, als ich mich vorbeugte, bis meine Stirn an seiner lehnte, und ich meinen Körper in herrlichen, ekstatischen Konvulsionen seinen Genuss erleben ließ. Marcus' Nägel gruben sich in meine Handrücken, und wenige Minuten später wurden seine Stöße zu einem festen Hämmern, sodass ich mich aufsetzte und ihn durch die pulsierenden Zuckungen ritt.

Mit zuckenden Muskeln und hievenden Atemzügen hockten wir mehrere Minuten am Podest und verdauten beide die Verwunderung darüber, dass wir uns gefunden hatten. Die Sachen, die wir »zum Anprobieren« mitgebracht hatten, lagen immer noch auf einem Haufen ein Stück abseits.

»Das muss in die Reinigung«, sagte ich beschämt, als ich den durchnässten Saum seines Korsetts entlangstrich. Er nahm meine Hand und drückte sie. Nervös an meiner Unterlippe herumnagend, ließ ich meine Blicke wandern. »Also, was machst du nächsten Donnerstag? Wir kriegen da eine neue Lieferung aus Mailand ...«

Amy

Heidi Champa

Erwartungsfroh drehte ich den Briefkastenschlüssel. Ich habe es schon immer geliebt, Post zu bekommen. Der Kasten war auch tatsächlich voll, dicht gepackt mit Rechnungen und Müll. Erstaunlich, was sich in nur drei Tagen ansammelte. Der braune gefütterte Umschlag fiel mir gleich beim Sortieren auf. Es war eine Weile her, seit ich so einen bekommen hatte, und ich konnte kaum klar denken, als ich mit den Fingern über das raue Papier strich. Mein Puls raste, mein Herz wummerte wie nach einem mehrstündigen Lauf. Ich hatte das Gefühl, nicht richtig atmen zu können, während ich abwechselnd die Vorder- und Rückseite des Umschlags betrachtete. Er sah genauso wie die anderen aus: ohne Absender, nur mit meinem Namen, geschrieben mit deiner dicken schwarzen Schrift. Fast sah ich dich vor mir, den Marker in der Hand, ein Grinsen auf dem Gesicht, als du meine Adresse schriebst. Ich machte den Umschlag auf und sah darin die Plastikhülle. Die DVD war leer bis auf den Namen *Amy*, mit demselben schwarzen Marker geschrieben wie meine Anschrift. Amy. Es hatte eine Beth, eine Tammie und eine Jane gegeben. Nun war es Amy. Ein bisschen nervös legte ich die DVD auf den Wagen meines Geräts. Meine Kehle wurde eng vor freudiger Erwartung, und meine Hände zitterten, als ich PLAY drückte, und mein schwarzer Fernsehbildschirm plötzlich farbig erstrahlte. Eine junge Blondine kam ins Bild. Zunächst bewegte sich die

Kamera ziellos hin und her, dann auf einmal eine Nahaufnahme von ihrem Gesicht.

Da war sie: Amy. Ein Knebel dehnte ihren Mund, und kleine Speichelrinnsale liefen ihr übers Kinn. Fast konnte ich das Gummi auf meiner Zunge schmecken, das schneidende Band hinten an meinem Kopf spüren. Amys schwarze Mascara war zu dünnen Spuren auf ihren Wangen verlaufen. Ihre großen blauen Augen sahen flehend in die Kamera. Der gleiche Ausdruck wie bei allen anderen. Ich kannte ihn sehr gut, hatte ihn selbst oft gehabt. Dich konnte ich nicht sehen, aber ich hörte deine Stimme, die wie Honig aus meinen Lautsprechern floss. Du fragtest Amy, ob sie für ihre Strafe bereit sei. Bei ihrem Nicken wippten die kleinen Brüste vor und zurück. Ich hörte dein leises Lachen, ein zufriedenes Lachen, das du schon vor langer Zeit perfektioniert hattest. Unruhig rutschte ich auf meinem Platz hin und her. Jetzt schon war ich feucht. Amy sah mit einer Mischung aus Lust und Angst in die Kamera. Ihre kleinen Hände waren ans Fußende des Bettes gefesselt, das mit den vertrauten blauen Laken bezogen war. Wenn ich die Augen schloss, konnte ich die Laken noch unter meinen Knien fühlen. Amy war in meiner Lieblingsstellung, in die du mich immer bringst: die Knie gespreizt, den Hintern nach oben gereckt, meine unterwürfigste Pose. Nun war Amy an der Reihe, sich dir zu unterwerfen.

Das Zimmer erkannte ich sofort, so wie ich mein eigenes erkennen würde. Ich dachte an die unzähligen Stunden, die ich dort verbracht hatte, vor dir und deiner Kameralinse. Manchmal frage ich mich, wie viele DVDs von mir existieren mochten, die sich andere Frauen ansahen. Wie viele haben schon zugesehen, wie du mich dominiertest und verwöhntest? Der Gedanke machte meine Möse noch feuchter. So gern ich auch heimlich die DVDs ansah, die Tatsache, dass *ich* beobachtet wurde, war noch viel erregender. Es tat gut zu wissen, dass ich nicht als Einzige abhängig von dir war. Wie viele andere Frauen gab es, die anderen dabei zusahen, wie sie dasselbe Schicksal durchmachten wie sie?

Ich hörte das Klatschen deiner flachen Hand auf Amys Hintern fast schon, bevor ich es sah. Sofort folgten zwei weitere Schläge, die durch das kleine Zimmer hallten. Ihre Schreie hinter dem Knebel versiegten rasch, und frische Tränen glänzten in ihren Augenwinkeln. Trotz ihres Schmerzes war unverkennbar, dass sie auch Wonne empfand. Du fragtest sie, ob sie mehr wollte. Als sie nicht schnell genug antwortete, packtest du ihr blondes Haar mit der Faust und wiederholtest die Frage. Diesmal nickte sie energisch und wurde mit zwei weiteren Hieben auf ihren bereits geröteten Hintern belohnt. Ihr ersticktes Stöhnen verriet sie. Sie mochte das. Sie wollte es dir sagen, konnte aber nicht. Ich sah ihre Zähne, die sich zwischen den trockenen Lippen ins harte Gummi bohrten. Das Gefühl kannte ich gut. Ich hatte schon oft in meinen Knebel gebissen. Plötzlich bewegte sich die Kamera und zeigte mir, dass du zwei Finger an ihrer Möse hattest, um den Schmerz mit Vergnügen zu lindern. Du ficktest sie langsam, aber hart. Wenn ich mir Mühe gab, konnte ich fast deine raue Haut spüren, die an meinen nassen Schamlippen vorbeiglitt, die Art, wie du die Finger verdrehtest, während du tiefer drangst und leicht gegen meinen G-Punkt drücktest. Es war zu lange her, dass ich dich so gespürt hatte. Ich vermisste dich, obwohl ich es nicht wollte. Deine Macht über mich war nach wie vor groß, wenn auch nicht mehr physisch.

Amy musste die gleiche Behandlung von dir erfahren, denn ihre Schmerzensschreie wichen ersticktem Jaulen und Stöhnen. Jedes Mal, wenn deine Finger aus ihrer Möse glitten, hörte ich deutlich, wie feucht sie war, und ich sah es an dem

Glänzen deiner Haut im Kamerascheinwerfer. Du knietest dich hinter sie und fuhrst mit der Zunge hinten an ihrem Schenkel hinauf. Während dein Tempo zunahm, lief ihr immer mehr Flüssigkeit aus der Möse. Ich sah, dass sie genauso zitterte wie ich, wenn du mich so necktest. Ihr Wimmern, als du deine Finger aus ihr zogst, war klar zu hören, trotz des Knebels. Kurz darauf wurde sie von deiner Zunge auf ihrer Möse besänftigt. Mir fehlte diese süße, salzige Zunge, an der ich gesaugt hatte, wenn ich sonst nichts von dir berühren konnte. Du tauchtest in ihre prallen Schamlippen, worauf sich ein neuer Schwall von Saft aus ihrer Möse ergoss. Diese Frau hattest du richtig in Stimmung gebracht. Sie war nicht gleichgültig wie manch andere. Einige von ihnen hatten es geschafft, so stark zu bleiben, versuchten, dir zu widerstehen. Aber Amy nicht. War sie so heiß und feucht wie ich früher bei dir? Ich wollte gern glauben, dass sie es nicht war. Ich wollte immer noch deine Liebste sein, deine vollkommene, kleine, unterwürfige Puppe. Aber ich wusste, dass ich für dich nichts Besonderes mehr war.

Abrupt hörtest du auf, und die Kamera richtete sich wieder auf Amys Gesicht. Ich hörte dich. Dein Tonfall war streng. Wollte sie deinen Schwanz lutschen? Wollte sie den Knebel loswerden? Sie nickte, noch ehe du deine letzte Frage beendet hattest. Sie wollte dich in ihrem Mund, genau wie ich es damals wollte, als du mich dasselbe fragtest. Deine Hand löste die Schnalle an ihrem Hinterkopf. Amy seufzte und schrie laut, sowie Luft in ihren gedehnten, trockenen Mund drang.

Lass mich hören, wie du es sagst. Ich sprach die Worte in die Stille meines Wohnzimmers: *Ich will deinen Schwanz lutschen.* Ich wünschte mir, dass du mich durch den Fernseher hörst, mich noch einmal zu dir holst, mir eine weitere Chance gibst.

Gott, deine Stimme konnte jeden um den Verstand bringen! Sie antwortete. Ihre Stimme war hoch, quiekend. Sie wollte deinen Schwanz sofort lutschen. Zum Glück ließest du sie nicht mehr sagen. Die Spitze deines Schwanzes kam ins Bild. Er sah so aus, wie ich ihn erinnerte, dick und ein bisschen violett. Mir stockte der Atem. Allein bei dem Anblick wurde mir der Mund wässrig. Ich fragte mich, ob er sich für sie genauso anfühlte wie für mich. Ihre kirschrote Zunge rieb an ihm, hinterließ eine feuchte Spur auf der Haut, die ich zu gern wieder kosten würde. Du ließest sie eine Weile weitermachen, aber ich wusste, was kommen würde. Bevor Amy noch einen amateurhaften Zungenstrich beenden konnte, packtest du ihren Kopf und rammtest deinen Schwanz vollständig in ihren Mund. Ihr Schrecken konnte nichts gegen dein Beharren ausrichten, und sie hatte keine andere Wahl, als ihn hinzunehmen. Ich konnte ihr Würgen hören; das Gefühl kannte ich gut. Tränen rannen ihr übers Gesicht, als dein dicker Schwanz wieder und wieder in ihren Hals stieß. Wieder war ihr Stöhnen erstickt, und ein bisschen Speichel lief ihr das Kinn hinunter. Bald entspannte sie sich und sog so fest an dir, wie du sie ficktest. Gott, du bekamst alle Frauen herum! Du brachtest mir bei, dich tief in den Mund zu nehmen. Deine neue Schülerin machte es sogar besser als ich. Meine Eifersucht schockierte mich, und ich wurde noch feuchter.

Amy hatte inzwischen ihren Rhythmus gefunden, und es schien ihr Vergnügen zu bereiten. Dem schobst du rasch einen Riegel vor, indem du fest in ihren schwingenden Nippel kniffst. Sie verzog das Gesicht, und dein Schwanz glitt gerade rechtzeitig aus ihrem Mund, dass ihr »Autsch!« zu hören war. Wieder drücktest du und drehtest, wie ich es gernhatte. Amy schien es nicht so gut zu gefallen wie mir. Ich fragte mich, ob das für mich bestimmt war. Dachtest du immer noch an mich, an das, was ich für dich tun würde? Alles, was du mit Amy machtest, hattest du auch mit mir getan. Dinge, die ich geliebt, um die ich gebettelt hatte, gabst du ihr, damit ich es sehen konnte. Nur dass sie kaum flehen musste, während ich stundenlang bettelte, damit du mich endlich kommen machtest. Ich lernte, es zu lieben, deine Erlaubnis zu brauchen. Jetzt brauchte ich sie nicht mehr, wollte sie aber immer noch. Meine Hand war in meiner Hose, streichelte sanft meine Klitoris, als ich an das letzte Mal dachte, als deine Finger meine Nippel so hielten.

Amy biss sich auf die Lippe, um den Schmerz zu ertragen, bis du locker ließest und ihr eine Pause gönntest. Ihr Nippel war hart und grellrot, als du ihn freigabst. Noch ein Reißen an ihren Haaren, und ihren vollen Lippen entfuhr ein Jaulen, bevor du sie mit deinen bedecktest, ihr die Luft und den restlichen Widerstand aussaugtest. Während du zärtlich ihre Brust streicheltest, schnurrte sie dir in den Mund und reckte die Hüften in die Höhe. Einen richtig zärtlichen Kuss hatte ich nie von dir bekommen. Du nahmst dir meinen Mund wie alles andere von mir – mit Gewalt.

Du willst gefickt werden, stimmt's? Das war eine absurde Frage, und dennoch klang sie kein bisschen ironisch. Waren wir deshalb nicht überhaupt alle bei dir? Aber du fragtest, und wir mussten antworten. Sie gab die einzig denkbare Antwort. Wie ich. Wir sprachen fast im Chor, wählten dieselben Worte. Nur dass sie als Einzige bekam, was sie wollte.

Ja, fick mich bitte.

Spätestens bei ihrer verzweifelten Bitte wurde klar, dass du wieder eine gefunden hattest. Noch eine Seele, die nicht genug von dir bekommen konnte, die bereit war, von dir ihren Schmerz wie ihre Wonne filmen zu lassen, solange sie nur von dir kriegte, was sie sich wünschte: noch ein markerschütterndes, überwältigendes Hochgefühl von dir. Ich war ersetzt worden, so wie sie eines Tages ersetzt werden würde. Aber jetzt durfte Amy das ungenierte Verlangen spüren, das sie wieder und wieder zu dir trieb. Die sengende Hitze des Wissens, dass du dort warst, bereit, dein Bestes und dein Schlimmstes zu geben. Die freiwillige Aufgabe von Würde, Vernunft, Zeit und Raum, nur um deinen Schwanz in ihrer Möse zu haben, bis sie nicht mehr geradeaus denken konnte. Ich wollte es immer noch, alles davon. Vielleicht würdest du eines Tages, wenn du sie alle leid warst, zu mir zurückkommen. Das war meine stille Hoffnung. Aber mir war bewusst, dass es nie dazu kommen würde.

Ich beneidete Amy, wie ich die anderen beneidet hatte. Ich wollte sie sein und hasste sie zugleich. Die Kamera zeigte ihr Gesicht, verzerrt zu einer Grimasse aus Erleichterung und Verlangen, als du endlich nachgabst und ihre Möse ausfülltest. Die Kamera schwenkte zurück auf ihre übliche Position und filmte, wie dein steifer Schwanz in Amys feuchte und wartende Möse eindrang, ein ums andere Mal. Meine Finger stießen in meine leere, einsame Öffnung. Ich versuchte, mich an das letzte Mal mit dir zu erinnern. Das letzte Mal, als ich wie Amy sein durfte.

War es wirklich ein Jahr her? Ein ganzes Jahr, seit ich in der Dunkelheit des Zimmers geschrien hatte, genau wie Amy, seit ich bettelte, hart und tief gefickt zu werden? Dass ich dich so dringend wollte, dass ich bereit war, mich von dir fesseln, mir den Arsch rot prügeln und meinen Schmerz, meine Angst und meine Lust für immer auf DVD brennen zu lassen. Meine verzweifelte Möse hatte danach gelechzt, von dir gefüllt zu werden, wie Amys. Kein Finger oder Dildo schien groß genug, dich zu ersetzen, nachdem du mir sagtest, dass du mit mir fertig wärst.

Du hattest versprochen, in Kontakt zu bleiben. Die erste DVD kam Monate später. Eine andere Frau, eine andere Amy auf deinem Bett, die deinen Schwanz tief in sich aufnahm. Jetzt begann Amy, dich anzuflehen, sie schneller zu ficken, aber du bliebst bei dem gleichmäßigen, langsamen Rhythmus, necktest sie mit jedem Hüftschwung. Mein Hass auf sie wuchs, während meine Muschi feuchter wurde. Ich brauchte dich. Ich wollte dich wieder, wie die letzten vier Male auch, als die DVDs in meinen Alltag eindrangen. Du schafftest es immer noch, mein Leben auf den Kopf zu stellen, obwohl du meine Anrufe nicht annahmst.

Ich komme gleich.

Ihre Worte trafen mich, jagten jedoch zugleich eine Hitzewelle in meine Möse. Ich kannte ihr Sehnen besser als irgendwer sonst. Du würdest es ihr nicht leicht machen. Sie wusste es noch nicht, ich schon. Ich sah, wie dein Schwanz aus ihrer Möse glitt, und ich hörte ihr klagendes Stöhnen. Meine Finger übersetzten ihr Leid in mein Vergnügen. Wieder klatschten zwei feste Hiebe auf ihren Arsch, und das Geräusch fuhr mir direkt in meine Klitoris. Das war es, was ich hören wollte. Ihre Schreie machten meinen Orgasmus größer und besser. Meine Klitoris pochte, als meine Möse meine Finger umklammerte, und dazu wimmerte Amy.

Bis du wieder in ihr warst, sie um Sinn und Verstand ficktest, lag ich auf meiner Couch und streichelte mich zu einem zweiten Höhepunkt. Beinahe hätte ich verpasst, wie sich Amys Gesicht zusammenzog und ihre Möse an deinem Schwanz stramm wurde. Sie weinte, als du sie heftiger kommen ließest denn je. Sie sank auf ihren Bauch, ihre Handgelenke wund gerieben von dem Schal, mit dem sie ans Bett gefesselt war, dem, den ich dir vor langer Zeit geschenkt hatte

Anders als auf den anderen DVDs blicktest du diesmal auf. Deine Augen sahen mich an. Hätte ich es nicht besser gewusst, würde ich glauben, dass du mich in diesem Moment sehen konntest, meine Finger nass von meiner Möse, mein Körper langsam auf dem Weg zurück zur Erde. Aber natürlich konntest du es nicht. Du zwinkertest, und der Bildschirm wurde schwarz. Das vertraute Rauschen erfüllte den Raum. Schließlich drückte ich STOP.

Zum Teufel damit

Alison Tyler

Ich glaube, Prince hat es in »When Doves Cry« am besten ausgedrückt. Kennt ihr den Song? Nur dass die Leute in unserem Fall nicht auf das Bild abfuhren, wie Cal und ich uns küssten. Sie fuhren wohl eher auf die Vorstellung von uns beiden im Bett ab. Die musste hinter diesen bösen Grinsern und hinter dem Funkeln in ihren Augen stecken. Fremde sahen uns, mich, die kleine Zierliche, und den großen kräftigen Caleb, und sofort stellten sie sich vor, wie wir es trieben. Caleb, der mich in seinen Händen, riesig wie Baseballhandschuhe, umdrehte. Ich, auf meinen Knien oder einem Tritt, wie ich es ihm mit dem Mund machte. Denn ich bin klein, eins fünfundfünfzig auf meinen höchsten Absätzen. Und Caleb ist gigantisch, zwei Meter, wenn er die Schultern einzieht. Meine unschuldigen Züge schrien buchstäblich *Engel*, während sein kahl rasierter Kopf, die breite Brust und die unzähligen Muskelpakete wie ein Doppelpakt mit dem Teufel wirkten.

Natürlich war das nicht alles.

Da war noch mehr, was die Leute veranlasste, uns nachzusehen, wenn wir vorbeigingen.

Ihr müsst nämlich wissen, dass wir ein interkulturelles Paar sind, wir zwei. Ich bin nicht nur weiß, sondern dieser noch-blasser-als-bleich Typ von weiß. Ich fange mir schon einen blasigen Sonnenbrand ein, wenn ich nur eine Reise-Website angucke. Cals dunkler Teint betont, wie hellhäutig ich bin, oder meine durchsichtige Blässe ist es, die seine Haut besonders tiefschwarz erscheinen lässt.

Aber wir waren Freunde, nur Freunde; keine »Freunde mit Zusatzleistungen«, keine Freunde, die es miteinander trieben. Wir waren Freunde, die zusammen trinken konnten, klar, über alles reden und ein bisschen Pot rauchten, wenn einer von uns das Glück hatte, einen Joint aufzutreiben. Warum also machten wir nicht das Tier mit zwei Rücken, wie Jago sagte, in der Nacht, wenn sonst niemand da war? Weil zumindest einer von uns immer jemand Festes hatte, sodass solche schmutzigen Gedanken verdrängt wurden.

Wir waren also Freunde, und ich war sicher, dass wir nie mehr sein würden, bis ich nach L. A. zog und er beschloss, mich ein Wochenende besuchen zu kommen. Zum allerersten Mal waren wir beide gleichzeitig Single. War es Cal bewusst, als er mich am Flughafen umarmte, mich in seine Arme hob, dass mir meine Espadrilles mit der Korksohle herunterfielen? Oder kamen diese Gedanken erst später, wurden uns von den anderen Leuten mit ihren schmutzigen Fantasien in den Kopf gepflanzt?

Von dem Moment an, als wir zusammen aus dem Flughafengebäude in die sommerliche, hitzegeschwängerte Luft Südkaliforniens traten, fielen mir die Blicke auf. Vorher hatte ich eigentlich nie bemerkt, dass wir wenig nett angeglotzt wurden. Aber gewöhnlich hatten wir uns ja auch in einer Gruppe bewegt. Jetzt starrten uns die Leute an, überall wo wir hingingen.

»Ist es deinetwegen?«, fragte ich ihn, weil er so unglaublich groß war.

»Es ist unsertwegen«, sagte er ruhig. Cal bewahrte immer die Ruhe und hatte eine Engelsgeduld.

»Was meinst du?«

»Überleg doch mal, Küken. Was glaubst du, dass die denken?«

Ich antwortete nicht. Aber als ich ihn ansah, begann ich, nun ja, mir das Bild irgendwie vorzustellen. Auf einmal malte ich mir seine Hände auf mir aus – diese riesigen Hände, in die mühelos ein Basketball passte. Zum Teufel mit dem Tritt, ich sah mich auf der Bettkante, meine dunkel geschminkten Lippen offen und hungrig in Erwartung der ersten Kostprobe.

Womit ich eindeutig nicht allein war.

Nachdem wir seinen Koffer bei mir abgestellt hatten, spazierte ich mit Caleb durch mein Lieblingsviertel von Hollywood, einer Gegend, in der alles möglich war. Schlenderte man die Straße hinunter, kam man an lebenslustigen Transvestiten vorbei, an jungen Strichern und Frauen, die so verdammt klasse aussahen, man käme niemals darauf, dass sie einen Schwanz zwischen ihren Beinen haben könnten, bevor man sie mit nach Hause nahm. Und bis es so weit war, dürfte es einem schlicht egal sein.

Trotzdem, als Caleb meine Hand nahm, zogen wir sofort die Blicke von Gaffern auf uns. Leute drehten sich um, Kinnladen fielen herunter.

Ich vermutete, deshalb wählte der Straßenprediger uns aus, als er von seiner Kanzel am Sunset Boulevard »Sünder!« brüllte. »Ihr kommt in die Hölle!«

Also ich würde Caleb nicht anschreien. Ich meine, der Mann stemmte locker vier von meiner Sorte beim Bankdrücken. Aber dieser Bibelverfechter hatte sein Buch in der Hand und schoss sich gezielt auf uns ein. Caleb lachte. Er blieb stehen, so dass ich auf ihn warten musste, während der religiöse Fanatiker willkürlich Bibelstellen auf uns abfeuerte, bis ich schließlich an Cals Ärmel zupfte und verlangte, dass wir weitergingen. Dennoch verharrten meine Gedanken bei der Behelfskanzel. Ich verstand es nicht.

»Ihr kommt in die Hölle!«, schrie der Mann hinter uns her.

Sollten wir in die Hölle kommen, weil wir Freunde waren? Oder weil Caleb schwarz und ich weiß war? Oder weil der Prediger, wie jeder andere, sich uns im Bett vorstellte, wie Caleb mich über die Matratze beugte und mir die Seele aus dem Leib vögelte? Würde ich ihn überhaupt ganz aufnehmen können? Wenn er da unten genauso gebaut war wie überall sonst, müsste er so lang wie mein Unterarm sein.

»Was denkst du, wieso wir in die Hölle kommen?«, fragte ich ihn unschuldig, als wir weitergingen.

»Es könnte was mit deinem T-Shirt zu tun haben«, sagte Caleb freundlich.

Ich blickte an mir herab. Tatsächlich hatte ich völlig vergessen, dass ich mein Lieblings-T-Shirt trug, ein enges weißes, auf dem in fetten roten Buchstaben SINNER quer über meine kleinen Brüste gedruckt war.

»Aber du hast kein Sinner-Shirt an.«

Caleb grinste mich an. »Das würde mir nicht passen.«

»Was hat das Licht für Gemeinschaft mit der Finsternis?«, brüllte die Predigerstimme hinter uns her.

»Ich hatte mich schon gefragt, wann er damit kommt«, seufzte Caleb. Ich blickte zu ihm auf, wie ich es immer tat. Weit nach oben. »Im zweiten Korintherbrief geht es nämlich die ganze Zeit um interkulturelle Beziehungen und um Gläubige und Ungläubige.«

Ich machte große Augen. »Und was von beiden bist du?« Über Religion hatten wir noch nie gesprochen. Wir redeten normalerweise über Politik, über unsere Lieblingsserien aus den Achtzigern und darüber, welche Band besser war, *Parlia-*

ment oder *Three Dog Night*. Aber Religion? Die stand eigentlich nicht auf unserer Tagesordnung, bis er sagte:

»Ein Gläubiger.«

Ich schluckte, doch dann drehte Caleb mich um, sodass ich unser Spiegelbild im Vagrants-Fenster sehen konnte.

»Man kann kein abtrünniger Katholik werden, ohne vorher ein praktizierender zu sein. Ich kenne meine Heilige Schrift.«

»Aber du hast gesagt ...«

»Jetzt glaube ich an das, was wir zusammen tun könnten.«

»Tun?« Mein Herz hämmerte in meinem Brustkorb.

»Du weißt schon«, sagte er und strich mit seinen Riesenhänden über meine Schulter, dann meine Arme hinunter, sodass er meine bloße Haut berührte. »Was hat das Licht für Gemeinschaft mit der Finsternis?«, murmelte er mir ins Ohr. Wir sahen gut aus zusammen. Keine Frage. Und ich war feucht, von seiner Berührung und von seinen Worten.

Wieder einmal dachte ich, ich würde begreifen – nicht warum wir in die Hölle kämen, sondern warum uns die Leute so ansahen. Weil es schwierig war, uns anzugucken und sich nicht vorzustellen, wie wir wohl vögeln mochten, wie Caleb mich in die Luft warf oder an eine Wand klemmte wie einen Schmetterling für seine Sammlung. Calebs Gesichtsausdruck nach zu urteilen, schien er genau dasselbe zu denken.

»Das mit uns könnte funktionieren«, sagte er und ließ seine Hände zu meiner Brust wandern, wo er mit dem Daumen die Buchstaben nachfuhr. Langsam strich er über S-I-N, und prompt wurden meine Nippel hart.

»Ich war immer mit großen Typen zusammen«, gestand ich mit einer kühlen Ernsthaftigkeit, als wäre es eine Beichte, die ich auf meinen Knien ablegen sollte. Vielleicht wollte ich ihm bedeuten, dass ich zustimmte. Mit uns könnte es funktionieren. Allerdings war ich noch nie mit einem Hünen wie Caleb zusammengewesen.

»Im Liegen ist es egal, wie groß man ist«, scherzte er.

Aber wir würden nicht liegen, oder? Das wäre ja gar kein Spaß. Caleb sollte mich hochhalten und vögeln. Er sollte mich auf den Kopf drehen und seinen Schwanz in meinen Mund stecken. Ich wog nichts, verglichen mit dem, was er zu stemmen gewohnt war.

Wir schafften es kaum nach Hause, zurück zu meinem Apartment am Strand, wo er mir das Sinner-Shirt auszog, um über meine nackten Brüste herzufallen. Sein Mund war warm auf meinen Brustspitzen, erst links, dann rechts; seine großen Hände griffen in meinen rot-weiß geblümten Rock, zogen den Stoff meine Schenkel hinunter, und er wartete, dass ich ihn zur Seite kickte. Nun war Cal nicht ganz so geduldig, nicht ganz so gelassen. Er war auf einer Mission, einer anderen als der des Straßenpredigers. Seine Mission war, in mich hineinzugelangen, tief, seine Zunge auf meiner Muschi, seine Hände, die meinen Arsch spreizten, während er an meiner Klitoris sog.

Die Hitze umfing uns. Santa Monica im Sommer, schmelzende Popsicles und keine Lichter an; der elektrische Geruch von heißem Asphalt und salziger Luft. Und Cals Mund bearbeitete mich. Seine Zunge umkreiste meinen Kitzler, seine warmen, starken Hände öffneten mich, trommelten und rieben einen berauschenden Rhythmus entlang meiner Hinternspalte.

»Du hast gesagt, du warst ein Gläubiger«, fiel mir plötzlich ein. Ich sah hinab in seine kaffeebraunen Augen, in denen dieselbe Belustigung funkelte wie immer, wenn er mich anschaute. Und plötzlich wurde mir bewusst, dass ich zum ersten Mal zu ihm hinabsah, zum ersten Mal höher war als er.

Aber dann hob er mich hoch in seine Arme, sodass ich mich

an seinen Schultern abstützen musste, um nicht das Gleichgewicht zu verlieren. Ich fühlte seine Muskeln durch das schweißnasse T-Shirt. Ich hätte meine Hände flach an die Decke legen können, wenn ich wollte. Stattdessen packte ich seine Arme und ahnte, dass er jeden Moment meinen Slip zur Seite reißen würde. Ich wusste, dass wir … was würden?

»Gemeinschaft von Licht und Finsternis«, murmelte Cal und ließ mich die Spitze seines Schwanzes an meinen Lippen spüren, mich für eine erste Kostprobe von ihm zu wappnen.

»Heißt Gemeinschaft vögeln?«, fragte ich.

»Nur wenn eine, die das Wort SINNER auf ihrer Brust hat, solch eine Frage stellt«, neckte Cal mich. Dann wurde er still, weil er fühlte, wie ich ihn drückte. Fest. Einmal, dann ließ ich ihn los. Er reagierte, indem er vorwärtsstieß, weiter in mich hinein. Und, guter Gott, ich dachte, dass ich auch gläubig werden könnte.

Ich konnte an Caleb und mich glauben.

Von wegen Kainsmal. Wir konnten es. Wir konnten traumhaft vögeln. Seine Hände bewegten, hielten, hoben mich, dass ich mich schwerelos fühlte, als würden wir es im Wasser treiben, taten es in einer Hitze, die uns umhüllte und die wir schmeckten. Flammen züngelten auf unserer Haut, knisterten in der Luft.

Calebs starker, harter Körper presste mich an die Wand, hielt mich und zog mich wieder und wieder hinab auf seinen Schaft. Das Wohlgefühl schaffte mich, belebte mich. Die Süße, gewürzt mit dem Schmerz, als er mich immer weiter dehnte, war kaum zu fassen. Ich kannte Beschreibungen davon, wie einen jemand so hart fickte, dass einem der Schwanz in der Kehle hämmerte, aber ich hatte es noch nie gefühlt, bis Caleb mich zum Bett brachte, mich hinsetzte und sich hinter mich hockte.

Hier waren wir, machten das Bild wahr, wurden zu dem, was sich all die Leute in ihrer schmutzigen Fantasie malten, wenn sie uns vorbeigehen sahen, zwei Freunde. Dies war der Höhepunkt sämtlicher Blicke, die wir abbekommen hatten. Und die Leute hatten recht mit ihren schmutzigen Gedanken. Von Caleb gevögelt zu werden, war erhaben, überwältigend. Er brachte mein Innerstes zum Beben, weckte sämtliche Nervenenden in mir – entflammte jede meiner Fasern.

Caleb packte mein Haar mit einer Faust und zog, während er mich bumste, sich in mich versenkte. Und die ganze Zeit flüsterte er süße Worte. Nichts aus der Schrift, sondern Versprechungen oder vielmehr Geständnisse: Dass er dies hier von Anfang an gewollt hätte. Dass er einer von diesen schmutzig denkenden Leuten war, sich ausgemalt hätte, wie ich nackt aussähe, sobald er mich anschaute.

»Wie ein Sünder?«, wisperte ich.

»Wir sind alle Sünder«, seufzte er, als er kam.

Ich legte eine Hand auf seine an meiner Klitoris, zeigte ihm, wie er mich dort nehmen sollte, ließ seinen Finger den Zauber vollbringen, sodass ich gleich nach ihm kam und in seiner Hitze schmolz.

Aber er erholte sich schneller als ich, zog mich in seine Arme und hielt mich fest, während der Meereswind die Vorhänge ganz leicht bewegte.

»Weißt du was?«, sagte ich und drehte mich um, damit ich ihm in die Augen blicken konnte. »Wir kommen in die Hölle.«

Er lachte sein tiefes Baritonlachen, das ich immer schon geliebt hatte. »Wenigstens sind wir da zusammen, Küken.«

Pappwände

Aimee Herman

Durch die Wand zwischen meinem Badezimmer und seinem kann ich die Geräusche hören, wenn er es sich selbst macht. Ich habe keine Ahnung, wie er aussieht. In meiner Vorstellung ist er ein großer, bulliger Mann mit Brusthaar, schwarz, und einem dichten Lockenschopf auf dem Kopf. Sein Stöhnen ist gedämpft, trotzdem spüre ich, dass seine Stimme tief ist.

Das Bad ist nicht sonderlich groß – kaum Platz, darin herumzugehen; andererseits wird er wohl auch nicht herumlaufen müssen, wenn er sich selbst befriedigt. Nein, wahrscheinlich steht er vor der Toilette, den Deckel hochgeklappt, sodass er problemlos seinen Schwall in die Schüssel mit dem Brauchwasser schießen kann und nichts saubermachen muss. Er könnte auch in der Wanne sein, wo er sich erst abseift, dann abreibt, und hinterher alles zusammen herunterbraust.

Er wohnt direkt nebenan, und dennoch haben wir uns in den acht Monaten, die ich hier lebe, noch nie gesehen. Der Klang seines Masturbierens tritt regelmäßig ein, verlässlich wie ein Uhrwerk. Er ist ein Mann mit Ausdauer, macht es sich mindestens sechs Mal die Woche. Ich vermute, dass es eine Soloübung ist, weil ich noch nie eine andere Stimme außer seiner gehört habe.

In meinem Kopf hat er schon einen Namen: Lionel Enthusiast III. Ich stelle mir vor, dass er tagsüber als Koch beim Pancake-House in der Nähe arbeitet, male mir aus, wie er sich alle paar Stunden entschuldigen muss, um sich zur Ejakulation zu bringen. Vielleicht hat er auch eine Komplizin, ein junge Kellnerin mit einer blauen Schürze um die schmale Taille und einem lästigen Schirmhäubchen, das ein Stern-Tattoo an ihrer rechten Schläfe überdeckt.

Ich nenne sie Alice. Sie ist neunzehn, mit fünfzehn von zu Hause abgehauen und extrem verdorben. Sie malt kleine Sternchen auf die Bestellzettel, wenn sie Lionel sagen will, dass er sie in acht Minuten im Hinterzimmer treffen soll. Der Geruch von Putzmitteln und schmutzigem Wasser wabert durch die Luft, während Lionel ihr den Rock hochhebt und seine öligen Finger in sie hineinsteckt.

Ihr Stöhnen nimmt einen ähnlichen Klang an wie das Jammern einer Katze, deren Krallen sich in einem Fliegengitter verhakt haben: ein schneidendes Kreischen, bei dem Lionel ihr eine Hand auf den Mund drückt. Trotz ihrer jungen Jahre ist Alice enorm talentiert, alles von Lionel in sich aufzunehmen, ihre Vaginalmuskeln zu einer strammen Faust zu spannen. Woher sie dieses Talent hat, verrät Alice nicht. Lionel fühlt sich vollständig verschlungen, wenn ihre enge Muschi sich um ihn schließt. Sie kommt drei Mal, bevor er eine Chance hat, in ihr zu kommen. Das geschieht erst, wenn sie ihn anfleht, weil sie seinen Samen braucht, der die Leere in ihr füllt.

Alice ist die Art Frau, die ständig mehr will, selbst wenn sie wund und trocken ist. Sie flirtet mit Gästen und ermuntert sie oft, mit Lionel und ihr ein bisschen Spaß zu haben. Bevorzugt wählt sie Frauen aus, und nach mehreren Wochen Vögeln im Hinterzimmer oder draußen hinterm Müllcontainer bringt Alice eine wechselnde Auswahl weiterer Brüste und Muschis mit ins Spiel.

Lionel mag Alice und denkt oft an sie, wenn er zu Hause

masturbiert. Die anderen Frauen sind auch gut; vor allem macht es ihn geil, Alice beim Bumsen mit ihnen zuzusehen. Aber keine reicht an sie heran.

Ich stelle mir vor, dass sie ihm zum Geburtstag einen Schlüssel und einen Zettel zusteckt. Die Anweisungen führen ihn zu Zimmer achtzehn im Motel acht, wo Alice mit einer Stammkundin aus dem Restaurant namens Jeanie wartet. Sie ist dreiunddreißig, hat zwei Kinder und kriegt gelegentlich einen Alimentescheck. Dies ist für sie das erste Mal, dass sie von einer anderen Frau gelutscht wird, aber nicht das erste Mal, dass ihr jemand beim Sex zuguckt.

Als die Tür aufgeht, sieht Lionel Alices fantastischen, cremeweißen Hintern aufragen. Ein Paar dicke Schenkel rekeln sich unter Alice, und Lionel hört das Schmatzen und Lecken von ihr an der Möse der anderen Frau. Sie unterbrechen nicht, als Lionel ins Zimmer tritt, seine Jacke und den Schlüssel auf den Stuhl wirft und sich auszieht.

Er ist schon hart und bereit und wichst zu dem Bild von Alice und dieser Frau, die wie eine Brezel ineinander verschlungen sind. Alice dreht sich um, worauf Jeanie zwischen ihre Schenkel taucht und Zunge und Finger in Alices triefende Möse steckt. Lionel weiß es nicht, doch in dem Moment beschließt Jeanie, dass sie den Geschmack der Muschi mag. Sie mag ihn sogar so sehr, dass sie künftig von ihm besessen sein wird. Jeanie verbringt die nächsten Monate damit, so viele Frauen wie möglich zu vögeln, kostet die Aromen von jenen, die sie in Schwulenbars, Supermärkten und, einmal, in einer Bank aufgabelt.

Jeanie wird zu einer Mösen-Kennerin, schärft ihren Gaumen auf Muschis. Allein am Geschmack kann sie bald erkennen, was welche Frau gegessen hat. Sie wird berühmt in der Lesbengemeinde, und schließlich verliebt sie sich in eine

Kampflesbe namens Chrys, die ihre vegane Ernährung einzig für Jeanie umstellt, sodass sie beim Kommen besser schmeckt.

Aber das weiß zu dem Zeitpunkt noch keiner, vor allem Jeanie nicht. Der Duft von Schweiß und Erregung hängt in der Luft, und Lionel wichst zu dem Stöhnen von Alice und Jeanie, die sich gegenseitig lecken.

Das ist der beste Geburtstag, den Lionel je hatte.

Nach dem Abend im Motel fahren Alice und Lionel fort, sich an so vielen Orten und in so vielen Stellungen zu ficken, wie sie irgend können. Im Restaurant bleibt ihnen manchmal nur Zeit für einen schnellen Blowjob. Wenn wenig los ist und Lionel Verstärkung in der Küche hat, bringt er Alice auf alle Viere und rutscht unter sie, als wäre sie ein Buick, der einen Ölwechsel braucht. Er schlürft, leckt und knabbert an ihrer Klitoris, bis sie größer wird. Ihre feuchten Schamlippen quatschen an seinem offenen Mund, während sie eine Hand hinter sich streckt und drei oder vier Finger in seinen Anus schiebt – seine neue Lieblingsart zu kommen. Diese Vorliebe entwickelte er, nachdem Alice ihn mit einem umgeschnallten Dildo namens Harvey von hinten gebumst hatte. Es war ein rotschwarz gestreiftes Ding, dick genug, dass Lionel fast zwei Wochen lang ein wenig hinkte.

Aber vielleicht existiert Alice gar nicht. Vielleicht gibt es keine Kellnerin, die Lionel in die Freuden des Analsex einführt. Vielleicht gibt es kein Motelzimmer, keine Jeanie. Es kann sein, dass es gar keine Frauen gibt. Vielleicht ist Alice in Wirklichkeit Jeremy, ein neuer Teilzeitkellner, der sich mit dem Job die Semestergebühren verdient. Ich stelle mir Jeremy im ersten Jahr am Community College vor, achtzehn und sehr schlaksig. Seine Stimme klingt unausgereift, und er hat fettige, picklige Haut. Lionel fühlt sich nicht wegen seines Aussehens oder seiner Persönlichkeit zu Jeremy hingezogen. Was ihn scharfmacht, ist die eindrucksvolle Wölbung unter dem Reißverschluss, und Lionel will mehr von dem, was er nicht sehen kann.

Im dritten Monat, den Jeremy dort arbeitet, bleibt Lionel abends länger als sonst und besteht darauf, den Bedienungen beim Aufräumen zu helfen. Er passt es so ab, dass er in das Hinterzimmer kommt, als Jeremy den Wischmopp auswringt und das schmutzige Wasser in den Abfluss kippt.

Die Szene spielt sich ungefähr so ab:

Lionel nähert sich Jeremy von hinten, sein Reißverschluss ist bereits offen und der Schwanz herausgezogen, der nach wenigen reibenden Strichen steil aufragt. Er denkt an Jeremys übergroßes Ding, das von innen gegen die schwarze Hose drückt. Jeremy fühlt Lionel, bevor er ihn sieht. Er dreht sich nicht um. Es mag ein kurzes Luftanhalten oder ein gewispertes Murmeln geben, das jedoch unbemerkt bleibt.

»Wir sind die Einzigen hier, und das kann sich schnell ändern. Geh hinter das Regal mit Zucker und Mehl und zieh die Hose aus«, befiehlt Lionel ihm.

Jeremy versucht nicht, ihm zu widersprechen. Seine langen Beine machen nur wenige kleine Schritte bis zur beschriebenen Stelle. Er öffnet den braunen Ledergürtel, seine Hose fällt nach unten, zieht die blaukarierte Boxershorts aus und steht in nichts als Hemd, Socken und schwarzen Converse-Turnschuhen vor Lionels Steifem. Lionels dicker Schwanz kriecht in ihn hinein.

In dem Hinterzimmer fickt Lionel ihn auf eine Art, die Jeremy seine Freundin vergessen lässt, bei der er sich sowieso nie so gut gefühlt hatte.

Jeremy dreht sich um, spürt die Wärme von Lionels Vorsamen auf seinen Schenkeln. Er sieht das lange, dicke Ding an, das eben in ihm war, und will es schmecken. Er kniet sich hin und nimmt Lionels Schwanz in seinen Mund, packt seine Eier mit beiden Händen. Abwechselnd leckt, saugt und reibt er an ihnen. Jeremy würgt beinahe, als Lionel seinen Schwanz tiefer in seinen Mund stößt. Lionel genießt die raue Hitze von Jeremys Zunge an ihm, drückt die Schenkel an Jeremys Hals, als er kommt. Der Samen spritzt in Jeremys Mund und gleitet seine Kehle hinab. Er schmeckt wie saure Milch, Meersalz und Schweiß.

Ich bin in meinem Bad und sitze auf der Toilette, die nackten Füße auf den kalten Fliesen. Ich stelle sie neben die Wanne, sodass ich einen perfekten Winkel habe, um meine Finger tief in mich hineinzustecken. Das Licht ist aus, und ich sehe den winzigen Raum nur im sanften Flackern der kleinen, unparfümierten Kerzen. Die Musik? Der Soundtrack für diesen Moment? Es ist Lionel Enthusiast III., grunzend wie ein verschwitzter Eber, voller Schlamm oder Samen, je nach Stand der Dinge.

Ich habe die Badezimmertür geschlossen. Zwar wohne ich allein, sodass ich nicht gestört werden könnte, aber ich will die Enge, will mich fühlen, als würde mich der winzige Raum umarmen, während ich mich berühre.

Meine Accessoires sind in der trockenen Wanne: der lila Vibrator mit drei Geschwindigkeiten und vier Aufsätzen in unterschiedlichen Größen und Formen. Ich hüpfe von der Toilette und steige langsam in die Porzellanwanne. Der kalte Belag lässt mich erschaudern. Weil meine Klitoris ebenfalls kalt ist, nehme ich Dildo Nummer zwei, fünfzehn Zentimeter lang, limonengrün und vorgewärmt. Mit diesem Modell komme ich immer in Rekordzeit.

Ich reibe den Dildo an meiner Klitoris, erst nur sachte, dann fester. Dazu stelle ich mir vor, meine Klitoris wäre ein Schwanz, der anschwillt, wenn er hart wird, und dringend einen Blowjob möchte. Oder von Hand gerieben werden und in so viele Löcher wie möglich eindringen. Ein Schwanz, der danach verlangt, eine Frau zu schwängern, einen gigantischen Schwall in jemandes Mund, Möse oder Anus abzufeuern.

Jetzt ist mir warm, und Lionel Enthusiast III. ist gleich auf der anderen Seite der Wand. Ich fasse die Trennwand an, presse mein Gesicht an die Fliesen und bilde mir ein, er wäre es, seine Haut, sein Schwanz, sein Bauch, seine Brust. Ich stöhne.

Plötzlich verstummt das rhythmische Stöhnen. Hat er mich gehört? Ich stöhne lauter. Er antwortet, zumindest scheint es so, mit einem ekstatischen Knurren.

Vielleicht hört er mich und denkt an Alice. Oder ich wünsche mir, dass er Alice ist: neunzehn Jahre junge Haut, Knospen, die sich aufrichten, wenn sie geleckt oder gedrückt werden. Ich ziehe so wild an meinem Haar, dass sich mehrere Strähnen lösen. Alice schmeckt wie eine reife Bartlett-Birne, mit weichen Stellen und triefend vor Aroma.

Ich male mir aus, wie Jeanie hereinkommt, tue überrascht oder verzückt über ihr spontanes Erscheinen. Sie ist wie eine Olympiaschwimmerin, taucht elegant zwischen meine Beine. Ihre lange Zunge dringt in meine Möse, und sie murmelt die Namen von allem, was ich heute gegessen habe.

Kräftiger Pecorino. Ein Löffel voll Erdnussbutter, nein, warte… extra große Stücke. Eine Handvoll Schokoflocken. Eine halbe Avocado, dann die andere Hälfte mit Tomatenscheiben, die noch nicht ganz reif waren. Eine Banane.

Lionel rubbelt sich heftig, während er Jeanie und mich beobachtet. Seine Hand gleitet an seinem Schwanz auf und ab, griffsicher wie ein trainierter Pole-Dancer. Seine Finger streicheln seine Hoden, als wären sie lose Troddeln. Ich kann das Echo seines Stöhnens von den Wänden hallen hören.

Jeremy erscheint. Er schiebt mich mit dem Rücken an die

Badezimmerwand, drückt seine hageren Beine gegen meine dickeren. Dann packt er mich im Nacken und stößt seinen harten Schwanz in mich hinein. Ich bin erstaunt, dass ich ihn vollständig aufnehmen kann. Er nuckelt an meinem Hals, sodass meine Klitoris eifersüchtig wird. Schließlich arbeitet er sich tiefer vor.

Der Soundtrack ist vorbei. Lionel muss fertig sein. Ich muss noch kommen, und mir ist klar, dass es Lionels mysteriöses Tun nebenan ist, das mir zu wahren Explosionen verhilft. Ich möchte an die Wand hämmern und schreien, »Mehr! Mach weiter! Hör nicht auf! Ich brauch das!«

Ich bin noch in der Wanne, meine Haut ist wie elektrisiert von fast einer Stunde experimentellem Vögeln. Der Glasdildo ersetzt den aus Stahl. Dann der Vibrator, der beinahe meine Klitoris betäubt, als er mich zu einem schnellen Orgasmus bringt. Das reicht nicht. Ich will überlaufen, die Wanne mit meinen Säften, meinem Aroma füllen. Ich will, dass Lionel Enthusiast III. und Alice und Jeanie und Jeremy zur Tür hereinstürmen und mich so heftig ficken, dass mir der Rücken durchbricht. Ich will sie tagelang in mir spüren, wochenlang. Ich will drei Farbschichten von den Wänden schreien, und ich will, dass sie Schnorchel brauchen, um in dem Schwall zu atmen, der mir aus der Möse strömt.

Lionel Enthusiast III. soll ich nie begegnen. Ich finde nie heraus, wie er aussieht oder was er wirklich von Beruf macht. Ich erfahre nie, ob die sexuellen Vorlieben, die ich ihm angedichtet habe, der Realität auch nur in etwa nahe kommen. Ich klopfe nie an unsere gemeinsame Wand und bitte ihn, mich kommen zu lassen.

Vier Monate später ziehe ich in eine Zweizimmerwohnung mit einer Frau, die ich im Supermarkt kennengelernt habe. Sie heißt Joanna und ist viel größer als ich. Unser erstes Gespräch dreht sich um Kumquats; ich gestehe ihr, dass ich früher dachte, es handelte sich dabei um eine Sexstellung. Sie lacht, und mir fällt das kleine Grübchen in ihrer rechten Wange auf. Sie erzählt mir, dass der Name auf einen immergrünen chinesischen Strauch zurückgeht, aber ich höre gar nicht richtig hin, weil ich völlig fasziniert von ihrem Grübchen und ihren dicken Fingern bin und überlege, wie unglaublich die sich in mir anfühlen würden. Ich frage mich, wie stark sie ist, ob sie mich so weit genug hochheben kann, dass meine Möse auf einer Höhe mit ihrem Mund ist, und ob sie überhaupt das Aroma von reifer Muschi schätzt …

Unser erstes Date endet mit ihrer Zunge in meinem Mund, dann in meiner Möse, in meiner Achselhöhle und in meinem Nacken. Ich spüre die warme Kraft ihrer Finger in mir. Einer, dann zwei, dann drei bewegen sich rein und raus, bis ich sie anflehe, mich kommen zu lassen. Ich bedecke ihre nackte Haut mit allem, was sich in mir zusammengebraut hat, allem, was von Lionel angeregt wurde.

Joanna leckt ihre Finger und schiebt sie in ihre Muschi, während ich mein Gesicht in ihren Haarbusch tauche. Er riecht nach Regenwald, einer Mischung aus feingliedrigen Farnen und Baumrinde. Als wir einschlafen, hat jede den Duft der anderen auf ihrem Gesicht und auf ihrem Körper.

Nach einem Monat sagt sie zum ersten Mal, *Ich liebe dich.* Ich vergesse die Wand – meine Badezimmerabenteuer, den Soundtrack von Lionel und seinem tiefen Wonnestöhnen. Alles vergesse ich, bis mir Joanna eines Tages eine Geschichte über meinen Nachbarn erzählt.

Bodenhaftung

Aimee Pearl

Wir gehen die Straße entlang, und er bumst mich. Alles ist glitschig und köstlich.

Das ist alles wahr.

Wir sind beim Folsom Street Fair – dem jährlichen Fetischstraßenfest – und es ist ein heißer Septembertag in San Francisco. Da ist eine Schwellung zwischen meinen Beinen, und er bringt mich noch zum Überlaufen.

Wir gehen im hellen Tageslicht. Um uns herum herrscht dichtes Gedränge. Er reibt seinen feuchten Daumen an meiner Klitoris. Wir gehen Seite an Seite, bleiben nicht stehen. Ich frage mich …

Wenn irgendwer hinunter zu meinem Schritt blickte, könnte er seine Hand sehen, die halb hinter dem Saum meines knallroten Latex-Superminirocks ist. Derjenige würde begreifen, dass sich seine Finger zwischen meinen Schamlippen bewegen. Was würden die Leute denken? Was würden sie sagen?

Mein Rock ist so kurz, dass er meinen Hintern nicht ganz bedeckt. Unter dem glänzenden Gummi lugen meine Backen hervor. In diesem Teil kann ich keine Strumpfhose tragen und mich auch nicht hinsetzen. Nur stehen oder weitergehen, während er mich bumst.

Er sieht teuflisch gut aus. Seine Haut ist von der Farbe gerösteter Haselnuss. Wir haben schon oft gebumst, aber nie draußen, mitten auf der Straße feuchtes Gummi mit den Fingern gedehnt.

Mein roter Gummirock ist auf Hochglanz poliert, und ich liebe es, wie metallisch die Farbe auf meiner samtigen braunen Haut wirkt. Es ist das erste Stück aus Latex, das ich mir je gekauft habe, und das Erste, das ich jemals anprobiert habe. An meiner schmalen Taille, meinen runden Hüften und meinem Arsch sitzt der Rock so eng, dass ich mir vorkomme wie ein exotischer Alien und genieße, wie er die Aufmerksamkeit auf meinen üppigsten Körperteil lenkt. Ja, mein Hintern hat schon den Verkehr zum Erliegen gebracht. Wer guckt schließlich nicht gern auf eine schwarze Diva in rotem Gummi?

Jetzt jedoch gehen wir in der Masse unter, fädeln uns durch den Strom um uns herum. Er kitzelt mich, bis meine Möse vor Verlangen schmerzt. Bald werde ich mehr Finger wollen, seine ganze Faust. Wir müssen einen Hauseingang finden, um uns anzulehnen. Ich kann nicht im Gehen kommen, schon gar nicht auf meinen hohen Absätzen. Da würde ich umkippen.

Die Orgasmen, die er mir beschert, erregen sowieso schon Aufsehen.

Wir finden eine Seitengasse, in der er mich schnell und hart hämmert, sodass ich hinterher nass bin und mich schmutzig fühle. Dieser Kerl hat ein ganz besonderes Geschick mit seinen Händen. Einmal hat er mich zum Kommen gebracht, während ich eine Tasse Tee aufbrühte, mit dem Kessel voller kochendem Wasser in der Hand. Gefährlich. Er kam hinter mich an den Herd und rammte vier Finger in mich. Ich war sofort geliefert, völlig hinüber. Wie ich es danach schaffte, das Wasser ruhig aufzugießen, weiß ich nicht mehr.

Aber ich tat es.

Ein paar Zuschauer entdecken uns in unserer Nische, Lesben, die das schräge Paar belächeln, das wir sind. Ich wünschte, er hätte sich richtig ausgestattet, damit wir ihnen eine echte Show bieten können, aber leider hat er seinen Schwanz heute zu Hause gelassen. Wer braucht den, wenn man solche Hände hat?

Trotzdem giere ich manchmal nach seinem Schwanz. Für einen Moment, als er mich noch einmal fürs Publikum grob fickt, stelle ich ihn mir vor, wie er seinen gummiüberzogenen Gummischwanz an meinem gummibespannten Hinterteil reibt. Wie er das Latex hochrollt, um besseren Zugang zu haben, und das Spielzeug in die Enge gleiten lässt. Ein Fetisch-Arschfick auf einer Innenstadtstraße, Süße.

Ich tue es wieder. Kommen.

Später verlassen wir unser Liebesnest in der Seitengasse und mischen uns wieder unter die Menge. Er trifft eine Freundin, eine umwerfend große Weiße mit Stoppelfrisur. Auf ihren Absätzen ist sie über eins neunzig. Sie arbeitet als Domina in einem Dungeon, hat heute frei und schlendert mit ihrer Freundin/Untergebenen über das Straßenfest. Sie hat ein knöchellanges Latexkleid an, und ihr läuft der Schweiß herunter. Deshalb bückt sie sich und zieht das Kleid hoch, um frische Luft an ihre süße blonde Muschi zu bekommen. Ich falle fast in Ohnmacht, aber nicht wegen der Hitze. Sie beschwert sich über das Wetter und dass sie dauernd von Kunden angesprochen wird, die sie anflehen, sie zu dominieren.

Neben mir steht er, redet mit ihr und lächelt. Er weiß, dass ich jammernde Dominas nicht ausstehen kann, erst recht nicht solche, die mehr Latex anhaben als ich. Weil ich sie überrage, kann ich in ihr Dekolleté sehen und bewundere die Schweißperlen auf ihren vollen Brüsten. Wieder werde ich feucht. Er begreift, dass es Zeit für einen Spaziergang ist.

Bei unserem nächsten Date treffen wir uns um Mitternacht,

diesmal in einer anderen Gasse in einem anderen Stadtteil. Er ist in dem Club ein Stück weiter; meine Weisung lautet, in die Seitengasse zu fahren und auf der Rückbank auf ihn zu warten. Ich schicke ihm eine SMS, als ich da bin, und mache mich für ihn bereit. Er verlässt den Club und kommt zu meinem Wagen.

Ich trage einen cremefarbenen, knielangen Lederrock in A-Silhouette. Das Material ist so weich, dass die meisten Bewunderer auf den ersten Blick gar nicht erkennen, dass er aus Leder ist. Doch dieser Rock erntet verlässlich einen zweiten Blick. Er ist nicht kurz, nicht eng und nicht knallig. Dennoch strahlt er etwas subtil Verführerisches aus. Der Rock wäre großartig für eine dominante Frau wegen der strengen Linien. Ich hingegen bin eine unterwürfige Frau, und ich trage ihn gern, um mich darin gefangen zu fühlen, gefesselt von Leder, egal wie lose es um meine Schenkel fällt.

Ein Klopfen an meinem Fenster. Ich greife hinüber, entriegele die Tür und lasse ihn herein. Er soll einsteigen und mich vögeln.

Wie gewünscht habe ich keinen Slip an, allerdings nicht wegen der Rocklänge, sondern weil die Szenerie es verbietet. Er will nämlich leichten Zugang zu meiner Möse, mich schnell ficken und dann wieder zurück zu seinen Freunden in den Club. Alles ist abgesprochen, sodass wir uns wie Tanzende bewegen. Anstelle der Musik ist hier das einzige Geräusch das Reiben von Leder an Vinyl und Atmen. Sein Atmen und meines – vor allem meines, denn er ist grob und ich habe Mühe, es auszuhalten, alles aufzunehmen. Diesmal hat er alles dabei und benutzt einen seiner größten Schwänze.

Tagsüber war es heiß, doch die Nacht ist kühl. Die Autoscheiben beschlagen, und weil ich unerlaubt in einer spärlich beleuchteten, einspurigen Einbahnstraße parke, sorge ich mich, dass wir unerwünschte Aufmerksamkeit erregen. Ihn scheint es nicht zu kümmern. Er ist überhaupt gänzlich ungeniert. Seit er in den Wagen stieg, hat er kein Wort zu mir gesagt, ist einfach reingesprungen, hat hinter sich verriegelt, mich bäuchlings auf die Rückbank bugsiert und mit einer Hand seinen Schwanz rausgeholt, während er mit der anderen meinen Rock hochschiebt.

Das dünne Leder knüllt sich in seine Faust. Einer meiner Arme ist unter mir eingeklemmt, den anderen strecke ich aus und streiche über sein Hosenbein. Ich bemerke, dass er lederne Cowboyhosen über seiner Jeans trägt, die sehr eng anliegen, und ich versuche, an dem Leder vorbei an seinen Schritt zu kommen, aber davon will er nichts wissen. Ich darf mich nicht bewegen. Er rammt mir seinen Schwanz vollständig herein und hält mich beidhändig unten, sodass ich mich nicht rühren kann. Mein Gesicht ist im Kunstleder des Sitzpolsters vergraben, meine Beine sind weit gespreizt, eines an der Rückenlehne, das andere in der Luft. Sonst ist nichts als Geräusch, Hitze, Bewegung und Fülle. Seine Cowboyhosen reiben sich am Vinyl, mein Rock reibt sich am Vinyl, und es ist kein Platz zum Atmen. Ich ringe nach Luft, frage mich, wer von uns zuerst kommt, als er sich plötzlich, ohne Vorwarnung, aus mir herauszieht.

Er ist weg, und ich kriege endlich Luft. Aber ich bin verwirrt, deshalb sehe ich nach hinten, wo er zwei Dinge aus seinen Taschen holt. Meine Augen werden größer, als ich den Gummiballknebel und die kleine Packung mit meinem Lieblingsgleitmittel für den Analsex erkenne. Er legt das Gleitmittel auf meinen bloßen Hintern und sagt zum ersten Mal etwas.

»Aufmachen.«

Ich öffne den Mund, damit er mir den Knebel anlegen und

die Riemen an meinem Hinterkopf verschnüren kann. Nun schraubt er den Deckel vom Gleitmittel und spritzt es auf seinen Schwanz. Sein zweiter Satz folgt.

»Mach dich bereit.«

Die Spitze seines Schwanzes drückt schon gegen mein Arschloch. Als wir über das Treffen in der Gasse sprachen, sagte er, dass er es schnell wolle. Aber wenn er ernsthaft daran denkt, mich mit diesem Riesenspielzeug von hinten zu bumsen, dauert es eine Weile.

Zumindest denke ich das.

Er arbeitet erschreckend flink. Hinter dem Knebel grunze und schreie ich, aber er weiß, dass ich es aushalte, und ich weiß, dass er mich dazu bringen wird, es zu ertragen. Der perverse Kitzel des Unterwerfens beim sadistischen Arschfick bewirkt tatsächlich, dass ich mich weiter öffne und er leichter eindringt. Er ist mir einen Schritt voraus und stößt, sowie ich ruhiger werde.

Als sein Schwanz ganz in meinem Hintern ist, macht er eine kurze Pause. Ich soll fühlen, wie sehr er mich dehnt, meine Ergebenheit bestätigen. Einen Moment lang, dann ist es vorbei. Mehr bekomme ich nicht, denn danach ist er dran.

Er hämmert mich grob, fickt mich so fest er kann, entschlossen zu kommen, und er weiß, wie er meinen Arsch zu seinem Vergnügen benutzt. Mein Job ist, es zu ertragen. Geknebelt, nach unten gedrückt und auf ihn gespießt, bin ich ein Ding für ihn. Ein Objekt. Ein in Leder gehülltes Fickloch. Er knallt wieder und wieder in meinen Hintern, bis er seinen Orgasmus in mich hineinschießt. Natürlich ist er nicht flüssig, mehr eine Energie und folglich doppelt so stark. Ich nehme sie gierig tief in mir auf, für ihn.

Und als er fertig ist, zieht er ihn sanft raus, bindet den Knebel los, dreht mich behutsam auf den Rücken und streicht mir den Rock glatt. Sehr, sehr sacht greift er unter den Rock und streicht mir einmal mit dem schmierigen Finger über die Klitoris.

Ich explodiere.

Rauschende, erschlagende Wellen von Wonne überrollen mich, als ich in seiner Hand komme. Er hält mich fest an sich gedrückt, bis mein Stöhnen weniger wird.

Danach steckt er seinen Schwanz wieder in die Hose, schließt den Reißverschluss und geht.

Auf Knien in Barcelona

Kristina Lloyd

Dies geschah vor der Sommerolympiade 1992 in Barcelona, als die Nächte so heiß waren, dass die Stadt nicht schlafen konnte und jeder wütend oder verrückt wurde. Zero-Tolerance war bloß ein Gerücht, also schlichen die Huren, Diebe und Junkies durch die engen Straßen, und alle mieden die Hafengegend. Ich ging nur in die Bar *Anise*, weil ich hoffte, dass sie mir ein bisschen Eis geben könnten. Hätte ich geahnt, was für eine Bar das war, wäre ich wohl nicht hineingegangen.

Es war fast zwei Uhr morgens, und ich stand völlig erledigt auf meinem winzigen Balkon. Die Sicherung meines Ventilators war durchgebrannt und die Luft in meiner Wohnung zum Schneiden. Unten in der Straße hing eine Kugellampe wie ein Mond an einem Bügel und verlieh der Fassade der Bar *Anise* einen Perlmuttschimmer. Ich hielt mir einen nassen Waschlappen an den Nacken und stützte die Arme auf die Metallbrüstung, die tagsüber so heiß wurde, dass man sie nicht anfassen konnte. In dem Waschlappen waren ursprünglich Eiswürfel gewesen, und ich dachte an die kalten Rinnsale, die mir über die Schultern, das Schlüsselbein und die Brüste liefen. Wie eine Zunge, ging es mir durch den Kopf, die Zunge eines Liebhabers, der sich ein Freudenfest mit meinem Körper bereitete. Wie lange war es jetzt her? Ach, zu viele Monate, um sie zu zählen.

Sechs Stockwerke unter mir hallten Schritte durch die

dunkle Straße. Ich sah einen Typen in einem weißen T-Shirt, der sich für diese Uhrzeit untypisch zielbewusst bewegte. Als er plötzlich zu mir aufschaute, bekam ich Angst und spürte einen Riss in der merkwürdigen Balance, in der mein Balkon gleichzeitig Teil der Straße und Teil meines Zuhauses war. Es war, als wäre er in meine Privatsphäre eingedrungen.

Ich wandte mich ab, verlegen, weil ich beim Glotzen ertappt worden war, sah mich aber doch noch einmal um und stellte fest, dass er in die Bar *Anise* ging. Die Bar war wie ein Relikt aus früheren Zeiten, außen ganz in matten Honig- und Eichentönen gehalten, die Tür geschlossen und die Fenster mit ausgeblichenen Plakaten beklebt. Die Kugellampe umgab ein weißer Lichtkreis. Als der Typ die Tür aufstieß, rechnete ich beinahe damit, dass alles loswackelte wie eine morsche Theaterkulisse.

Wie kam es, dass ich noch nie in der Bar gewesen war? Gewöhnlich ging ich in Barcelonas hippe Bars entlang Las Ramblas, in *Plaça Reial* oder *Barri Gòtic*, und begab mich höchstens in die hiesigen Bars, um spät in der Nacht Bier oder Wasser zu kaufen. Die hier in der Gegend waren schäbige Kneipen mit Resopaltischen, Spielautomaten und plärrenden Fernsehern, in denen dauernd Lottoziehungen liefen. Ich glaubte zwar, dass die Bar *Anise* anders war, hatte sie aber trotzdem nie betreten. Klar war ich neugierig, doch diese Bar schien in einer ganz eigenen Welt zu existieren. Ebenso gut hätten sie ZUTRITT VERBOTEN auf die Tür schreiben können.

Um zwei Uhr morgens allerdings war sie die einzige Bar, die noch offen hatte.

Ich wischte mir mit dem feuchten Waschlappen übers Gesicht. Wenigstens war ich Single und schlief allein, was ein Glück war. Entlang der Straße, in der ich wohnte, waren die Gusseisenbalkone mit blühenden Geranien behangen, hinter denen sich kleine Wäscheständer, grüne Rollläden und drei Häuser weiter rechts sogar ein Vogelbauer drängten. Die spanischen Bewohner schliefen wahrscheinlich hinter ihren alten Spitzengardinen zu zweit in einem Bett, sodass sich ihre klebrigen Leiber mit heißen, verdrehten Laken abkämpften. Ja, in dieser Hitze konnte ich mich glücklich schätzen, allein zu sein. Ein bisschen Eis für die Nacht wäre trotzdem nicht schlecht, nur war mein Eisfach leer, also lautete die Frage: Wie dringend wollte ich welches?

Meine Sandalen klackerten laut auf der verlassenen Straße, und das Geräusch hallte von den Fassaden und Metallgittern wider. Vor der Tür der Bar *Anise* zögerte ich, verunsichert von der Stille, die ich dahinter zu fühlen glaubte. Ein katalanisches Schild besagte, dass die Bar geöffnet war, aber stimmte das? Und, falls ja, war sie für jemanden wie mich geöffnet? In jenen Monaten arbeitete ich als Redakteurin für ein englischsprachiges Wochenmagazin namens *Gander*. Davor hatte ich drei Monate lang in Sevilla Englisch unterrichtet, bis ich sowohl die Arbeit als auch den Freund leid war, der sich die Fingernägel der rechten Hand ewig lang wachsen ließ, damit er gleichzeitig spanische Gitarre lernen und mich anekeln konnte. Manchmal fühlte ich mich in diesem fremden Land heimisch, doch als ich auf der Schwelle der Bar *Anise* stand, kam ich mir vor wie vom Mars.

Ich überlegte, wiederzugehen, dann dachte ich an diese geschmolzenen Eiszungen auf meiner Haut. Nachdem ich einmal tief durchgeatmet hatte, betrat ich die Bar. Zigarettenqualm hing im gelblichen Licht, und ein Deckenventilator kurbelte träge, als wäre er genervt von der Hitze. Ein halbes Dutzend Männer hockte an verschiedenen Tischen, rauchend, lesend oder einfach in die Gegend starrend. Niemand beachtete mich, wofür ich dankbar war. Wahrscheinlich war es eines dieser Lokale, in denen jeder fremd ist, selbst die Leute, die dort seit Jahren Seite an Seite trinken.

Als ich mit meinem leeren Krug auf den Tresen zuging, musterte mich ein Gast lässig. Er hatte ein weißes T-Shirt an, und ich vermutete, dass er der Typ war, den ich von meinem Balkon aus gesehen hatte. Er hatte eine kräftige Nase, dunkles Haar, das ihm in die Stirn fiel, und ein paar Fältchen, die sein eckiges Gesicht interessanter machten. Dennoch, verlebter Charme hin oder her, konnte ich Männer mittleren Alters nicht leiden, die glaubten, sie dürften junge Frauen mit anzüglichen Blicken traktieren. Unsicher fragte ich nach Eis, und als nur mit einem Stirnrunzeln reagiert wurde, wiederholte ich meine Frage. Der Barkeeper wischte den Tresen mit einem Lappen, offensichtlich nicht gewillt, mich zu bedienen. Hinter ihm stand eine verspiegelte Coca-Cola-Uhr inmitten der Regale mit blinkenden Flaschen und Gläsern. Viertel nach zwei. Das rote Uhrenlogo war von jener irritierenden Vertrautheit, die mir das Gefühl gab, gleichzeitig zu Hause und doch fremd zu sein.

»Ich habe Geld«, sagte ich.

Darauf verschwand der Barkeeper durch einen leise tuschelnden Plastikfliegenvorhang in ein Nebenzimmer. Während ich wartete, fragte ich mich, ob die Trinker sehen konnten, wie das Eis über meine Haut züngelte, ob sie mich nachts sahen, wenn mir das kühle Wasser über den Körper rann, und ich versuchte, die Hitze meines Verlangens zu stillen, scheiterte, weil das Eis schmolz, und ich noch einmal zum Orgasmus kam.

Ich hatte das Gefühl, sie könnten, und das machte mir Angst. Auf dem Tresen stand ein verlorenes Stück Tortilla unter einer Kunststoffglocke. Ich hörte den Barkeeper nebenan telefonieren. Wegen ein bisschen Eis? Als er mit meinem vollen Krug zurückkam, fragte ich ihn, was ich ihm schuldig wäre. Bevor er antworten konnte, mischte sich die große Nase ein, die den Barkeeper in Katalanisch ansprach, das ich so gut wie gar nicht verstand. Der Barkeeper schenkte einen großen Brandy ein und stellte ihn mir hin.

»Gratis«, sagte er.

Da ich keinen Ärger wollte, nahm ich den Drink an und redete mir ein, er würde mich zu nichts verpflichten. Wie verflucht englisch von mir! Wieso konnte ich den Brandy nicht ablehnen, für mein Eis bezahlen und gehen?

»*Graçias*«, sagte ich zu dem Gast gewandt, lächelte aber nicht.

Er nickte verhalten amüsiert. Der Brandy war scharf, versengte mir die Kehle und brannte in meiner Brust. Mein Nacken war schon schweißnass, mein Haar klamm. Ich sorgte mich, dass das Eis in meinem Krug schmelzen könnte, und wünschte, ich könnte das Eiswasser trinken. Der Deckenventilator klickte leise. Niemand sagte etwas, was mich erleichterte. Vielleicht wollte dieser Kerl nur freundlich sein. Falls ja, würde ich ihm zum Abschied die Hand schütteln und nach Hause flitzen. Ich hatte allerdings Mühe, den Brandy zu trinken, denn er war wie Feuer, und ich wollte Eis.

»*Ay, qué calor*«, sagte mein neuer Freund schließlich.

»*Sí, qué calor*«, antwortete ich.

Was für eine Hitze. Ich nippte an meinem Brandy, wobei ich fühlte, dass er mich beobachtete, und sein passives Interesse machte mich nervös. Ein paar Minuten hielt ich es aus, dann fragte ich nach den *Lavabos*, um seinem Blick zu entfliehen, und wurde eine wacklige Treppe hinuntergeschickt. Ich stieg in einen schmuddeligen Keller mit zerkratzten dunkelroten Wänden, an dessen Ende sich die Toiletten und eine Schwingtür mit einem kleinen schmutzigen Drahtgitterfenster befanden. Auf halber Treppe bemerkte ich eine Bewegung und drehte mich zum Korridor seitlich um. Durch eine offene Tür sah ich einen Kerl auf einem Stuhl und eine Frau auf Knien, deren Kopf in seinem Schoß auf und ab wippte. Ich klammerte mich ans Treppengeländer, gelähmt von Angst und einer plötzlichen pornografischen Lust.

Meine Möse schwoll pulsierend an. O Gott, was für ein Bild! Der Kerl hatte den Mund halb geöffnet, den Kopf nach hinten gelehnt, und die kastanienbraunen Locken der Frau fächerten sich auf seinen Schenkeln, während sie sich rauf und runter bewegte. Hatten sie mich gehört? Ich hoffte nicht. Und ich musste zusehen. Bis zu dem Moment war mir nicht bewusst gewesen, wie dringend ich einen Schwanz brauchte, wie sehr mir das fehlte, seit ich dem Gitarristen den Laufpass gegeben hatte; hatte nicht geahnt, dass ich dieses rasende Sehnen mit mir herumschleppte. Zwar konnte ich mich mit schwanzförmigen Objekten selbst vögeln (lässig), aber nichts kam dem überwältigenden Gefühl auch nur nahe, den Mund komplett voll zu haben. Ich wagte kaum zu atmen, als ich weiter hinstarrte.

Der Kerl war jung und schlank mit tintenschwarzen Locken, die ihm einen Hauch Flamenco-Leidenschaft verliehen. Fasziniert beobachtete ich, wie sich seine Züge anspannten, er die Frau weiter auf sich zog, seine Finger in ihrem Haar verschlungen, und seine Hüften wiegte, um ihr abwechselnd entgegenzukommen und sich von ihr zu entfernen. Kniend trat die Frau auf den Boden ein, quiekte einen erstickten Protest und wedelte mit den Händen. Mein Verlangen nach einem Schwanz wurde übertroffen von einer zweiten Welle, einem schockierenden Drang, auf alle erdenklichen schmutzigen Arten benutzt zu werden.

Meine Möse loderte vor Sehnsucht und war so empfindlich, dass ich mir einbildete, das Webmuster meines Slips zu fühlen. Ich wollte an ihrer Stelle sein, der Gnade eines wilden Fremden ausgeliefert, der in mir lediglich ein Objekt seiner Begierde sah, unbedeutend und austauschbar. Ich wollte nur ganz Körper sein, nur aus Möse, Mund und Arsch bestehen, weit offen und aufnahmebereit.

Mit glühenden Wangen drehte ich mich um und wollte zurück in die Bar eilen. Ich wollte diese Gedanken aus meinem Kopf verbannen, tun, als wäre nichts geschehen, als hätte ich weder das Paar noch in die Abgründe meiner Lust gesehen. Lag es daran, dass ich so lange keinen Sex mehr gehabt hatte? Lechzte ich nach der niedersten Befriedigung als Ausgleich für monatelange Entbehrung? Zitternd klammerte ich mich an das Treppengeländer. Mein Mund war staubtrocken.

Dann drehte sich mir der Magen um. Zu meinem Entsetzen stand der Großnasige oben an der Treppe. Grinsend schlenderte er die Stufen zu mir hinunter. Ich blickte panisch in das Zimmer. Der Typ auf dem Stuhl sah mich direkt an, während er selbstzufrieden den Kopf der Frau zwischen seine Schenkel rammte. Meine Knie wurden weich; mein Puls rauschte in meinen Ohren, als hielte ich eine hohle Muschel daran, und ich fühlte mich fiebrig.

Der Großnasige war neben mir. Seine Stirn glänzte vor Schweiß, und er wackelte mit den Augenbrauen. »*Cuatro miles pesetas*«, sagte er.

Wut gesellte sich zu meiner Angst. Viertausend Peseten! Er hielt mich für eine Hure und dachte, ich würde ihm für einen ekligen Brandy und eine Handvoll Scheine einen blasen!

»*Déjame paso*!«, entgegnete ich scharf und versuchte, mich an ihm vorbeizudrängen, doch er ließ mich nicht durch. Nun wuchs meine Angst. Ich war gefangen zwischen diesen beiden geilen *Cucarachas*, und dennoch pochte es zwischen meinen Schenkeln ebenso heftig wie in meiner Brust.

»*Cuatro mil*«, wiederholte er und nickte zu dem Zimmer. Dann ergänzte er auf Spanisch: »Nimm es, nur zu. Das ist ein guter Preis. Du weißt, dass du es willst.«

In dem Moment begriff ich, dass ich bezahlen sollte, dass ich der Freier war, nicht die Hure. Ich wusste nicht, ob ich noch empörter sein sollte oder weniger beleidigt. Ungläubig starrte ich ihn an. Glaubte er tatsächlich, ich wäre so verzweifelt, dass ich bezahlen würde, um einen Fremden in einer schmierigen Bar abzulutschen?

»Weg da«, zischte ich. Ich sparte mir die Mühe, seine Sprache zu sprechen. Obwohl ich tiefer stand als er, versuchte ich, ihn beiseitezustoßen, doch er schob mich zurück. Ich schrie auf, als mir klar wurde, dass ich nun zwischen ihm und der Wand eingeklemmt war, seine Brust an meiner. Er hatte meine Arme gepackt, sodass ich mich nicht rühren konnte. Mehrere Sekunden standen wir so da, unser beider Atem flach und angespannt.

»*No me molestes*«, sagte ich. Es war ein Berlitz-Satz, den ich bisher nie benutzt hatte.

Der Kerl lachte, und das mit gutem Grund. Meine Worte klangen so erbärmlich unernst, dass ich genauso gut hätte sagen können, *Bitte belästige mich*. Er krümmte einen Finger und legte ihn an meinen Hals. Unwillkürlich blickte ich zu dem Zimmer. Auch die Frau sah nun zu uns. Sie wischte sich mit dem Handrücken über den Mund und lachte, dass ihre weißen Zähne blitzten. Ich war froh, dass sie offensichtlich nicht in Schwierigkeiten steckte, und vor allem tröstete mich, dass ich nicht die einzige Frau war, die so nahe am Abgrund tanzte.

Ein wenig mutiger wandte ich mich wieder zu dem Großnasigen, dessen gekrümmter Finger meinen Hals hinaufstrich. Meine Haut kitzelte unter seiner Berührung, und winzige

Schauer liefen mir über den erhitzten Leib. Ich wollte ihn abwehren, wollte mich gegen seine Avancen wappnen, aber das sadistische Funkeln in seinen Bitterschokoladenaugen nahm mich gefangen, und ich schmolz noch ein wenig weiter. Hilflos lehnte ich meinen Kopf an die Wand.

»*No me molestes*«, sagte ich noch einmal, wobei meine Stimme matt und zittrig klang.

Er lachte leise, dass mir sein Atem übers Gesicht wehte. Ich wollte, dass er mich auf die unanständigste Weise berührte, seine Hand zwischen meine Schenkel schob und meine Brüste knetete. Er tat weder noch, wiederholte nur seinen Preis. Als ich nicht antwortete, rieb er seinen Schritt an mir, ließ mich seinen Steifen an meinem Venushügel spüren. Der Druck bewirkte, dass sich meine Schamlippen gierig vorwölbten.

»*Qué barato!*«, sagte er. Ein guter Preis.

In dem Keller war es höllisch heiß. Schweiß rann an meinem Rücken entlang, das Baumwollhemd klebte. Er wusste, dass er mich scharfmachte, und jedes Wiegen seines Körpers war eine süße Qual, die mich zu etwas verführte, was ich nicht wollte.

»Ich bin nur wegen Eis hier«, sagte ich auf Spanisch. »Ich muss jetzt nach Hause. Lass mich bitte los.«

»Du kannst nicht schlafen«, erwiderte er. »Es ist zu heiß.«

»Ich habe Eis.«

»Du willst kein Eis. Du willst Schwanz.«

Ich spürte, wie ich puterrot wurde. Seine Hände zu beiden Seiten von mir an die Wand gestemmt, hielt er mich lose in seinen Armen gefangen. Eine Schweißnote, erdig und maskulin, flutete meine Sinne, sodass ich meine Nase in seiner Achselhöhle vergraben und ihn inhalieren wollte.

»Hier gibt es Schwanz«, fuhr er fort. »Nimm ihn, *Guapa*. Wir sind nicht teuer. Nimm dir, was du willst, dann geh nach Hause.«

Seine Augen waren so dunkelbraun, dass ich die Iris fast nicht von seinen Pupillen unterscheiden konnte.

»Ich habe nicht viel Geld bei mir«, sagte ich.

Er lachte, und ich wurde noch röter, als ich begriff, dass ich mich verraten hatte.

»Dann hol mehr Geld«, sagte er. »Da ist ein Automat …«

»Nein«, murmelte ich.

»Doch. Hör auf, dich gegen deine Wünsche zu sträuben. Stimmst du mir zu, dass es ein fairer Preis ist?«

»Ich weiß nicht«, flüsterte ich, und das war die Wahrheit. Natürlich war es eine Summe, die ich ohne viel Nachdenken ausgeben würde. Aber fair, gut? Hierfür gab es keinen Marktwert, widersprach es doch dem gewöhnlichen Sexismus, der Angebot und Nachfrage bestimmte: Frauen gaben, Männer kauften. Warum also sollte ich bezahlen, solange es keinen Mangel an sauberen Männern mit harten Schwänzen gab? Und was in aller Welt sollte einen solchen Mangel verursachen? Kerle waren allzeit bereit. Aber hier und jetzt, in den frühen Morgenstunden in der Bar *Anise* hatten sie die Welt auf den Kopf gestellt, hatten für Bedürfnis und Knappheit gesorgt. Die Nachfrage überstieg das Angebot. Ein fairer Preis? Das Pochen in meiner Muschi behauptete, es wäre ein Schnäppchen.

Ich schluckte. »Ich habe Geld im meinem *Piso*«, sagte ich zutiefst beschämt. »Ich wohne gegenüber.«

»Vete!« Er trat zurück und wies die Treppe hinauf.

Ich vergeudete keine Zeit, ging hocherhobenen Hauptes durch die Bar und nach draußen. In dem Moment war ich nicht sicher, ob ich zurückkommen würde. Ich dachte, ich würde zur Vernunft kommen, aber die schwüle Nacht drückte auf die Stadt, wickelte mich in ihre Hitze ein und verlieh den unterirdischen Geheimnissen der Bar *Anise* einen seltsamen Zauber, der mich weit weg von allem Alltäglichen lockte. Die

Stimme des Mannes hallte durch meinen Kopf: Hör auf, dich gegen deine Wünsche zu sträuben.

Fort war das Barcelona, das ich kannte, in dem die Metro mich zur Arbeit fuhr, Sonnenschein auf mosaikhäutige Echsen fiel, Platanen schimmerten und Kathedralentürme und Gerüste in den blauen Himmel stachen. Stattdessen verschwor sich Lust mit Magie und Gefahr, um mich traumgleich zu meiner Wohnung zu führen, wo ich Geld holte und zurück in die Bar ging.

Hör auf, dich gegen deine Wünsche zu sträuben.

Ich kippte meinen restlichen Brandy hinunter, der noch auf dem Tresen stand, und stieg nach unten. Mein schmutziges Verlangen wurde von den weinroten Wänden und dem Geruch von Schweiß und Samen befeuert. Ich mache nichts anderes, dachte ich, als Sex für Geld zu kaufen, wie es Männer seit Jahrhunderten tun. Nur fühlte ich mich nicht wie ein mächtiger, zahlender Kunde, sondern eher wie eine verzweifelte, gierige Schlampe, die schamlos genug war, ihre Bedürfnisse in diesem maskulinen Ambiente von Bier, Zigaretten und dumpfer Feindseligkeit zu stillen. Trotzdem gefiel mir, dass diese Typen in mir nichts als ein Objekt zum Ficken sahen, denn das beruhte auf Gegenseitigkeit.

Unten war niemand, also ging ich nervös in das Zimmer, das ich vorhin gesehen hatte. Es handelte sich um einen Lagerraum, der anscheinend selten benutzt wurde. Große Dosen mit Öl standen an einer Wand aufgereiht, Kartons unter einem langen Holztisch und vier Türme orange Gartenstühle waren in einer Ecke übereinandergestapelt. Der Großnasige saß mit gespreizten Beinen auf einem umgedrehten Stuhl, die Arme auf der Rückenlehne verschränkt. Hinter ihm hockte sein Flamenco-Freund auf dem Tisch und schwang die Beine vor und zurück. Mein Herz wummerte schneller.

»Wer bekommt das Geld?«, fragte ich.

Der Großnasige streckte seine Hand aus. Mit einer Selbstsicherheit, die ich nicht empfand, reichte ich ihm die Scheine. Er gab sie an den Flamenco-Kerl weiter, der sie zusammenbündelte und in seine Jeanstasche steckte, als wäre er der Zuhälter. Es folgte ein kurzer Austausch auf Katalanisch, von dem ich nur verstand, dass es um Geld ging und dass der mit der großen Nase Jordi hieß.

»*Graçias*«, sagte der Flamenco-Kerl und entspannte seine Haltung, als wäre seine Arbeit getan.

Jordi stand auf und drehte den Stuhl um. »Auf die Knie«, sagte er zu mir.

Ich blickte zu dem anderen, der keine Anstalten machte, zu gehen. »Das ist keine Liveshow«, sagte ich.

Jordi packte mein Kinn mit einer breiten Hand, sodass ich ihn ansehen musste, und drückte meine Wangen. »Auf deine verdammten Knie!«

Sein vulgäres Gebaren erregte mich. Ich fühlte mich erniedrigt und genötigt, erst recht wegen des Publikums, und das war es, was ich wollte, auch wenn ich nie gewagt hätte, darum zu bitten. Ich sank auf die Knie, wo der gescheuerte Holzboden vorübergehend meine Haut kühlte. Vor mir wölbte sich Jordis Jeans über seinem Ständer, und der ausgeblichene Stoff erinnerte mich daran, wie fremd er mir war, wie unbekannt mir der dahinter verborgene Schwanz war, den ich jeden Moment blasen würde. Mit einem metallischen Klimpern öffnete er seinen Gürtel und den Reißverschluss, um seine Erektion zu befreien.

Mein Herz schlug erfreut beim Anblick seines Steifen, der aus dem drahtigen Haardickicht aufragte. Ich hatte vergessen, wie obszön aggressiv harte Schwänze waren, und seiner war von einer brutalen Schönheit, die Farbe der Spitze von einer solchen Intensität, dass ich mir vorstellte, wie sie durch die Haut herausstrahlte und alles in einen violetten Schimmer tauchte. Er umfasste ihn mit kräftigen Fingern, dass die meerblaue Ader auf der Unterseite hervortrat, als er sich sanft rieb.

»Ist ein guter Preis, nicht?«, sagte er.

Ich tat mein Bestes, den Flamenco-Typen zu vergessen, und öffnete meinen Mund, um Jordi aufzunehmen, doch er hielt mich zurück, indem er eine Hand an meine Stirn legte. »Ist ein guter Preis«, wiederholte er streng.

Seine Hoden waren stramm und hoben sich, als er seinen Schaft bearbeitete.

»*Sí, sí, claro*«, antwortete ich.

Dann fasste er meinen Kopf hinten und zerrte mich mit einem Ruck auf seinen Schwanz. Die plötzliche Fülle in meinem Mund machte mich prusten, und dieser Geruch nach Mann, den ich vergessen hatte, der an Tiefe und verworfene Dinge erinnerte, an dunkle Ozeane, Waldboden, Verfall, alte Reifen und Messer, die in der Sonne lagen, drang an die Oberfläche.

»*Así me gusta, nena*«, sagte er zustimmend, als ich mich bis zu seiner Eichel zurückzog.

Er hielt meinen Kopf, erhöhte den Druck leicht, während ich vor- und zurückglitt, sodass er zu führen schien. Was er vielleicht auch tat. Das schien mir komisch, weil ich die zahlende Kundin war, doch ich genoss es, dass er das Kommando übernahm, also war dieser Widerspruch egal.

»*Qué bonita*«, sagte der Flamenco-Typ. Was für eine Hübsche.

Diese beobachtenden Augen entflammten eine Scham in mir, die meine Lust steigerte. Ich nahm Jordi so tief auf, wie ich konnte, und mein Appetit verleitete ihn, mehr Kraft einzusetzen. Er fing an, mein Gesicht zu bumsen, durchstieß meinen instinktiven Widerstand, brachte mich zum Wimmern und Husten, während mir Speichel aus dem Mund floss und meine Augen wässrig wurden. Ich kam mir nuttig und benutzt vor, der Gnade dieser groben, brutalen Kerle ausgeliefert, und es war eine Wonne. Meine geschwollene Möse war so dick und feucht, dass sie kaum mehr zwischen meine Schenkel zu passen schien.

»Hey, Àngel«, sagte Jordi zu seinem Freund. »Wieso gönnst du ihr nicht einen Gratisfick? Das würde dir gefallen, was, *Nena? Es gratis!*«

Er zog sich aus meinem Mund zurück, damit ich sprechen konnte.

»*Sí, sí, fóllame!*«, krächzte ich und sah durch einen Tränenschleier zu Jordi auf. Er sank schwer auf den Stuhl und drückte mich tiefer, sodass ich auf alle viere ging, seinen Schwanz erneut mit dem Mund einfing und hoffte, dass der Gratisfick so heiß und scharf wäre wie der Brandy.

Hinter mir hörte ich Àngel, der näher kam. Àngel. Was für ein vollkommener, übernatürlicher Name für diese überirdische Szenerie. Er streifte meinen Rock nach oben und riss mir den Slip herunter. Ich stöhnte an Jordis Schwanz, und sein Ächzen hallte in meinen Ohren. Hinter mir öffnete Àngel seinen Reißverschluss, und ich spreizte die Knie weiter, seufzte, als er mich neckte, indem er seinen Schwanz an meinen Schamlippen rieb. Er schob ihn hin und her, sodass seine Schwanzspitze in meine feuchten Falten drang und mich schmerzlich nach Penetration verlangen machte.

Àngel sprach auf Katalanisch mit Jordi, knappe, harte Worte, die er leise raunte. Jordi antwortete kehlig, ungeduldig. Mit einem Laut wie ein Fluch rammte Àngel in mich hinein, pfiff leise, als er sich positionierte. Er war fleischig und fest und umfasste meine Hüften hart, als er begann, sich in mein

Loch zu bohren. Jeder Stoß erschütterte mich, schleuderte mich nach vorn auf Jordis Schoß. Ich fühlte mich vollständig aufgespießt, mein Mund und meine Möse bis zum Äußersten gefüllt. Die beiden Männer arbeiteten zusammen, fickten, stießen, grunzten und stöhnten. Gelegentlich wechselten sie Worte, die ich nicht verstand, und ein oder zwei Mal lachten sie gedämpft.

Sie hatten mich. Ja, sie hatten mich ganz und gar. Und als Àngel nach meiner Klitoris griff, wusste ich, dass ich verloren war. Mein Höhepunkt kam näher, und ich quiekte. Àngel zischte auf Katalanisch, Jordi knurrte.

»*Sigue, sigue*«, sagte er und packte eine Faustvoll von meinem Haar. Sein Schwanz schwoll in meinem Mund bis zum Äußersten. Ich war eine Stoffpuppe zwischen zwei Männern, so dicht vorm Orgasmus, dass ich mich vollkommen weich und knochenlos fühlte. Mit einem heiseren Schrei kam Jordi, flutete meinen Mund mit seiner bitteren Seide, und das Geräusch allein kippte mich über die Klippe. Heftig, desorientierend und schwindelerregend ergriff mich ein explosives Hochgefühl, das mir alles Denken raubte.

Momente später begann mein Körper vor Erschöpfung in sich zusammenzusacken, doch Àngel ließ nicht nach. Er fickte mich weiter, als gäbe es kein Morgen, und meine Scheidenwände, empfindlich geschwollen, klammerten sich an seine Stöße. Ich behielt Jordi im Mund, lutschte an seiner erschlaffenden Erektion, bis Àngels Hämmern so wild wurde, dass ich bangte, er würde mich zerreißen. Mit einem langen, tiefen Stöhnen grub er sich tief in mich und kam zum Ende, und ich stöhnte an Jordis Schwanz. Ich wünschte, ich könnte einfach wegschmelzen.

Wir drei waren still, bis Jordi mir übers Haar strich. Die zarte Geste überraschte mich. Àngel streichelte meine Pobacken. Eine oder zwei Minuten lang verharrten wir schweigend, und mir war, als hätten wir eine unausgesprochene Übereinkunft, würden uns gegenseitig respektieren. Wir hatten alle bekommen, was wir wollten, und waren dankbar.

Aber ich wollte nicht bleiben. Ich hatte ihnen nichts zu sagen, sie mir auch nichts. Überhaupt wäre ein Gespräch unpassend gewesen, und ich wollte es dabei belassen.

Ein gestohlener Moment, der ganz dem Vergnügen galt. Àngel glitt fort, und ich richtete meine Kleidung. Jordi fragte, wie es mir ginge. Ich sagte, alles wäre bestens, als Àngel mit meinem Krug wiederkam, randvoll mit Eis. Die Bar war menschenleer und dunkel. Jordi schloss die Tür auf, damit ich gehen konnte.

»*Graçias*«, sagte ich.

»*De nada*«, antwortete er lächelnd. »*Y graçias.*«

In meiner Wohnung angekommen, kippte ich die Hälfte der Eiswürfel in einen Gefrierbeutel und legte ihn ins Eisfach. Den Rest nahm ich mit ans Bett. Ich hatte eigentlich vor, wie üblich die Eiswürfel über meine Haut zu reiben, bis mir kühler wurde, musste aber sofort eingeschlafen sein. Am Morgen war nur noch Wasser in dem Krug, und ich fühlte mich benommen von Lust und Schmutz. Wo war ich gewesen? Was hatte ich getan? War das wirklich passiert?

Ich streifte mir ein T-Shirt über, schob den Rollladen nach oben und trat hinaus auf meinen Balkon. Es war früher Morgen, und schon pulsierte die Hitze. Ich rieb mir die Augen. Unten erwachte die Straße zum Leben. Im Bäckereifenster waren Brote und Kuchen aufgereiht, Leute gingen zur Arbeit, eine Frau auf einer Vespa bog nach links. Einige Bars öffneten, aber nicht die Bar *Anise*. Sie sah aus, als wäre sie bereits seit Jahren geschlossen, die Fassade mit Pappe, Graffiti und zerfetzten Plakaten verkleistert. Natürlich. War sie nicht immer verlassen gewesen, nur eine weitere Bauruine, die darauf wartete, pünktlich zur Olympiade grundsaniert zu werden?

Verschlafen tapste ich in die Küche. Hatte ich also nur einen verrückten Traum geträumt, dessen heiße Bilder der nächtlichen Hitze geschuldet waren? Ich zog den Beutel mit Eis aus dem Gefrierfach und ging zurück ins Bett. Mir blieb noch eine Stunde, bevor ich zur Arbeit musste. Ich schüttete das Eis in den Krug, nahm mir eine Handvoll und strich mir damit über die Haut. Nur ein Traum, sagte ich mir, sank auf die Kissen und fragte mich, ob mich die Hitze auch in den kommenden Nächten wieder in die Bar *Anise* ziehen würde.

Ich verschmierte das Eis auf mir, genoss die Wassertropfen auf meinem Bauch und murmelte leise, während ich mir die Zunge eines Liebhabers vorstellte.

Nur ein Traum. Und ich ließ einen Eiswürfel meinen Hals hinaufgleiten, nahm ihn in den Mund und schloss die Augen. Eis, und ich wollte Feuer.

Weiberheld

Amie M. Evans

»Komm her«, sagte Joe, der in seiner Schlafzimmertür lehnte, den Helm von seinem Auftritt beim Drag-King-Wettbewerb im Kit-Kat-Club noch in der Hand.

Tina, die fünf Schritte entfernt mit dem Rücken zu ihm stand, öffnete verführerisch den Reißverschluss ihres hautengen Kleids und ließ es an ihrem Körper hinab auf den Boden gleiten.

»Nein«, entgegnete sie und drehte sich mit einem gespielten Schmollen zu ihm um, sodass er ihren roten Spitzen-BH richtig betrachten konnte, dann kicherte sie schelmisch. Einen Slip trug sie nicht.

Joe war mit zwei großen Schritten bei ihr. Mit Tina in den Armen warf er sich aufs Bett. »Du sagst also Nein zu mir, ja?«, raunte er, legte sich auf sie und fing ihre Handgelenke ein. Der harte Dildo in seiner Jeans drückte gegen ihr Bein.

Sie küssten sich. Joe fuhr mit seinen Küssen ihren Hals hinab bis zu ihrem Dekolleté. Tinas üppiger, kurvenreicher Körper rekelte sich unter ihm. Er ließ ihre Handgelenke los und streichelte die Doppel-D-Brüste, bevor er die Spitzenkörbchen wegschob und die winzigen rosa Nippel entblößte. Tinas Hände griffen nach Joes Hinterkopf und zogen ihn näher. Er sog an einem Nippel, bearbeitete ihn mit der Zunge und knabberte sacht daran. Tina wand sich unter ihm, rieb ihre Hüften an seinen. Er gab ihre Brustwarze frei und rutschte tiefer, sodass er auf den Knien vorm Bett landete. Dann spreizte er ihre Beine.

»Was macht der böse Bauarbeiter mit mir?«, fragte Tina. Sie mochte Fantasierollen beim Sex und dass Joe immer verkleidet war, wenn sie ausgingen.

»Ich habe einen Wettbewerb gewonnen, jetzt kriege ich den Preis«, sagte Joe, riss Tinas Strumpfhose am Schritt auf und entlockte ihr damit ein verzücktes Kreischen.

Tinas Schamhaar war vom selben Rot wie die langen fließenden Wellen auf ihrem Kopf. Behutsam öffnete er ihre vollen Schamlippen und steckte seine Zunge in ihre wartende Öffnung. Er glitt zaghaft hinein, nahm ihren Duft und ihren Geschmack in sich auf. Dann leckte er sich hinauf zu ihrem Kitzler, den er mit langsamen, aber festen Zungenstrichen umkreiste. Tina sollte erregt sein, jedoch nicht kommen, jedenfalls noch nicht. Gleichzeitig tauchte er einen Finger in ihre Möse und glitt ein paar Mal rein und raus. Als er einen zweiten Finger hinzunahm und die Bewegungen wiederholte, wurde Tinas Stöhnen deutlich lauter. Joe hielt inne.

Er stand auf, öffnete seine Jeans und schob sie bis zu den Knöcheln hinunter, bevor er den Dildo aus dem Schlitz seiner blauen Boxershorts holte. Tina rutschte in die Mitte des Betts, und Joe legte sich auf sie. Mit einer Hand führte er den pfirsichfarbenen Dildo in ihre feuchte Scheide. Tina seufzte, als erst die Spitze in sie eindrang und dann der ganze Schaft. Rasch stieß Joe ihn hinein und zog ihn wieder heraus, beobachtete Tinas verzücktes Gesicht, lauschte ihrem schnellen Atem und genoss es, dass er ihr Freude bereiten konnte. Nach ein paar langen harten Stößen zog er sich zurück. Abermals ging er auf die Knie und zog Tinas Hintern an die Bettkante. Sie legte ihre Beine über seine Schultern. Nun steckte Joe drei Finger in ihre Möse und bearbeitete ihren Kitzler mit kreisenden Bewegungen seiner geübten Zunge. Ihre Finger in sein kurzes braunes Haar vergraben, drückte Tina sein Gesicht näher an ihre Schamlippen und seufzte. Ihre Hüften begannen, sich ungeduldig zu wiegen. Sie sog gierig nach Luft und hielt sie an, bevor sie kam. Dabei stieß sie ihm ihr Becken entgegen. Joe hörte nicht auf, ihren Kitzler zu streicheln, bis er ihr einen vollen, triefenden Orgasmus beschert hatte. Seine Finger ließ er tief in ihr und fühlte ihre heftigen Scheidenkontraktionen, als sie kam.

Nachdem sie verebbt waren, legte er sich neben Tina und nahm sie in seine Arme. Er inhalierte die schwache Vanillenote mit einem Hauch Rosenöl, ihren üblichen Duft, inmitten des Geruchs von Sex und Schweiß.

In wenigen Minuten würde sie wie immer aufstehen und sich anziehen. Vielleicht tranken sie noch ein Glas Wein und redeten über die Show, vielleicht auch nicht. Da sie bei Joe waren, würde Tina gehen. Das war der Rhythmus ihres Vögelns. Joe besorgte es Tina. Manchmal ließ er sie an seinem Dildo lecken, aber zumeist befriedigte er sie nur.

Tina rollte sich herüber, so dass sie fast auf Joe lag und ihr Haar sein Gesicht kitzelte. »Ich bin dran«, sagte sie. Er vermutete, dass sie an seinem Dildo saugen wollte, aber Tina zerrte an ihm, als wollte sie ihm das Ding aus der Hose ziehen.

»Was?«, fragte er und schob sie weg.

»Ich bin dran«, wiederholte sie und streichelte seine Wange. »Lass mich, bitte, es ist egal, wenn du kommst. Ich möchte deine Muschi schmecken.«

»Kommt nicht in Frage!« Joe sprang blitzschnell auf und eilte quer durchs Zimmer, wobei er seinen Dildo wieder in die Boxershorts packte. »Auf keinen Fall!«, brüllte er, während er sich seine Hose anzog.

»Joe«, Tina stand auf und breitete die Arme aus. »Komm

schon, vertrau mir.« Sie atmete tief ein und langsam wieder aus. »Süßer, was immer es ist, es ist völlig in Ordnung.«

»Vergiss es«, erwiderte Joe verbissen.

»Okay.« Tina begann, sich ihr Kleid anzuziehen. »Ich kann das nicht mehr.«

Sie sah ihn an. Er sah sie an. Keiner rührte sich oder sagte ein Wort. Nach einem Moment gespannten Schweigens schloss Tina den Reißverschluss ihres Kleides und verließ das Zimmer. Joe folgte ihr ins Wohnzimmer, die Arme vor der Brust verschränkt. Ohne ihn noch einmal anzusehen, schlüpfte Tina in ihren Mantel. Joe schnappte sich ihre Handtasche vom Sofa, bevor sie es konnte.

»Gib sie mir«, forderte Tina, eine Hand ausgestreckt.

»Können wir nicht wenigstens darüber reden?«

»Was gibt es da zu reden? Ich dachte, du würdest es mich endlich zumindest versuchen lassen.«

Joe gab ihr die Tasche.

»Willst du?«

»Nein.« Joe blickte nach unten. »Du verstehst das nicht, Tina.«

»Doch, Joe, ich verstehe vollkommen. Ich kann das nur einfach nicht.« Sie ging zur Tür, wo sie, eine Hand auf dem Knauf, stehen blieb. »Du verstehst nicht, dass ich Muschis mag. Mir gefällt es, meinen Liebhaber glücklich zu machen.«

»Du machst mich glücklich. Du hast ja keine Ahnung, wie glücklich du mich machst.«

Tina schüttelte den Kopf, öffnete die Tür und ging hinaus. Die Wohnungstür klickte hinter ihr ins Schloss, und sie war fort.

Joe stand regungslos da und starrte die Tür an, als könnte sie jeden Moment aufgehen und Tina käme zurück. Nach einigen Minuten verriegelte er die Tür und ging wieder in sein

Schlafzimmer. Er legte seine Kleidung ab, nahm das Geschirr, den Dildo und den Brustwickel ab. Ohne das Licht auszuschalten, kroch er zwischen die Laken.

Joe und Tina gingen seit fast vier Monaten miteinander. Zwar hatten sie seit der zweiten Woche ihrer Affäre Sex, verbrachten aber nie die Nacht zusammen. Joe musste früh raus und zur Arbeit, wohingegen Tina, die nachts arbeitete, lange schlief. Das war aber nicht der eigentliche Grund dafür, dass Joe keine ganze Nacht bei ihr sein oder sie bei sich haben wollte. Es war lediglich ein guter Vorwand, der ihm ersparte, die Wahrheit über sich zu enthüllen. Er würde in eine prekäre Lage kommen, sollte Tina vor ihm aufwachen und etwas mitbekommen. Also hatte er von Anfang an diese Regelung mit ihr vereinbart. Genauso wie er von Beginn an eingeführt hatte, dass er Tina vögelte und selbst nicht gebumst wurde, dass sie sich nur einmal die Woche zur Travestieshow sahen, und dass Tina keinen seiner alten Freunde aus den Tagen vor seiner Zeit als Drag kennenlernte. Alles war zu einem festen Muster geworden. Und dieses Muster wurde weder erwähnt noch in Frage gestellt, das heißt, bis heute Nacht.

Joe lag im Bett und blickte an die Decke. Normalerweise hielt er es nach dem Sex, wenn er wieder zu Hause oder Tina gegangen war, so, dass er sich seine Boxershorts auszog, das Geschirr und den Dildo abnahm, seinen eigenen, echten Schwanz aus dem engen Slip befreite und allein im Dunkeln lag. Er nahm seinen Schwanz in die gegelte Hand und spielte in Gedanken seinen Akt mit Tina durch, während er sich selbst zu einem richtigen Orgasmus brachte. Diese Nacht jedoch war der Streit mit Tina das Einzige, woran er denken konnte.

Joe wusste nicht, was er tun sollte. Er könnte mit Tina Schluss machen und sich eine neue Freundin suchen. Eine ganze Reihe von Frauen, die zu den Shows kamen, hatten ihm schon angeboten, mit ihm nach Hause zu gehen. Aber Joe fürchtete, dann würde er in wenigen Monaten denselben Streit mit einer anderen durchmachen. Außerdem glaubte er, dass er sich in Tina verliebt hatte.

Sie war anders als alle Frauen, denen er bisher begegnet war. Natürlich war Joe als biologischer Mann auch noch nie mit einer anderen Lesbe ausgegangen. Vielleicht lag es gar nicht direkt an Tina, sondern waren Lesben insgesamt anders. War es nicht vielmehr so, dass er sich in die Aufmerksamkeit verliebte, die Tina ihm schenkte, weniger in sie?

Alles war so einfach mit Tina. Ihre Beziehung hatte sich schlicht ergeben. Vor allem hielt Tina ihn für ein Mannsweib. Eine neue Partnerin wüsste natürlich, dass er als Transvestit auftrat, müsste aber noch lernen, dass er ein Mannsweib war: kein Anfassen, kein Suchen nach der Scheide. Es wäre komplizierter als mit Tina. Leider tröstete es ihn momentan wenig, dass er Tina all das nie erklären musste. Sie hatte es sich von selbst gedacht, und er hatte sie nie korrigiert. Folglich sagte er sich, höchst erfolgreich bis heute Nacht, dass es keine Lüge war, sondern nur ein Auslassen der Wahrheit. Damit fühlte er sich besser.

Mit einem Meter neunundsechzig war Joe immer klein für einen Mann. Seine zarte Statur, seine herzförmigen Lippen und die langen gebogenen Wimpern halfen ihm nicht gerade, maskulin auszusehen, wie er es gern gehabt hätte. Er hatte sein feminines Äußeres gehasst, bis zu jenem ersten Abend, an dem er zufällig im *Kit Kat* landete – oder war es Vorsehung gewesen? Sein Arbeitstag war lausig gewesen, und er hatte nur ein Bier gewollt, bevor er nach Hause und ins Bett ging. Der Club lag günstig auf halbem Weg zwischen der Bushaltestelle und seiner Wohnung. Vorher hatte er das Ecklokal nicht weiter beachtet, weil er selten ausging und dann ein Essen und Drinks mit Freunden in einem Restaurant vorzog. In Clubs ging er so gut wie nie. Doch an jenem Abend hatte ihn das Neonschild vom *Kit Kat* angelockt, hatte ihn aufgefordert, hineinzugehen. Und so hatte er die zwei Dollar für ein Gedeck bezahlt und sich auf den letzten freien Barhocker hinten in dem dunklen, ein bisschen schmuddeligen Raum gesetzt. Joe wollte nur rasch ein Bier und dann ins Bett.

Seine Aktentasche zwischen Bar und Fußstange balancierend, hatte Joe ein Bier vom Fass bei der punkigen Barfrau bestellt. Er sah zu den Cabaret-Tischen, die im Halbkreis um eine kaum erhöhte Bühne mit silberner Bänderkulisse standen. Überall an den Kunstholzvertäfelungen leuchteten Biermarken in grellen Neonschriftzügen. Der Estrichboden war schwarz lackiert und hätte dringend gewischt werden müssen. An der hinteren Wand hing eine große Regenbogenflagge über etwas, das vermutlich ein Fenster war. Regenbogenfarbige Stoffbahnen waren unter der Deckenbeleuchtung drapiert. Geschmacklos, dachte Joe und trank von seinem Bier. Kein Versäumnis, dass er noch nie hier gewesen war.

Ihm fiel auf, dass es hier von allen erdenklichen Typen Frauen wimmelte: sportliche Frauen mit Pullis, auf denen Teamlogos prangten, Frauen in Kleidern und mit High Heels und Frauen in Jeans und T-Shirts mit extrem kurzen Haaren und, sehr zu Joes Verwunderung, was seine Mutter liebevoll »kleine Männer« nannte. Joe bemerkte unsicher, dass diese Männer ihm sehr ähnlich waren. Sie alle waren eher klein und wiesen überproportional starke feminine Züge auf – zumindest gemessen an Joes Auffassung von gesellschaftlicher Norm. Er drehte sich wieder zur Bar, trank sein Bier und ermahnte sich, seine eigene Unsicherheit nicht auf andere zu projizieren.

Schließlich hatte er gerade den schlimmsten Tag seines Lebens hinter sich. Als er endlich den Mut aufgebracht hatte, MaryAnn aus der Buchhaltung um ein Date zu bitten, hatte sie gelacht, als wäre es ein Witz. Dann war ihr klar geworden, dass er nicht scherzte, und er hatte dagestanden und ihr zugesehen, wie sie entsetzt zurückwich, als hätte er sie aufgefordert, einen lebenden Tintenfisch zu verschlingen, und nein sagte. Und zur Krönung ging ihm auch noch ein Vertrag durch die Lappen, und er musste Überstunden machen, um von der Kundenbeziehung zu retten, was noch zu retten war. Morgen würde jeder im Büro wissen, dass er bei MaryAnn abgeblitzt war, und er würde über Wochen mit hämischen Grinsern und blöden Sprüchen leben müssen. Ganz zu schweigen von seinem Boss, der wegen des verlorenen Kunden noch monatelang sauer sein würde.

Joe betrachtete die anderen Gäste im Spiegel hinter der Bar. Er projizierte nichts. Der Mann mit dem Cowboyhut und dem dicken Schnauzer konnte nicht größer als eins fünfundsechzig sein und war trotz seiner muskulösen Arme noch zierlicher als Joe. Der stämmige Arbeitertyp war bestenfalls knapp eins siebzig und hatte die weiblichsten Gesichtszüge, die Joe jemals gesehen hatte. Er war sogar fast schön.

»Trittst du heute Abend auf?«, fragte eine Stimme hinter Joe, die ihn jäh bei seiner Beobachtung unterbrach.

»Ich? Wie?«, fragte er und drehte erschrocken den Hocker herum, weil eine Frau ihn ansprach. Bei der Musik und dem sonstigen Lärm hatte er Mühe, sie zu verstehen.

Die Frau lächelte. Sie hatte feuerrotes Haar, und ihre riesigen Brüste und sonstigen Kurven kamen in dem engen schwarzen Kleid mit dem tiefen V-Ausschnitt bestens zur Geltung. Als sie sich näher zu ihm beugte, stieg ihm der Duft von Vanille gemischt mit einem Hauch Rosenöl in die Nase. Ihre

Wangen berührten sich fast, als sie ihm mit einer sanften Stimme ins Ohr flüsterte: »Trittst du heute Abend bei der Amateur-Drag-King-Show auf?«

»Drag King?« Er hatte eigentlich keine Ahnung, was das war. »Nein … ich …«

»Tut mir leid«, sagte sie und wich zurück, doch ihr Vanille-Rosenduft blieb. Bei ihrem Achselzucken hüpften ihre Brüste. Sie musterte ihn lächelnd, neigte sich wieder zu ihm und fügte hinzu: »Ich hatte es bloß gedacht, und ich muss alle eintragen.« Zum Beweis hielt sie ein Klemmbrett in die Höhe und ergänzte ein bisschen kecker: »Du siehst übrigens toll aus. Richtig klasse.«

Joe hatte sie schon bezaubernd gefunden, bevor sie ihm sagte, dass er toll aussah. »Danke«, sagte er und merkte, wie er rot wurde. An Komplimente von Frauen war er nicht gewöhnt. »Ich bin Joe.«

»Tina.« Sie reichte ihm die Hand, und er schüttelte sie. Ihre Haut fühlte sich an wie Seide.

»Es ist nett, dass du dich passend zum Anlass gekleidet hast. Normalerweise machen das nur die, die auftreten.«

Joe grinste nervös. »Ja, ich bin nur zum Zugucken hier. Es ist mein erstes Mal.«

»Na dann, willkommen. Wir machen das jeden Mittwochabend.« Sie reichte ihm einen Flyer. »Vielleicht hast du nächste Woche Lust aufzutreten.« Ihr Lächeln verzauberte ihn. »Ich muss noch die ganzen anderen eintragen. Nach der Show wird getanzt. Falls du bleibst, können wir vielleicht tanzen.«

»Ja, das wäre schön. Ich muss morgen früh raus zur Arbeit, aber wenn es nicht zu spät wird …«, sagte Joe und wünschte, er hätte nach dem Ja aufgehört zu reden.

»Prima. Freut mich, dich kennenzulernen.«

Joe ergriff ihre Hand. Bis heute wusste er nicht, woher der

Impuls gekommen war. Er hob sie an seine Lippen, wie er es unzählige Male in alten Filmen gesehen hatte, und sagte: »Das Vergnügen ist ganz meinerseits, Tina, sei's versichert.« Dann küsste er ihre Hand und ließ sie wieder los.

Tina lächelte. »Bis später dann. Falls du früher gehen musst, meine E-Mail steht auf dem Flyer. Schreib mir, wenn du willst. Vielleicht können wir mal einen Kaffee trinken.«

»Mach ich«, rief Joe ihr nach und beobachtete, wie Tinas kurvenreicher Körper leicht schwang, als sie auf den Cowboy zuging.

Auf dem Flyer war eine Zeichnung von einem Bauarbeiter mit verschränkten Armen und darüber stand in Druckbuchstaben *Drag King Show, anschließend Tanz mit DJ Snatch, jeden Mittwochabend, Kit-Kat-Club, $2.* Tinas E-Mail stand unten auf der Seite. Joe faltete das Blatt zusammen und steckte es in seine Brieftasche. Was immer ein Drag King sein mochte, Joe war wild entschlossen, einer zu werden.

Und so fing es an – zufällig. Joe hatte nicht vorgehabt, jemanden zu betrügen oder zu verletzen. Aber alles war irgendwie so kompliziert geworden. Er hatte so viel Spaß gehabt, dass er erst begriff, als er es nicht länger ignorieren konnte.

Joe hatte sich stets anders als andere Männer gefühlt, die er kannte. Nicht nur dass er kleiner als die meisten von ihnen war, er hatte auch das Gefühl, er wäre anders programmiert. Nicht dass er sich jemals wie eine Frau in einem Männerkörper vorgekommen war, das tat er immer noch nicht. Er fühlte sich nicht als Frau, oder, besser gesagt, er fühlte sich nicht, als wäre er kein Mann. Eigentlich hatte er noch nie ausdrücken können, wie genau er sich fühlte, nicht einmal vor sich selbst; aber das neue Leben, das er im *Kit Kat* entdeckte, hatte ihm eine ganze Welt mit einem Vokabular eröffnet, das es ihm möglich machte, sein lang empfundenes Unbehagen zu begreifen. Wie sich herausstellte, war Joe weder ein Mann noch eine Frau. Er war ein Drag King.

Natürlich war Joe nicht, was er zu sein vorgab. Aber das war niemand im *Kit Kat*. Hier waren Frauen, die Männer sein wollten, Frauen, die so taten, als wären sie Männer, und Frauen, die ihr Geschlecht veränderten, um Männer zu sein – und das nicht nur kosmetisch, wie die Drag Kings, sondern mit Operationen und Hormonen. Hier gab es Frauen, die wie Cover-Girls aussahen, sich aber ausschließlich mit anderen Frauen verabredeten, und Frauen, die wie Mannsweiber aussahen und mit anderen Frauen ausgingen, und Frauen, die wie Kerle aussahen und nur mit anderen Frauen ausgingen, die ebenfalls wie Kerle aussahen. Inmitten dieser Verwirrung war Joe nur ein Mann, der vorgab, eine Frau zu sein, die so tat, als wäre sie ein Mann, damit er mit einer Frau zusammen sein konnte, die nur mit Frauen ausging. *Transe* war auch nicht der Begriff, der auf sein Selbstempfinden zutraf.

Joe versuchte, all das zu begreifen. Wenn eine Frau, die zu einem Mann wurde, mit einer Frau Sex hatte, die lesbisch war, war das dann heterosexueller Sex? Und wenn er Sex mit einer Lesbe hatte, während er als Drag King verkleidet war, war das dann lesbischer Sex? Und wenn er mit einem dieser operativ gewandelten Männer Sex hatte, war er dann eine Tunte? Joe hatte sich nie zu Männern hingezogen gefühlt, doch da war etwas an diesen Kings und Transen, das ihn scharfmachte. Er gestand es höchst ungern, sogar vor sich selbst, aber so war es.

Wenn er als Mann durch die Welt ging, beachteten Frauen ihn überhaupt nicht. Hier aber, im *Kit Kat*, warfen sie sich ihm, dem Drag King, praktisch zu Füßen. Sie flehten ihn an, mit ihnen auszugehen, sie zu vögeln, sie zu lieben. Warum also konnte er kein Drag King sein? Wie wurde man denn genau zum Drag King? Vielleicht auf exakt die Weise, wie er einer geworden war: Mit ein bisschen Internetrecherche, ein paar Büchern, Accessoires und viel Üben. Warum konnte er keine Lesbe sein, wenn er die Frauen als Drag King liebte? Tina würde das doch sicher verstehen.

Joe atmete langsam aus.

Allein in seinem Bett liegend, glaubte er nicht, dass sie es verstand. Vielmehr wusste er, dass sie mit ihm Schluss machen würde, wenn er es ihr sagte, und hinterher erzählte sie es allen anderen. Sein Glück – ein Glück, wie er es nie für möglich gehalten hatte, die Verbundenheit, die er mit den anderen Kings und der Gemeinschaft erlebte, deren Teil er in den letzten vier Monaten geworden war, wären fort. Puff, weg. Die anderen Drag Kings würden ihn nicht mehr akzeptieren, ihn womöglich grün und blau prügeln. Er könnte sich nie wieder im *Kit Kat* sehen lassen, dürfte nie wieder auftreten. Vor allem würde er Tina verlieren.

Er musste einen Weg finden, diesen Streit zu schlichten, oder mit ihr Schluss machen.

Bis zum nächsten Mittwoch hatte Tina auf keinen seiner Anrufe reagiert. Joe machte sich für die Drag Show bereit. Sein Ritual beherrschte er inzwischen auswendig. Nach dem Duschen klemmte er seinen Schwanz zwischen die Beine und zog einen sehr engen Slip an, der ihn dort hielt – den Trick hatte er auf einer Drag-Queen-Website gelernt. Die ersten paar Male hatte es sich unangenehm angefühlt, aber Joe gewöhnte sich schnell an die neue Position seines Glieds. Mittlerweile fühlte es sich sogar unangenehm an, wenn sein Schwanz anders lagerte. Er stieg in das Geschirr, zog es über den Slip, führte das »Spielset« durch den O-Ring und zog die Riemen stramm, bis alles sicher an Ort und Stelle war, wie es ihm die Frau im Sexspielzeugladen erklärt hatte.

Joe hatte die Vorstellung, in solch ein Geschäft zu gehen, in schiere Panik versetzt. Über eine Stunde lungerte er in der Nähe herum, bevor er sich zwang, entweder hinein oder nach Hause zu gehen. Da hatte er aber schon so viel Zeit in das Ganze investiert und wollte die Sachen so dringend, so unbedingt seine neue Identität als Drag King leben, dass er sich überwand und den Laden betrat. Zu der Zeit traf er sich bereits seit zwei Wochen mit Tina und hatte jede Intimität mit ihr immer wieder aufgeschoben.

Die junge Frau am Tresen zuckte nicht einmal mit der Wimper, als sie ihn begrüßte. Niemand kam angerannt, zeigte mit dem Finger auf ihn und schrie: »Der ist ein Mann, schmeißt ihn raus!« Auch keiner seiner sonstigen Albträume bewahrheitete sich. Er hatte sich in der Videoabteilung umgesehen, konnte jedoch die Texte auf den Rückseiten nicht lesen, weil er viel zu nervös gewesen war. Sowie sich sein Herzschlag halbwegs beruhigt hatte, wagte er sich zu den Regalen mit den Vibratoren, wo er sich umschaute, aber nichts anfasste aus lauter Angst, irgendwas könnte lossurren und Aufmerksamkeit auf ihn lenken. Die Bücher waren ihm da ungleich vertrauter. Er suchte sich *The Drag King Book* und *Das große Lesben-Sex-Buch* aus. Mit den beiden in der Hand und einer Miene, die, wie er hoffte, Selbstbewusstsein ausdrückte, ging er zu dem Gang mit Dildos und Geschirr.

Und war baff. Die Auswahl an Größen, Formen und Farben machte ihn sprachlos. Die Größen reichten von bleistiftdünn bis hin zu Mammutgröße, und als er dann noch die Formen von lebensecht bis hin zu Godzilla dazuaddierte, war ihm schleierhaft, wozu Frauen solch eine Vielfalt brauchten. An der Wand hingen die Geschirre an Plastikhüften, darunter befand sich ein Regal mit schlaffen und halbsteifen Schwänzen mitsamt Hoden in unterschiedlichsten Hauttönen und Längen. Das war es, was er suchte und worüber er sich auf einer Drag-King-Website die Woche zuvor schlau gemacht hatte. Er hatte recherchiert, was er tun musste, um als Drag King Sex zu haben.

Nachdem die letzten Kunden den Laden verlassen hatten, bat Joe die Verkäuferin um Hilfe. Auf ihren Rat hin wählte er ein waschbares Geschirr aus Nylon und ein Spielset, das ihm theoretisch gestattete, einen weichen Schwanz vorzugaukeln, den er durch eine Drehung so stellen konnte, dass er sich einem Partner einführen ließ. Wie Joe später entdeckte, brauchte er noch einen richtig harten Dildo, um eine Frau richtig zu vögeln, und vor allem mochte Tina unterschiedliche Ausführungen, was Umfang und Länge betraf, zu unterschiedlichen Zeiten. Ihm gefiel immer noch das halbsteife Set am besten, wenn er sich als Drag King verkleidete. Es sorgte für eine halb harte, halb erigierte Wölbung in seiner Hose, von der Joe meinte, sie wäre schärfer als ein weicher Schwanz. Zudem hatte diese Ausstattung einen sentimentalen Wert, denn zu ihr gehörte der erste Dildo, mit dem er Tina gebumst hatte. Trotzdem hatte er jetzt immer einen harten für nach der Show dabei.

Es war beinahe Zeit fürs *Kit Kat*. Joe wollte spät kommen, aber bevor die Show begann. Er zog sich seine engsten Boxershorts an, dann seine Levi's, die er an den Knöcheln aufrollte, damit seine weißen Backfischsöckchen zu sehen waren. Als Nächstes wickelte er sich einen Streckverband um die Brust. Schließlich folgten ein weißes Top, ein weißes T-Shirt, schwarze Doc Martins und ein schlichter schwarzer Gürtel mit einer großen Schnalle. Beim Rasieren passte Joe auf, dass er sich nicht schnitt. Sein Bartwuchs war nicht sonderlich ausgeprägt, worüber er erst seit kurzem froh war. Mit dem Make-up-Pinsel trug er sich braunen Lidschatten aufs Gesicht, um einen Fünf-Uhr-Schatten zu imitieren, und gelte sich das

Haar zu einer Art Schmalztolle. Als er sich im großen Spiegel betrachtete, kam er sich vor wie ein moderner James Dean in »Denn sie wissen nicht, was sie tun.« Nie im Leben hätte er gedacht, dass er sich jemals wie sein Held James Dean fühlen würde.

Was würde Tina sagen, wenn er ihr die ganze Wahrheit sagte?

Bei seiner Ankunft im Club saßen Titillating Tom Teaser und Dick Desperate, seine besten Drag-King-Freunde, schon mit ihren Freundinnen Stacy und Ann an einem Tisch. Joe blickte sich nach Tina mit ihrem Klemmbrett um, aber sie war nicht da. Tom war ungefähr so groß wie Joe, aber dreißig Pfund schwerer, und als Salonlöwe aus den 1950ern gestylt, einschließlich glänzendem blauem Sakko und passendem Schlips. Er war ein beliebter Stammgast im Club. Sobald er Joe sah, sprang er auf und kam zu ihm.

»Hi, setz dich zu uns«, sagte Tom und legte Joe eine Hand auf den Arm. Joe sah ihn an. »Sie ist nicht hier. Sie hat Ann angerufen und sie gefragt, ob sie die Liste übernehmen kann. Sie sagt, sie ist krank.« Tom drückte Joes Arm, um ihm zu bedeuten, dass Tina mehr als das zu Ann gesagt hatte. Joe nickte, und sie gingen hinüber zum Tisch.

Dick, der wie ein Cowboy gekleidet war, zog einen Stuhl herbei und stellte ihn zwischen seinen und den von Tom. »Schön, dich zu sehen«, sagte er und tippte auf den freien Stuhl. »Ich wollte gerade zur Bar. Soll ich dir ein Bier mitbringen?« Dick war sehr groß und dünn, schlaksig mit blonder Wuschelmähne.

»Gern«, sagte Joe, der nach seiner Brieftasche griff.

»Das geht auf mich, Alter. Du kannst die nächste Runde übernehmen.« Dick knuffte ihn spielerisch, bevor er zum Tresen ging.

»Trittst du heute Abend auf?«, fragte Stacy, die Tom mit dem Ellbogen anstupste. »Ann hat die Liste.« Ann sah Tom an und schob ihm das Klemmbrett hin, ohne die Geschichte zu unterbrechen, die sie gerade erzählte.

»Danke, Süße«, sagte Tom, wobei er die Augen verdrehte.

»Nein, ich guck nur zu«, antwortete Joe. »Mir ist heute nicht danach.«

»Geht's dir nicht gut? Vielleicht hast du dich bei Tina angesteckt«, sagte Stacy.

Bevor Joe etwas erwidern konnte, war Dick mit den Bieren da. Ann und Stacy unterhielten sich weiter, und Tom und Dick sprachen über einen neuen King, der letzte Woche aufgetreten war. Joe saß schweigend zwischen ihnen, tief in Gedanken versunken.

Vielleicht sollte er einfach gehen. Alle am Tisch waren so verkrampft, dass es kaum auszuhalten war. Er könnte nach Hause gehen oder Blumen kaufen und zu Tinas Wohnung fahren, versuchen, die Sache wieder hinzubiegen. Aber was könnte er ihr anbieten, das es besser machte? Oder er beendete das mit ihr. Vielleicht konnte er Tom oder Dick allein erwischen und ihnen von dem Streit erzählen. Er war doch nicht das einzige Mannsweib hier. Vielleicht konnte ihm jemand einen Tipp geben, wie er das mit Tina wieder hinbekam. Bevor er irgendetwas von alle dem tun konnte, nahm die Ansagerin das Klemmbrett vom Tisch und trat hinters Mikro.

Joe stand auf und eilte zur Toilette. An Showabenden waren die Herren/Damen-Schilder an den Türen gewöhnlich mit KINGS und NOT-KINGS überklebt. Er ging in die KINGS-Toilette, stellte sich an eines der Waschbecken und betrachtete sein Spiegelbild. Ihm war übel. Er spritzte sich kaltes Wasser ins Gesicht und zog ein Papierhandtuch aus dem Spender. Er blickte genauer in den Spiegel, weil ihm erst jetzt sein Make-up einfiel. Wasser tropfte von seinem Gesicht.

»Tupfen«, sagte Jack, ein noch nicht operierter Transsexueller, der hinter Joe auftauchte. Jack war ebenfalls Stammkunde im Club. »Nicht wischen, sonst ist der Bart im Arsch. Nur abtupfen.« Da Joe sich nicht rührte, nahm Jack ihm das Papierhandtuch ab und tupfte damit Joes Gesicht ab. »Siehst du, nichts verschmiert.«

»Danke.« Joe sah wieder in den Spiegel und tupfte weitere Tropfen von seinem Gesicht.

»Schlimmer Abend?«, fragte Jack, der sich im Waschbecken neben Joe die Hände wusch.

»Schlimme Woche.«

Joe konnte Jack im Spiegel sehen, als der sich die Hände abtrocknete. Er musterte Joes Hintern. Joe wandte sich zu ihm um und sah ihn fragend an, worauf Jack mit den Schultern zuckte und sein benutztes Papierhandtuch auf dem Weg zur Tür in den Müll warf.

»Willst du hier weg?«, fragte Jack.

Joe wusste, was er meinte. Eine Sekunde lang dachte er an Tina, dann an Jack. »Ja, ich wohne nur ein paar Blocks von hier.«

»Super. Lass uns gehen.«

Auf dem Weg zu Joes Wohnung sprachen sie nicht.

Joe schloss auf und ging voraus. Jack knallte die Tür hinter sich zu, packte Joe bei den Armen und rammte ihn von innen gegen die Wohnungstür. Im ersten Moment dachte Joe, er würde zusammengeschlagen, aber dann sank Jack gegen ihn. Der Mann küsste ihn hart auf den Mund, gab ihm einen Zungenkuss und rieb seine Hüften an Joe. Und Joe erwiderte den Kuss.

»Ich weiß, dass du Kerle magst«, sagte Jack, als er den Kuss löste.

Joe lächelte unsicher. Seine Gedanken überschlugen sich. Mochte er Kerle? Jack war noch nicht operiert, also rein technisch nach wie vor eine Frau. Natürlich war Jack maskuliner als Joe, aber der war ein echter Mann, wohingegen Jack, soweit er wusste, eine Frau war, die sich wie ein Kerl anzog. »Das Bad ist da drüben«, entgegnete Joe, der seine Verwirrung beiseiteschob. »Wir sehen uns im Schlafzimmer.«

Jack nahm seinen Rucksack mit ins Bad. Kaum hatte er die Tür hinter sich geschlossen, lief Joe ins Schlafzimmer, riss seine Jeans herunter und holte sein Spielset aus dem Geschirr. Er warf es in die Nachttischschublade, aus der er den schwarzen, zwanzig Zentimeter langen Dildo herausnahm. Nachdem er die Bänder gelöst hatte, die den O-Ring hielten, ersetzte Joe ihn durch einen größeren für den großen Dildo. Dann stieg er ins Geschirr zurück und schnallte es um, bevor er seine Jeans wieder anzog. Sein Herz wummerte, und seine Hände zitterten. Jack erschien Sekunden später. Die Wölbung in seiner Hose war jetzt deutlich größer als zuvor.

Jack packte Joe abermals und drückte ihn fest an sich. Ihre schlanken, muskulösen Körper schienen nicht richtig zusammenzupassen, rangen um Dominanz, während sie ihre Münder mit den Zungen erforschten. Joe konnte Jacks harten Schwanz an seinem Bein fühlen. Es machte ihn geil und verwirrt. Er fragte sich, ob Jack sich von ihm von hinten bumsen lassen wollte oder ihm erlaubte, ihn in die Möse zu ficken. Und Joe hatte Angst, dass Jack ihn vögeln wollte.

Jack griff in Joes Haar und zwang ihn hinunter in die Knie. Nun war Joe auf Augenhöhe mit der Wölbung, und Jack öffnete seinen Gürtel und seinen Reißverschluss. Joe hatte noch nie einen Schwanz gelutscht; entsprechend war er schrecklich nervös, aber auch erregt. Jack nahm seinen harten Schwanz aus dem Schlitz seiner weißen Unterhose. Er war mindestens zwanzig Zentimeter lang, hatte eine erhabene Ader an der Unterseite und war oben beschnitten. »Leck ihn«, befahl Jack, der sanft mit dem Schwanz an Joes Wangen schlug.

Joe leckte zögerlich an der Spitze, bevor er sie in den Mund nahm. *Heißt das, ich bin eine Tunte?* Zuerst glaubte er, würgen zu müssen, und er war nicht sicher, ob es daran lag, dass er absolutes Neuland betrat, oder sich sein Körper gegen den Akt an sich sträubte. *Ich will das doch, oder nicht?* Joe machte sich mit dem Gefühl des Dildos in seinem Mund vertraut und arbeitete sich langsam weiter nach oben.

»So ist es brav. Nimm deinen Schwanz raus und reibe ihn mit deiner freien Hand«, wies Jack ihn an.

Ungeschickt öffnete Joe seine Hose und nahm seinen eigenen Dildo heraus, während er Jacks Schwanz im Mund behielt. Dann rieb er seinen Dildo mit der rechten Hand und hielt Jacks in der linken. Er setzte die Vorwärts- und Rückwärtsbewegungen mit dem Mund fort. Er wollte Jack gefallen, und dennoch war er gleichzeitig geil und völlig entsetzt. *Ist Jack eine Frau oder bin ich eine? Sind wir beide Männer? Bin ich schwul oder was?*

Joe würgte, und Jack verlangsamte seine Stöße.

»Saug an ihm, Joe. Nimm mehr von meinem Schwanz.«

Erregt von dem Kommando, versuchte es Joe. Jacks Hüften wiegten sich in Joes Rhythmus.

»Lass mich dein Gesicht ficken. Nimm ihn ganz, Mann«, stöhnte Jack über ihm.

Joe verdrängte seine Ängste. Angefeuert von den verbalen Beschreibungen, steigerte er Tempo und Kraft seiner Striche sowohl an seinem Schwanz wie auch an Jacks. *Fick ihn. Wen interessiert, was wir sind?* Sein Körper entkrampfte sich und ließ sich ganz in den Genuss des Moments fallen.

»Was ist denn hier los?«, kreischte Tinas Stimme von der

Tür. Joe fiel sein eigener Schwanz aus der Hand, und er schrak von Jack zurück, dessen Hüften ein letztes Mal ins Leere stießen, bis er begriff, was vor sich ging. Sie beide starrten Tina an. »Das ist nicht dein Ernst«, sagte sie, machte auf dem Absatz kehrt und rannte den Flur hinunter. Joe sprang auf und eilte ihr nach, wobei er sich den Dildo zurück in die Hose stopfte.

»Tina!«, rief er, als er ins Wohnzimmer kam. Sie war bereits an der Wohnungstür.

»Wenn du schon jemand ficken willst, verriegele wenigstens die Tür.«

Joe sah die Flasche Wein und die Blumen auf dem Küchentresen. »Was machst du hier?«

»Ich war im Club.« Als Tina sich zu ihm umdrehte, bemerkte er, dass ihr Tränen übers Gesicht strömten. »Die anderen haben mir erzählt, dass du gegangen bist, und da bin ich hergekommen, um mich zu entschuldigen. Ich wollte dir sagen, dass mir das neulich nicht so wichtig war, dass es egal ist.« Sie schüttelte den Kopf. »Anscheinend bin ich egal.« Sie öffnete die Tür.

»Können wir nicht reden? Ich will dir erklären, was passiert ist.«

»Du hättest einfach mit mir Schluss machen können.« Sie trat auf den Korridor hinaus und schloss die Tür.

Joe stand da, als rechnete er jeden Augenblick damit, dass sie zurückkam. Stattdessen kam Jack aus dem Schlafzimmer, in seiner Jacke und mit dem Rucksack über einer Schulter. Seine große Schrittwölbung war verschwunden.

»Hey, ich geh dann mal«, sagte er und küsste Joe auf den Hals. »Ich habe dir meine Nummer neben das Bett gelegt. Wenn sich alles wieder beruhigt hat, ruf mich an.«

Joe nickte, und Jack ging.

»Warte«, rief Joe und schnappte sich die Blumen vom Tresen, bevor er den Korridor entlanglief. Jack stand oben an der Treppe. Bei ihm angekommen, streckte Joe ihm den Strauß hin. »Hier, nimm die. Ein hübscher Junge wie du sollte sie bekommen.«

Jack nahm die Blumen. Beide lächelten. Dann sah Joe ihm nach, wie er die Treppe hinunter in die Nacht verschwand.

Entblößt

Anastasia Mavromatis

Das ist Bestimmung. Meine Familie liebt diesen Satz, bedenkt jedes Ableben eines nahen Verwandten und jede persönliche Katastrophe damit. Es war Bestimmung, dass ich meinem Zuhause entfliehen und bei Fremden leben sollte, wie es Bestimmung war, dass ich dauernd den Zorn meines Vaters auf mich zog. Für meine Familie war ich der Wechselbalg, in die falsche Sippe hineingeboren, wie mein Vater behauptete, der Inbegriff göttlicher Bestrafung. Er musste etwas Schreckliches verbrochen haben, eine Tochter zu bekommen, die log und sich seiner Autorität widersetzte, indem sie sich mit achtzehn Tinte in den Rücken ritzen ließ.

Allein im Sonnenzimmer, blicke ich auf die Leinwand und fantasiere von den Männern im Rest der Wohnung. Ich gehöre genauso hierher wie am Tag meiner Ankunft …

»Was sagen deine Eltern dazu, Alexandra?«, fragte Anthony, der mich durch seine randlose Brille ansah.

»Wozu?« Ich drückte die Knie zusammen, weil ich mal pinkeln musste.

»Dass du mit drei Männern zusammenwohnst.«

Damons blaue Augen begegneten meinen. Tobias lenkte mich mit seiner Frage ab, ob ich Zucker in den Kaffee nehme, und Anthony wartete.

»Also?«

»Hör mal, wir haben schon genug an der Backe. Sollen wir uns jetzt auch noch mit rasenden Eltern und ethnischen Problemen herumschlagen?«, fragte Tobias, worauf Anthony ihn erstaunt anguckte.

»Ethnisch?«, fragte ich. Falls das eine Beleidigung werden sollte, musste er sich schon etwas mehr anstrengen. »Alles, was nicht deinem Gewohnten entspricht, ist also ethnisch, ja?« Ich war absichtlich schnippisch, denn ich wollte dringend weg von zu Hause, weg von meinem Vater und seinen kretischen Ansichten.

»Wir haben da keine Bedenken. Du scheinst eine prima Kandidatin.«

Ich ging es mit männlicher Logik an. »Entweder ja oder nein, Jungs.«

Tobias, der uns in einer hautengen, uralten Jeans und einem zerfledderten Muscle-Shirt die Ehre gab, ähnelte eher einem Maurer als einem international angesehenen Fotografen.

»Ist dir die Vertraulichkeitsklausel klar?« Das kam von Tobias, der sich über den Couchtisch beugte. Die vier Kaffeebecher standen auf vier passenden Untersetzern.

Ich nickte.

Die Klausel, die ich gelesen hatte, bevor Anthony von der Arbeit zurückkam, enthielt die üblichen Punkte solcher Vereinbarungen. Nichts sehen, nichts hören, nichts sagen, ließ sich das dreiseitige Dokument zusammenfassen, das ich unterschreiben sollte.

Ich hatte mein Gepäck in die Halle geschleppt und die Sachen einzeln nach oben getragen, während die anderen noch bei der Arbeit waren. Mein Zimmer, das umfunktionierte Sonnenzimmer im ersten Stock des alten Reihenhauses, hatte einen Teilblick auf den Hafen. Das gelbe Sandsteinhaus war ehedem von einem englischen Beamten bewohnt worden, der außerdem Anthonys Ururgroßvater war. Dieses große Zimmer mit dem süßsauren Modergeruch, der aus den Wänden drang, sollte als Atelier dienen.

Den ersten Abend verbrachte ich auf dem weichen schwarzen Ledersofa vorm Satellitenfernsehen. Nachdem ich mich bei einer britischen Komödie amüsiert hatte, goss ich mir ein Glas Cola ein und ging in mein Zimmer. Dort öffnete ich meine Ledermappe und sah mir meine letzten Skizzen an. Ich hatte die Reihe *Nobodies* getauft, weil ich Leute abgebildet hatte, die ich im Vorbeigehen, an Bushaltestellen oder beim Mittagessen in der Stadt gesehen hatte. Meine Eltern rümpften die Nase über meine Berufswahl und schlugen stattdessen erträglichere Beschäftigungen vor, mit denen sich potenzielle (gute) Schwiegerfamilien beeindrucken ließen. In meinem ersten Jahr am College hatte ich jeden potenziellen Verehrer zurückgewiesen, einschließlich jener, die sich »aus der alten Heimat« herbemühten. Ich wollte sie alle nicht. Für meine Eltern war ich noch intakt. Meine Muse, die sich in die Ecke gedrängt fühlte und eine Art Angstattacke durchmachte, flehte mich an, etwas an dem Status quo zu ändern. Mit der Verkündung meiner neuen Pläne schlug ich meine Bestimmung jedenfalls in den Wind. Dad explodierte. Mutter sah sein Gesicht und wusste, dass sie sich in eine Art Mata Hari verwandeln müsste, wollte sie künftig den Kontakt zu ihrer Tochter halten.

»Du sprichst kein Wort mit diesem Kind. Sie ist in meinem Haus nicht mehr willkommen.«

»Ja, Joseph«, sagte meine Mutter, die sich die Augen mit einem zarten Kleenex wischte, bis es gänzlich zerfiel.

Dads Worte machten mir ein bisschen Angst, doch ich versuchte, es positiv zu betrachten. Schließlich war das hier nicht Kazantzakis Geschichte *Alexis Sorbas*, in der sich die weibliche

Hauptfigur in einen Fremden verliebt, der in den Selbstmord getrieben wird. Ihr Schicksal ist besiegelt, als der trauernde Vater ihr die Kehle aufschlitzt. Das würde mir nicht passieren, dennoch spielten sich in den Köpfen anderer genau solche Geschichten ab, sowie die Grundsätze meines Dads zur Sprache kamen. Ebenso gut könnte man einen künstlichen Alien in die Runde werfen.

Wir hatten keine Dates.

Wir hatten keinen außerehelichen Sex.

Wenn unser Partner stirbt, tragen wir für den Rest unseres Lebens Trauer.

Als käme er vom Dunklen Stern. Er saß mit meiner Mutter da, nachdem ihr Vater ihm in den späten Fünfzigern ein Foto von ihr schickte und sie ihm verkaufte. Die Entscheidung sollte ihn ins Land der Hoffnung bringen, und obgleich er eine Menge erreichte – dank der Mitgift –, erwartete er nach wie vor, dass sich auch der Rest der Welt, einschließlich der Westküste, seinem Willen beugte. Seine Tochter sprach nicht mit fremden Männern, schon gar nicht teilte sie eine Wohnung mit ihnen, und sollte sie mit jemand anderem schlafen als ihrem Zukünftigen, wollte er lieber tot sein. Aber das war ja das Schöne an Amerika. Ich war nicht auf die magere Auswahl in der Nachbarschaft beschränkt. Ich vögelte einfach außerhalb meiner »ethnischen« Gruppe, und die erfuhr nichts davon.

»Ich bin wieder da! Hast du dich einigermaßen eingerichtet?« Die Stimme kam die Treppe herauf in mein Zimmer, und mit ihr erschien Damon im Türrahmen.

»Ja, alles bestens.«

»Okay?«, sagte er. »Ach, Allie, falls du an Kaffee interessiert bist, setze ich einen Pott auf. Es macht dir doch nichts aus, wenn ich dich Allie nenne, oder?«

Ich schüttelte den Kopf. So hatte mich noch niemand genannt, aber es störte mich nicht.

Wie ein neues Haustier, das sich beim Halter beliebt machen will, oder ein Kind, das neu in der Schule ist, trottete ich hinter ihm her.

Sobald wir mit unseren Bechern am Tisch saßen, fragte Damon mich, was ich vom Dating-Spiel hielt.

»Hör bloß auf«, antwortete ich und verdrehte die Augen. Ich hatte noch nie ein Date gehabt, nur heimliche Treffen, die via Internet verabredet wurden, oder in geparkten Wagen bei Familienhochzeiten.

»Ganz meiner Meinung. Das ist doch nur fies!«, rief er aus, und das, dieses personifizierte grüne Licht, dominierte unsere Unterhaltung. »Alles lief ziemlich gut. Ja, echt, ich fand, Hilda war eine der elegantesten Frauen auf dem Campus, aber jetzt …« Er verstummte kopfschüttelnd.

»So schlimm?«

»Sie ist Texterin. Nachdem wir zum Abendessen aus gewesen waren und jeder nach Hause gegangen waren, schickte sie mir eine von diesen Textnachrichten.« Er schob sein Handy über den Tisch.

Njoyed ur company damon lets do it again. U R GR8.

»Ah, ich verstehe, was du meinst.« Ich legte das Handy zurück auf den Tisch.

Damon schüttelte immer noch den Kopf. »Ich gehe duschen und will dann lesen. Danke fürs Zuhören.« Darin war ich sehr gut – im Zuhören.

Ob absichtlich oder weil ich in Gedanken war, wartete ich, bevor ich am Badezimmer vorbeiging. Damon, der es eilig gehabt hatte, ins Bad zu kommen, hatte die Tür weit offen gelassen, und mein erster Blick auf seinen nackten Körper erschreckte mich.

Als er von dem gescheiterten Date zurückgekommen war, hatte er ein weites Hemd getragen, unter dem sein muskulöser Oberkörper nicht aufgefallen war. Und seine schlabberige Hose hatte natürlich auch nichts von dem knackigen Hintern verraten, den ich jetzt sah. Ich wich in den Flur zurück, konnte aber nicht widerstehen, ihm heimlich zuzugucken. Er seifte sich den Bauch ein, wanderte südwärts, wobei ich mir nichts dachte, bis er seinen Penis packte. *Penis* ist so ein fades Wort, aber unter diesen Begriff fiel sein Geschlechtsteil bis zu dem Moment. Während ich dort stand und jede langsam gleitende Bewegung seiner Hand beobachtete, verwandelte sich sein Penis in einen majestätischen Schwanz, die Sorte Schwanz, die in einem Porno mitspielen könnte.

Später in meinem Zimmer zuckten sämtliche Muskeln in meinem Körper. Der elektrisierende Rückfluss von meinem Orgasmus lähmte meine Glieder. Meine nassen Finger glitten weg von meiner erschöpften Klitoris, und mein Mund war leicht geöffnet, um den Druck aus meinem Kopf zu entlassen. Ein Skizzenblock und ein Kohlestift lagen neben mir, und meine Zeichnung von Damon unter der Dusche, mitsamt der gigantischen Erektion, starrte mich an.

Damons Bild huschte durch meine Gedanken. Ich hatte seine Konturen mit der Ehrfurcht eines Reisenden in fernen Ländern eingefangen. Mit jedem Strich hatten meine Ohren heftiger geglüht, hatte mein Puls sich beschleunigt und Wärme meinen Schoß geflutet, die meine Möse an ihre Belastungsgrenze brachte. Als meine Hand den durchfeuchteten Stoff zwischen meinen Beinen berührte, hatte ich gewusst, dass mein Bild von Damon fortan ein ganz anderes sein würde. Es war viel zu schön gewesen, um aufzuhören. Ein lang vergessenes Feuer war zwischen meinen Schenkeln aufgelodert, ja, in meinem Schoß. Ich erinnerte mich zurück an das erste Mal, als ich das Solovergnügen entdeckte, bei dem jedes schmetterlingsgleiche Flattern in meiner Klitoris den Weg nach oben zu einem zittrigen Höhepunkt ebnete. Der letzte Schritt, der beinahe blendende elektrische Impuls, ließ mich die Zehen krümmen, bis ich Wadenkrämpfe bekam.

Ich fand Damon am Ende des großen Esstisches vor. Er begrüßte mich mit einem Lächeln, bevor er auf Tobias und die neuesten globalen Probleme zu sprechen kam. Nachdem ich mir lauwarmen Kaffee eingeschenkt und mich zu ihm gesetzt hatte, fiel mir der erstaunliche Grün-Blau-Übergang in seinen Augen auf.

Damon nagte an seiner Unterlippe und glitt mit dem Zeigefinger unter jeder Zeile der Zeitungstitelseite entlang. »Ich kapier nicht, wieso er sich noch Gedanken macht«, sagte er mit Blick auf die Schlagzeilen. »Guck dir das an! Tobias wird wahrscheinlich bald im Iran landen, wo er über die wachsenden Spannungen berichtet, und ehe man sichs versieht, redet kein Mensch mehr davon.« Wieder schüttelte er den Kopf. »Tobias landet morgen früh am LAX. Kommst du mit?«

Kommen? Das Wort passte hervorragend zu Damons Duschausflug. Ich würde ja gerne kommen, dachte ich und schluckte stattdessen meinen Kaffee runter. »Ich muss noch an einem Bild arbeiten«, kam heraus.

Die Wochen verstrichen ereignislos, wenn man von Tobias' Schweigsamkeit absah. Ob er die neueste DVD guckte oder im Garten herumwerkelte, seine ruhige Haltung stand im krassen Kontrast zu Anthonys und Damons ewigen Witzeleien. Zwei Wochen nach Tobias' Rückkehr bot mir Damon achselzuckend seine Version an, wobei seine blaugrünen Augen merkwürdig flackerten. »So ist er immer, wenn er zurückkommt. Manchmal glaube ich, er fühlt sich schuldig, weil er wieder im Land der Lebenden ist.«

»Dito«, sagte Anthony, der ihm gegenübersaß.

»Man kann ihm das nicht vorwerfen. Ich wäre auch außerstande, nett zu plaudern, wenn ich mitten in der übelsten Barbarei gewesen wäre.«

»Du übertreibst, Damon«, ermahnte Anthony ihn zynisch.

»Ach ja?«

»Ja, tust du. Sogar Tobias nimmt das alles gelassener und gibt noch mit seinen Narben an.«

»Wie Jesus?«

»Ist ja gut, Jungs«, sagte ich ein bisschen überfordert.

»Wie läuft die Arbeit, Allie?«, wechselte Damon das Thema, um mich auf meinen Platz zu verweisen. Die einzige Arbeit, die ich fertiggestellt hatte, war die übliche Hausarbeit. Sie gehörte zum Arrangement, was wiederum meinen Freundinnen Sorge bereitete. Folglich hörte ich mir ideologiegeschwängerte Vorträge an, die mich aus meiner Unterwürfigkeit katapultieren sollten, wobei ihnen völlig entging, dass mir der Tausch von Ganztagsjob zu »Hausarbeit« und sonstigen häuslichen Pflichten viel mehr Zeit für meine Kunst bescherte.

»Im Moment stecke ich fest, also ist es mehr willkürlich. Eigentlich skizziere ich nur«, sagte ich mit Blick auf meine Spiegeleier.

»Das wird schon noch.« Anthony lächelte mir freundlich zu.

Damon und Anthony aßen auf und gingen, einer zu einem Zahnarzttermin, der andere ins Fitnessstudio. Da Tobias mit seinem Agenten verabredet war, hatte ich das Haus für mich.

Beschwingt sprang ich die Treppe hinauf, zwei Stufen auf einmal nehmend, und landete auf der Schwelle zu Tobias' ordentlicher Welt. Sein Schlafzimmer, das eher dezent mit seinen Fotos von unbekannten Fremden dekoriert war, bestand vor allem aus einem säuberlich gemachten großen Bett. Auf den beidseitigen Nachttischen standen weder Bücher noch gerahmte Fotos noch Lampen, und sie waren so frisch poliert, dass sie rötlich braun glänzten. Ich atmete tief ein und betrat seine Welt. Ich hatte schon vor seiner Rückkehr die Gelegenheit genutzt, seine Arbeit kennenzulernen. Alle großen anspruchsvollen Zeitschriften druckten seine Fotoreportagen, Bilder von Traurigkeit, Schrecken, Blut, Panik, Krankheit, alles von einer geradezu plakativen Nüchternheit. Er war hinter der Linse, blickte durch sein beschränktes Sichtfeld in eine begrenzte Distanz und das für die begrenzte Dauer einer Belichtungszeit. Dann ging er durch die Viertel, die ich mir ausmalte, und während er dort herumspazierte, dachte er wahrscheinlich nur, ob es sicher war oder ob er die Zeit hatte, kurz etwas zu essen oder nicht.

»Suchst du was?«

Komischerweise zuckte ich nicht mal zusammen. Seine Stimme klang irgendwie fern. Ich drehte mich nur mit dem halben Oberkörper um und sah Tobias, der im Türrahmen lehnte. Mir gingen Worte durch den Kopf, die aber leider irgendwie wegkippten. Ich schüttelte den Kopf, woraufhin er hereinkam und direkt den linken Nachtschrank ansteuerte. Erst als er ein Flanellhemd herausgeholt hatte, seine übliche Gartenkluft, erreichte meine Scham die Haarwurzeln. Ich glühte buchstäblich, weil ich den Moment so komplett vergurkt hatte.

Meine Augen vermerkten, dass er sich sein T-Shirt auszog. Sein schmaler, gebräunter Rücken zog meine Aufmerksamkeit auf sich. Haut, glatt und doch zerschunden, blickte mich an. Eine gezackte Narbe verlief von seinem Schulterblatt bis zu seiner Taille. Tobias drehte sich um und erklärte alles mit der

Präzision eines Arztes. »Die ist von einem gezahnten Messer, ein Hieb, und er durchtrennte meine Trapezmuskel. Jugoslawien 1990 …«

Meine Augen waren so damit beschäftigt, dem Krater zu folgen, dem aprikosengroßen an derselben Schulter.

Er wandte den Blick ab und wurde rot. Weiter unten, knapp über seinem Nabel und keine fünf Zentimeter nach links waren Brandmale. Seine gesamte Erscheinung rief in mir die Erinnerung an meine Sportlehrerin aus der Achten wach, deren Lieblingssatz lautete, »Du warst im Krieg.« Aber das wagte ich nicht auszusprechen. Trotz seines offensichtlichen Unbehagens wuchs meine Neugier. Hatte er noch mehr Narben? Beeinträchtigten sie sein Privatleben? Mein einziger Gedanke, so albern es auch war, drehte sich ums Küssen und Lecken seiner versehrten Haut.

Monatelang hatte ich auf einem Floß gesessen, und genauso lange hatten das Floß und ich auf einem bewegungslosen Fluss verbracht. Vor Tobias zu stehen, der sich nervös mit der Hand durch sein schwarzes Haar fuhr, brachte die Strömung in mir zum Tosen.

Mann und Körper. Körper und Mann.

»Ich würde dich gern zu meinem Thema machen«, kam mir über die Lippen, bevor ich nachdenken konnte, und die Worte flirrten ihm mit der Geschwindigkeit von Kolibris entgegen.

Seine Augen musterten mich ruhig, während seine Ohren meinen Vorschlag aufnahmen. Der Drang, ihn zu berühren, war viel zu stark, als dass ich ihn ignorieren konnte. Keinen Schritt von ihm entfernt, ging ich wie eine neugierige Katze auf und ab. Sein Duft, eine Mischung aus Seife und seiner natürlichen Note, weckte meine Geschmacksknospen. Ich wollte jeden Millimeter seiner Haut kosten, saugen, lecken, in mich aufnehmen …

Die Feuchtigkeit auf meinen Lippen lenkte meine Aufmerksamkeit auf den Kuss, der vollkommen unerwartet und feurig kam. Flüssigkeit benetzte meinen Mund, während seine Zunge ihn erforschte. Eine Sekunde riss von der nächsten ab, sodass sich meine Füße wie losgelöst vom Boden anfühlten, und ich mich, obwohl meine Hände an seine Schultern geklammert waren, aus der Realität unserer Oralexpedition zu entfernen schien. Tobias' Mund fing meine Zunge ein, sog an meiner Unterlippe, und seine Zungenspitze glitt an der Innenseite entlang. Ein feuchtes Ringen folgte unserem Zungenfechten, dann setzten wir das gegenseitige Nähren fort. Es war, als feierten unsere Münder ihre eigene Orgie, verwöhnten und berauschten einander, wie ich es niemals erahnt hätte. Er nahm meine Hand und führte sie langsam an seiner Brust hinab zu und über seinen Bauch. Als ich aufblickte, sah ich, dass seine Augen glühten.

»Wo du schon mal hier bist … halt meinen Schwanz«, sagte er mit einem heiseren Stöhnen.

Da stand ich und rieb Tobias, wie Eva im Garten Eden. Meine Vulva wurde sekündlich heißer, und ein Wasserfall regte sich zwischen meinen Beinen. Jeder Schwall schoss heraus wie aus einem umgekippten Springbrunnen, sprühte in alle Richtungen. Ich konnte nur tun, was mir das Natürlichste erschien, nämlich seine Hand zu meiner Möse zu führen, bis ich fühlte, wie seine Finger mich öffneten. Ich wurde stärker und kühner, löste meinen Mund von seinem, um auf sein kreisendes Handgelenk zu sehen. Mit zwei Fingern drang er in mich ein, die sich, benetzt von der Flüssigkeit meines Entzückens, meiner Erregung und meiner Gier, an meiner weichen Scheide krümmten.

Er glitt aus mir heraus, hob seine Hand an seinen Mund und leckte seine Finger ab. Wenn ich nicht zusammenbrach, würde ich jeden Moment in meiner eigenen Pfütze ausrutschen.

»Du steckst in Schwierigkeiten, Allie. Du weißt es, ich weiß es. Es gibt kein Zurück … nicht mehr.«

Die Tür fiel klickend ins Schloss. Meine verlangsamten Reflexe hinkten dem Moment hinterher, der sich zwischen Tobias und mir dehnte. Ich blickte zu Boden, rang um ein wenig Fassung.

Was geschah hier?

Die Frage löste sich ebenso schnell auf, wie sie aufgetaucht war. Seine Augen betrachteten mich suchend, aber seine Hände bestätigten, was er vorhatte. Mit warmem Druck umfasste er meine Handgelenke. Sein Schweiß vermengte sich mit seinem Verlangen, wehte mir mit seinem Atem in den Mund. Wieder nahmen mich seine forschenden Lippen ein, und automatisch glitt meine Zunge seiner entgegen. Wie in einem Traum, in dem meine trägen Füße den Dienst verweigerten, waren Erregung und Neugier stärker als Logik. Er geleitete mich tänzerisch zum Bett und positionierte mich auf den Knien. Dann spreizte er meine Beine und schob hastig meinen Rock nach oben. Würde ich behaupten, mich entblößt zu fühlen, wäre das noch eine glatte Untertreibung. Der Stoff bauschte sich an meiner Taille, und ich fühlte, wie seine Finger in die klebrige Oase zurückkehrten.

»Ah …« Ich wiegte meine Hüften vor und zurück, als würde ich einen unsichtbaren Hengst reiten, drängte mich in seine Hand und zog ihn tiefer in mich. Die Sonne schien stumm durch den Vorhangschlitz, beleuchtete meine Arme und malte mir Muster auf meine jungfräuliche Haut.

Tobias, trunken von dem Aroma meines Geschlechts, glitt stöhnend aus mir. Es war eine kurze Unterbrechung, in der er sich seiner restlichen Kleidung entledigte, bevor er wieder bei mir war und meinen Hals mit Daumen und Zeigefinger umfing.

»Ich werde dich bumsen«, flüsterte er, nahm seine Hand weg und warf mich auf den Rücken. »Und ich will dich sehen.« Er kniete sich zwischen meine Schenkel, spreizte sie noch weiter und hob mich an den Hüften hoch.

»Das ist hübsch«, raunte er, während er mit den Fingern über meine geschwollenen Schamlippen strich.

»Hör auf, mit mir zu spielen. Ich brauche es jetzt.« Erstaunt über meine Entschlossenheit, starrte ich auf seine klamme Brust und biss mir auf die Unterlippe, bis ich Blut schmeckte. Sein plumper, zuckender Schwanz rieb an meinem Venushügel. Tobias erwiderte mein Lächeln, packte seinen Schaft und strich über meine Klitoris. Die langsame Invasion seines Schwanzes raubte mir den Atem, und der implizite Drang weckte eine Bereitwilligkeit in mir, die ich erst einmal zuvor empfunden hatte. Die Abstände zwischen Liebesspielen haben bisweilen zur Folge, dass man vergisst, wie es sich anfühlt, ausgefüllt zu werden. Tobias verharrte an meiner feuchten Öffnung, um meine Vorfreude zu steigern, und beobachtete mich. Gleichzeitig öffneten sich unsere beiden Münder, und seine Hüften drückten sich gegen meine, als er seinen Schwanz in mich bohrte. So verharrten wir eine Weile, bis sich der Winkel des Sonnenlichts änderte, und meine Beine sich um seine Taille schlangen. Das Tempo unseres Vögelns variierte: tief, flach, schnell, langsam. Ihm gefiel es sichtlich, und mir ebenfalls. Mit jedem Stoß fühlte ich mich lebendig, und über unseren Leibern schwebte das Gespenst der Unersättlichkeit. Er spreizte meine Schamlippen, sah den Fluss zwischen meinen Beinen und machte eine Bemerkung über die Hitze, die seinen Schwanz umgab. Unsere Lippen und Zungen begegneten sich. Der Sinn des Kusses wurde mir erst klar, als ich merkte, wie er herausglitt, und sein Mund eine feuchte Spur von meinem Hals bis hinab zu meiner überlaufenden Scham malte. Angst überkam mich, dann war seine Zunge dort, umkreiste und kitzelte meinen Schlitz. Er blickte kurz zu mir, bevor er sich einem Schatten zuwandte, der hereinkam.

Wenn man von einem Gebäude stürzte, zu schnell als dass man nach vorbeifliegenden Brüstungen oder Vorsprüngen greifen könnte, wüsste man sofort, dass es sinnlos wäre, wieder nach oben zurückkehren zu wollen. Ein neuer Duft ergänzte die Szene. Ich sah Anthony über mir. Im ersten Moment machte mir seine Gestalt Angst. Dann änderten sich sowohl meine Perspektive als auch die Begegnung. Unbeirrt trank Tobias weiter aus meiner sprudelnden Möse, während Anthony sich hinkniete und mein Haar streichelte.

»Ziemlich kuschelig hier«, flüsterte Anthony, der mir sanft mit der Zunge übers Ohrläppchen strich.

Seine Hand streichelte meine Brust.

Bei aller Lustbenommenheit entging mir die wachsende Wölbung in Anthonys Hose nicht. Tobias änderte die Taktik und den Rhythmus, indem er mit seinen Fingern in mich eindrang. Ausgefüllt und gedehnt seufzte ich. Anthonys Kuss, rauer als der von Tobias, forderte mehr Energie von mir. Seine Lippen zogen an meiner Zunge, massierten sie und sogen mich in einen lustvollen Strudel, um mich untergehen zu sehen. Ich streckte eine Hand aus, öffnete meinen Mund, doch Anthony umfing fest meine rechte Brust. Er beobachtete, wie sich Tobias' Handgelenk bewegte. Ihre stillschweigende Übereinkunft hatte etwas Spöttisches. Als ich spürte, wie Tobias sich zurückzog, wandte ich mich zu ihm und sah, wie er seine nassen Finger ableckte.

Erigiert und halb erschöpft lächelte Tobias und widmete sich wieder meinen Lippen.

»Koste«, murmelte er, während Anthony meine Beine noch weiter spreizte. Sein Daumen neckte meine Vulva, er rieb sie auf und ab. In dem Moment, in dem Anthonys Mund auf meinen Venushügel traf, schlug die Wohnungstür zu.

Es war wie Schwimmen in einem Unterwasserkäfig, in dem man verzweifelt nach einer Luftblase sucht. Tobias' hungriger Mund saugte sich an meiner Brustwarze fest, bis der empfindliche Bereich unter der Wärme seiner Lippen aufschrie. Anthonys Reißverschluss ratschte leise, und sein Schwanz sprang hervor. Tobias, der interessiert zuschaute, glitt mit einer Hand zu meiner Muschi und öffnete sie weit, damit Anthony das Ausmaß der Tortur erkannte.

»Mach schon.« Es war meine Stimme, die forderte. Meine Lendenmuskeln spannten sich an, wollten meinen Oberkörper heben, damit ich seinen fantastischen Schwanz an meiner Öffnung sehen konnte. Wir schienen gleichzeitig auszuatmen. Anthonys Hüften bogen sich vor, sein Schwanz drang ein, und er lächelte, als würde er innerlich jubeln. Damons Heimkehr konnte das unersättliche Tier in mir kaum bändigen, und Tobias' Bemühungen, mein lüsternes Stöhnen zu dämpfen, scheiterten. Mein Mund entwand sich seinem.

»Bitte … fester.«

Meine Worte hallten durchs Zimmer. Der feuchte Rhythmus wurde intensiver, und seine Hoden und sein Becken klatschten gegen meine Scham.

»Komm und fühl sie, Tobias.«

Sie tauschten. Anthony kniete sich über mich, streifte meine Lippen mit seinem nassen Schwanz. Tobias drang vorsichtig wieder ein und achtete auf den oralen Rhythmus, der nur wenige Zentimeter von ihm entfernt einsetzte. Mein Parfum von beiden Männern abzulecken, machte mich egoistischer, als ich es je für möglich gehalten hätte. Anthony schloss die

Augen, während ich seinen Schwanz einsaugte, und Tobias sich in mir bewegte wie eine Wasserschlange.

Sex und Liebe; Liebe und Sex. Begriffe, die sich gleich wieder in Luft auflösten.

Aus dem Augenwinkel sah ich Damon, der beobachtete, wie meine Lippen über Anthonys Schwanz glitten und ihn mit silbrigen Speichelstreifen musterten. Damon übernahm, als Anthony mich auf die Knie zog. Ich sank auf die Matratze und streichelte den schimmernden Strom zwischen meinen Schamlippen.

Damons Hände packten meine Pobacken. »Scheiße, ist das gut!«

Die Zeit verpuffte, und meine Lust meldete sich aufs Neue. Damon benetzte mir den Arsch mit meinen Säften, bevor er seinen Mittelfinger in den strammen Schlitz steckte.

Sein Schwanz folgte, und das Feuer, das sein Eindringen auslöste, verschlang mich. Anthony vor mir drückte meine Brüste, konnte mich jedoch nicht von der sengenden Hitze in meinem Hintern ablenken. Eher steigerte er meine Unsicherheit noch. Auf der Schwelle zwischen Schmerz und Wonne brauchte ich einen sanften Höhepunkt, genoss aber zugleich die strapazierten Muskeln in meinem gedehnten Hintern.

Damon glitt behutsam rein und raus, bevor er seinen Schwanz vollständig hineinstieß. Tränen schossen aus meinen Augenwinkeln. Meine Stimme klang wie ein verwundetes Reh oder wie eine erschöpfte Löwin.

Er wiegte sich an mir, während Anthonys Brust mir die Sicht versperrte. Ein anderer Mund, Anthonys, nahm meinen ein. Unterdessen setzte Damon seinen tiefen, schmerzenden Fick fort. Sein Schwanz malträtierte meinen Hintern, dass ich eine Gänsehaut bekam. Er ergriff meine Hand, um wieder Platz für Tobias' Finger zu machen.

»Du willst kommen, nicht wahr, Allie?«, fragte Tobias. Ihr kombiniertes Testosteron wiegte und zog mich in den überwältigenden Akt, drängte uralte Schichten von Konventionen fort.

Mit einem Stöhnen bejahte ich, obwohl ein Teil von mir nicht wollte, dass es endete, weil damit alles anders würde, und wir kleinlaut und verlegen würden.

Tobias bearbeitete meine Muschi mit Flammenfingern, während Damons Becken gegen meinen Hintern drückte und er seinen Schwanz noch tiefer in mich bohrte. Flüchtig dachte ich, dass Tobias noch nicht gekommen war, ebenso wenig wie Anthony, doch dann waren da nur noch Tobias' Finger auf meiner Klitoris, die eine Kettenreaktion auslösten. Von hinten feuerte Damon seinen Schwall tief in mich hinein. Tobias machte weiter, umkreiste meine Klitoris, kniff sie spielerisch, als meine Schenkel zu beben begannen, und meine Möse elektrische Pulsschläge aus meinem Gehirn empfing. Anthony, direkt vor mir, bettelte mich mit Blicken an, worauf ich seinen Schwanz packte und ihn pumpte, bis mir seine warme Ladung auf den Rücken spritzte. Tobias erschauderte und massierte seinen Schaft selbst zu einem heftigen Orgasmus, nachdem er mich masturbiert hatte.

Tobias war es, der als Erster sprach. Damon hatte die Hände auf seine Schenkel gestützt wie ein Langstreckenläufer. »Das war lange überfällig.«

»Wie fühlst du dich?« Anthonys Frage ermöglichte mir ein Geständnis.

»Fühlen? Ich werde wohl wund sein, aber …«

»Ja?«

Das Telefonläuten aus dem Flur unterbrach uns. Damon stand auf und ging ran.

»Ich habe das Gefühl, das hier könnte man häufiger machen, das heißt, wenn es euch nicht peinlich ist.« Hatte ich das gesagt? Meine Logik brauchte Zeit, und es vergingen einige Momente, bis ich erleichtert feststellte, dass Scham, jenes hässliche Sozialkonstrukt, nicht mehr existierte. Tobias saß neben mir und massierte mir die Schultern.

»Mir gefällt deine Einstellung«, sagte er.

»Ich denke, wir können eine Vereinbarung treffen«, ergänzte Anthony.

Solange ich nicht noch eine Vertraulichkeitsklausel unterschreiben musste, war ich dabei.

Stallmanieren

Lily Harlem

Sechs Sonntage hintereinander hatte er mich mit seinem grübelnden Blick vom im Schatten liegenden Reitplatz aus angestarrt. Mit finster zusammengekniffenen schwarzen Augen hatte er meinen Körper unnachgiebig verschlungen, während ich mich bemühte, eine kühle, professionelle Haltung zu wahren.

Allein wie er dastand, ein Stück entfernt von den anderen plaudernden Eltern, glaubte ich anfangs, seine Aufmerksamkeit wäre ganz auf die Voltigierkünste seiner Tochter gerichtet. Doch dann erkannte ich bald, dass er mich, ihre Lehrerin, Woche für Woche anderthalb Stunden lang fixierte.

Nun, als ich ihm den Rücken zukehre, um den Ritt zu überwachen, fühle ich, wie seine gierigen Augen meinen Hintern in der Reithose verschlingen. Das zu wissen, erregt mich und lässt mich die Hüften für ihn wiegen. Ich wackle nur ein kleines bisschen mit dem Po, als ich mich im Rindenmulch bewege und die Feinheiten der geschmeidigen Übergänge erkläre. Mir gefällt seine Aufmerksamkeit, sehr sogar.

In meinem linken Stiefel steckt eine Ersatzgerte. Auf diese Weise habe ich die Hände frei, um Steigbügel einzustellen, Sattelgurte nachzuziehen und Hinweise auf die Buchstaben ringsum an den Wänden zu geben; das ist eine Angewohnheit, die ich schon immer hatte. Als ich auf seine Tochter zugehe, tippt mir die biegsame Gerte an den Schenkel, wippt wie ein

Metronom im Takt meiner Schritte vor und zurück. »Hier, Emily«, sage ich, ziehe die Gerte aus dem Stiefel und reiche sie ihr. »Du musst dich daran gewöhnen, eine Gerte zu halten, auch wenn du sie nicht benutzen willst.« Ich lächle der hübschen Zehnjährigen zu, sie nickt und versucht, Zügel und Gerte gleichzeitig in einer Hand zu halten.

Dann sehe ich zu ihrem Vater. Seine Augen sind direkt auf meine gerichtet, ruhig und ernst. Er saugt meinen Anblick in sich auf wie ein Verdurstender. Meine Knie werden weich, es summt in meinen Ohren, und meine Brust wird eng. In der ansonsten sehr förmlichen, asexuellen Welt des Voltigierens stellt er eine erfrischende Dosis reinen, unverfälschten Testosterons dar. Er sieht absolut wild aus, wie ein kaum zu zügelnder Hengst, dessen Gehorsam beim Zureiten stets unberechenbar ist.

Ich wünschte, ich hätte mir eine Kiste mitgebracht, auf die ich mich setzen könnte. Jede Woche kurbelt er meinen Adrenalinspiegel stärker an, mindert meine Konzentration und beeinträchtigt damit meine angesehenen Fähigkeiten als Reitlehrerin. Er ist groß, breitschultrig und sieht so verdammt gut aus.

Heute ist er in eine dicke schwarze Winterjacke gehüllt, trägt Handschuhe und hat eine Hand tief in seiner Tasche vergraben, während er mit der anderen einen dampfenden Becher hält. Vielleicht bilde ich mir nur ein, dass er mich Woche für Woche beobachtet. Bisher habe ich ihn noch nicht einmal sprechen gehört. Erregung durchströmt mich bei dem Gedanken, wie böse jemand wie er sein könnte. Was passierte, wenn dieser Hunger, der in seinen Augen glüht, verlangt, gestillt zu werden? Wenn ich diejenige wäre, die ihn stillen sollte? Ich räuspere mich und erkläre die nächste Übung, was mir schwer fällt, denn all mein Denken kreist um ihn.

Die letzte Reitstunde für heute geht zu Ende, und ich weise

meine sechs Schülerinnen an, abzusteigen. Sie führen ihre Pferde in die Kälte des Winterabends, vorbei an der dunklen Scheune, in der das Heu lagert, weiter zu den beleuchteten Boxen. Wie im Wetterbericht angekündigt, beginnt es zu schneien. Im schwachen Lichterschein schweben die großen Flocken auf den Hof und bleiben auf dem strohgesprenkelten Kopfsteinpflaster liegen.

Eine halbe Stunde wird es dauern, bis die Kleinen ihren Ponys die Sattel abgenommen, die Decken zusammengebündelt und das Reitgeschirr gesäubert haben. Es war klug von mir, »Stallarbeit« ans Ende der letzten Stunde zu legen, denn so machen die Schüler im Grunde meine Arbeit, und ihre wartenden Eltern zahlen auch noch dafür. Ich habe eine Kaffeemaschine im Zuschauerbereich aufgestellt, wo sich alle jederzeit bedienen können, was wohl mit ein Grund dafür ist, dass sich bisher niemand beschwerte.

Ich will die Zeit nutzen, um in der Scheune die Futternetze für unsere Pensionspferde zu füllen. Der süße Heugeruch steigt mir wie Weihrauch in die Nase, und ich bleibe einen Moment am Eingang stehen, damit sich meine Augen auf die Dunkelheit einstellen können. Wieder mal haben hier Kinder gespielt und die Heuballen zu einer Art Kletterburg aufgetürmt. Ich lächle; sollen sie doch. Wen kümmert schon, dass es nicht die ordentlichste Scheune der Welt ist?

Meine Schritte machen kein Geräusch, als ich zu einem angebrochenen Ballen gehe und mich bücke, um das stramme orange Band zu lösen. Es ist ein bisschen umständlich, im Dunkeln all die Knoten zu entwirren, zumal meine Körperhaltung, tief gebückt und den Hintern weit nach oben gestreckt, nicht eben die günstigste ist.

Plötzlich bemerke ich, dass etwas Langes, Dünnes auf meine linke Pobacke drückt.

Mir stockt der Atem. Natürlich weiß ich genau, was das ist. Meine Reitgerte!

Ich richte mich nicht auf, sondern drehe nur meinen Oberkörper so, dass ich eine Silhouette links neben mir erkennen kann. Breite, eckige Schultern und ein wirrer Lockenschopf beugen sich über mich. Eigentlich müsste mich diese unangemessene Berührung empören, schließlich kenne ich den Mann nicht. Stattdessen empfinde ich eine unverständliche Wonne, habe das Gefühl, am ganzen Körper zu erbeben. Kein Wunder, denn meine Fantasie ist seit Wochen von diesem Mann beherrscht.

Die kühle Haut auf meinem Hintern reagiert überempfindlich, als die Gerte weiter gegen sie drückt, und eine gespannte Vorfreude regt sich tief in meinem Bauch. Er ist so nahe, nur Zentimeter entfernt, schmiegt meine Gerte an mich, mit der er mich intim berührt und selbst doch auf Distanz bleibt.

Er spricht kein Wort – ich auch nicht.

Dann bewege ich mich ein klein wenig, nur um zu sehen, was er tut.

Der Druck lässt nach, dann folgt ein Zischen und ein Brennen durch die Jodhpur auf meinem Hintern. Ein Blitzschlag, eine Millisekunde süßer Pein, die meine kalte Haut erhitzt und meine Gefühlsnerven weckt.

Ein erschrockener Laut entfährt mir, fasse ich doch selbst nicht, was ich mir von ihm wünsche. Ich hatte nicht einmal geahnt, dass ich das genießen würde! Meine Hände klammern sich um das Tau, mit dem ich gekämpft hatte. Er hat mich geschlagen. Noch nie hat er ein Wort mit mir geredet, und dennoch scheint er sich sicher, dass mir dies hier gefällt. Ich spüre, wie ich rot werde. Es ist lange her, seit ich etwas Neues empfunden habe.

Ich lasse die Hitze zwischen meine Schenkel fließen, und zu

meinem Erstaunen schwellen meine Schamlippen merklich an, und ein angenehmes Summen regt sich an meiner Klitoris. Mir kommt der Gedanke, dass es noch besser würde, sollte er auch meine andere Pobacke mit der Gerte schlagen. Ich bleibe über den Heuballen gebeugt, rutsche aber etwas zur Seite, und zu meinem Entzücken nutzt er die Gelegenheit. Er verschiebt die Gerte zu meiner rechten Pobacke, und meine Brustwarzen richten sich vor Spannung unter dem Thermo-Top auf. Ich höre das Pfeifen in der Luft, und die Nanosekunde zwischen dem Wissen, dass er kommt, und dem Schmerz danach, ist die köstlichste Vorfreude, die ich kenne.

Ich genieße das hitzige Unbehagen, koste es vollständig aus. Er führt die erregenden Hiebe mit selbstbewusster Leichtigkeit aus. Das Summen in meiner Klitoris wird zu einem ungeduldigen Ziehen, und ich fühle mich unglaublich erregt. Wer ist dieser Kerl?

Ich richte mich auf und drehe mich zu ihm. Er kann meinen lüsternen Ausdruck sehen, denn der orange Lichtschein vom Hof fällt auf mich, wohingegen er für mich schwarz wie die Nacht bleibt. Außer seinen Locken und seinen Umrissen erkenne ich nichts. Er ist vollkommen regungslos; nicht einmal die Gerte zuckt, die er lose in der Hand hält.

Ich will mehr. Viel mehr. Kein Mann hat mich jemals so berührt, und mein Verlangen ist so überwältigend, dass mein Verstand keinerlei Macht mehr über meinen Körper hat.

Meine gute Ledergerte, die er mir vermutlich wiedergeben will, beachte ich gar nicht, sondern gehe weiter zurück, tiefer in den Schatten der Scheune. Ich steige über verteilte Ballen und verschwinde hinter einem kleinen Ballenturm, den die Kinder gebaut haben. An die raue Wand gelehnt, verdränge ich alle Gedanken an vernünftiges, nachvollziehbares Verhalten; sie sollen mich nicht stören, wenn mir doch ein Moment der Erleuchtung bevorsteht.

Wartend in der dunklen Stille, genieße ich die beißende Kälte fast, weil ich mich fiebrig heiß fühle. Folgt er mir? Habe ich alles völlig falsch verstanden? Verdammt, was ist hier los?

Seine große Gestalt ist auf einmal vor mir, dann dicht neben mir. Es ist so finster, dass ich nur das Weiße in seinen Augen sehen kann. Doch ich fühle die Hitze, die von seinem Körper ausgeht.

»Hi«, flüstere ich. Meine Stimme klingt belegt und sehnsüchtig.

Er macht einen weiteren Schritt auf mich zu, und ich spüre seinen Blick, auch wenn ich ihn nicht sehen kann. Nach qualvollen Sekunden beschließe ich, zu fliehen, als mein Mund eingefangen wird. Harte, fordernde Lippen pressen sich auf meine, und seine Zunge beginnt eine köstliche Erkundungsreise.

Ich schmelze dahin, öffne mich ihm, und jedes Denken endet. Er schmeckt nach starkem, schwarzem Kaffee, warm und berauschend. Ein Strudel männlicher Pheromone überflutet meine Sinne und steigert meine Lust. Ich lehne mich an ihn, halte mich an seinen Schultern fest. Seine Jacke ist rau; ich will, dass sie verschwindet, damit ich ihn fühlen und mir sicher sein kann, dass er real ist. Ich tauche mit den Fingern unter seinen Kragen und schiebe. Es scheint ihm nichts auszumachen, und das schwere Kleidungsstück fällt raschelnd ins Heu. Nun kehren meine Hände zu seinen steinharten Schultern zurück und ertasten einen dicken Wollpullover, der die beängstigend kräftigen Muskeln verhüllt. Er hätte mich weit härter schlagen können. Bei dem Gedanken erschaudere ich.

Seine Arme halten mich umschlungen, und er drückt mich an sich, während er mich küsst, als hänge davon sein Leben ab. Ich weiche ein klein wenig zurück, ringe nach Luft, und seine Lippen gleiten zu meinem Hals und hinab zu meinen schmerzenden Brüsten. Ich spüre Schmetterlinge in meinem Bauch. Verdammt, der Mann kann teuflisch gut küssen!

Als er mich loslässt, vermisse ich ihn sofort. Er öffnet den Reißverschluss meiner Jacke, streift sie mir rasch ab und wirft sie zu seiner auf den Boden. Die Kälte nehme ich gar nicht wahr. Wir schaffen unsere eigene lodernde Hitze in der stockdunklen Scheune.

Seine Hände streichen über meinen Oberkörper, über meine Taille und über meine Hüften hinab zu meinem immer noch hypersensiblen Hintern. Ich wimmere leise, doch er bringt mich mit seinem Mund zum Verstummen. Große Hände drücken mich durch meine Jodhpur, kneten und massieren die brennenden Stellen, sodass meine Beine butterweich werden. Ich will mehr.

Er scheint es zu spüren, denn er sinkt nach unten und zieht an meinen Reitstiefeln. Dann kniet er sich hin, und ich kann nicht widerstehen, meine Finger in sein dichtes Haar zu tauchen, während er meine Hose öffnet und sie mit meinem Slip nach unten zieht. Nach einem ungeduldigen Griff fallen sie zur Seite, und mein Unterleib ist den Elementen ausgesetzt. Kalte Luft weht über meine Scham und erinnert mich daran, wo wir sind. Wir dürfen das nicht tun, nicht hier. Auf keinen Fall.

Ich merke, wie er mein Bein anhebt, und begreife, dass er mir meine Stiefel wieder anzieht. Eine Panikwelle überrollt mich: Was, wenn jemand kommt? Kinder oder andere Eltern? Wenn jemand hereinkommt und mich in meinen hohen schwarzen Stiefel und meinem Thermooberteil, aber ohne Hose und Unterwäsche entdeckt? Mein Ruf als beste Reitlehrerin wäre irreparabel beschädigt.

Ich entwinde mich seinen Händen und trete zurück, fest entschlossen, meine Jodhpur zu suchen, die ich eilig anziehen und dann weglaufen will.

Aber er schiebt mich kraftvoll gegen das Heu, dessen Halme mir in den Hintern piksen. »Hey«, protestiere ich wimmernd. Dann aber bemerke ich, wie er abermals auf die Knie sinkt und meine Schenkel mit beiden Händen lockert. Seine Wange drückt an die heiße Haut oberhalb meines linken Hüftknochens. Ich zittere unter seiner Berührung und vergesse jeden Fluchtgedanken, wage nur zu hoffen, was er als Nächstes tun wird. Wie in aller Welt soll ich mich dabei auf den Beinen halten?

Da geschieht es auch schon. Mit einer geübten Mundbewegung spreizt er meine Schamlippen und dringt mit der Zunge an die Stelle vor, wo meine Klitoris von weichen Falten umgeben ist. Er fängt die kleine harte Knospe mit einem feuchten Kuss ein und beginnt, sanft an ihr zu saugen. Sterne explodieren vor meinen Augen, und ich stemme die Hände auf seine Schultern, um mich abzustützen. Gierig hole ich Luft.

Mein Rücken biegt sich nach vorn, als er mit forschenden Fingern über meine Scham gleitet. Ich bin so feucht. Sein Saugen wird weniger intensiv, er lässt die Zunge über meinen Kitzler flattern, während ein kühler Finger meine Öffnung erreicht. Er dringt ein, dehnt mich. Seufzend sinke ich gegen die Heuwand hinter mir. Ein zweiter Finger gleitet in mich hinein, und beide krümmen sich in mir, wo sie den superempfindlichen Punkt mit erstaunlicher Sicherheit treffen. »Oh Gott, ich kann … ich kann nicht mehr stehen«, stöhne ich leise, als die Reibung in mir überwältigend wird. Mein Orgasmus ist nahe, sehr nahe. Meine Klitoris pulsiert warnend, schwillt an und verlangt nach Erlösung. Ich sacke tiefer auf ihn und spüre, wie der Druck seiner Lippen zunimmt. Ein

Kribbeln jagt meinen Rücken hinauf. Jeden Moment werde ich in der Scheune kommen.

Doch plötzlich ist er weg, fort. Ich bin leer und allein.

Ich reiße die Augen auf und will vor Enttäuschung schreien. Eben war ich noch unmittelbar vor einem erdbebengleichen Orgasmus, und er hört auf? Zum Teufel mit ihm!

Nein, er ist noch da, im Schatten, direkt vor mir. Er küsst mich auf den Mund, damit ich still bin, und ich schmecke mich auf seinen Lippen, eine feminine Moschusnote, das Gegenteil von seinem Aroma. Gott, ich will ihn kosten!

Hände umfangen meine Schultern, und er dreht mich zum Heuturm um. Dann zieht er meine Hände nach oben über meinen Kopf und spreizt meine Beine mit seinem Fuß. Ich fühle mich schwach, beschämt vor Enttäuschung, ganz seiner Gnade ausgeliefert zu sein. Und doch gefällt es mir unsagbar gut.

»Mehr?«, raunt er, was gleichermaßen ein Befehl wie eine Frage ist. Seine tiefe Stimme trieft vor Lust, und ich fühle die Gerte auf meinem nackten Hintern. Diesmal ist kein Stoff da, um den Hieb zu dämpfen. Ja, ich will mehr. Ich will wissen, wie es sich anfühlt, auf die nackte Haut geschlagen zu werden. Aber darf ich? Traue ich mich? Hier?

»Ja«, hauche ich in den Heuballen. Ich muss es wissen. Alles andere zählt in diesem Moment nicht. »Ja.«

Die Gerte kracht auf meine rechte Pobacke, fest und scharf. Zuerst denke ich, es tut gar nicht besonders weh, doch dann blüht der Schmerz auf, wird stärker und heißer. »Ah … ah … ah«, stöhne ich ins Heu.

Ich fühle etwas vor meinem Gesicht, aber es sind nicht seine Lippen. Es ist ein Handschuh aus dickem Fleecestoff, den er mir zum Hineinbeißen anbietet. »Schhh«, haucht er mir ins Ohr.

Ich nicke. Ich werde brav sein und keinen Mucks von mir geben. Er soll es bitte nur wieder tun. Noch einmal soll sich diese Hitze bis zu meiner Klitoris ausdehnen, sie noch stärker pulsieren machen. Wenige Sekunden später bricht ein neuer Schmerzschwall durch die Nachwehen des Ersten, dann folgt ein dritter pfeifender Hieb auf meine geschundene Haut. Ich kralle die Hände ins Heu, rupfe Büschel aus und beiße in den Handschuh. Mir gefällt das nicht, ich halte es nicht aus, und doch lechze ich danach, dass er erneut zuschlägt.

Noch einmal schlägt er auf meinen Hintern, bevor er auf meine Schenkel zielt. Der Schmerz verändert sich, setzt Endorphine frei. Nun ist es pure Wonne, katapultiert mich jeder Schlag doch tiefer in eine wundervolle Gefühlswelt. Die Wirklichkeit verblasst, und wieder fühle ich meinen nahenden Orgasmus. Es braucht nur wenig. Er holt noch einige Male mit der Gerte aus, kontrolliert, aber fest, und jeder Treffer erhöht meine Lust. Ich greife nach unten, schiebe meine Hand zwischen meine Beine und will nachhelfen, um den Druck loszuwerden.

»SHERRY … SHERRY …!« Eine Teenagerstimme durchdringt meine verrückte neue Welt. »BIST DU DA DRIN, SHERRY?«

Jede meiner Körperfunktionen gefriert. Sogar mein Herz scheint nicht mehr zu schlagen.

Eines der Mädchen ist am Scheunentor. *Mist, Mist, Mist,* hallt ein panisches Mantra durch meinen Kopf. Mir bleibt keine Zeit, mich anzuziehen oder zu verstecken, sollte sie hereinkommen und nach mir suchen.

Sie ruft wieder. »SHERRY, BIST DU HIER? ICH GLAUBE, ROCKYS SATTEL HAT EINEN RISS AM KNAUF. KANNST DU MAL NACHGUCKEN?«

Keiner von uns beiden rührt sich, wir geben keinen Laut

von uns, atmen nicht einmal aus Furcht vor der Entdeckung. Nichts könnte mir momentan gleichgültiger sein als ein Riss an einem Sattelknauf. Ich denke ausschließlich daran, dass ich mir in der Öffentlichkeit von einem Wildfremden den nackten Hintern versohlen lasse.

»Ist sie da?«, fragt eine vertraute Stimme, die sich zu der Ersten gesellt.

»Nee, ich glaub nicht, Emily. Sie muss wohl unten bei der Koppel sein.«

»Dann warte, bis sie wiederkommt. Es ist viel zu kalt, um da herunterzugehen. Mach du erst mal das Zaumzeug sauber.«

»Ja, okay.«

Mir ist beinahe schwindlig vor Erleichterung, als sich ihre Schritte und der Klang ihrer glockenhellen Stimmen entfernen.

Ich nehme die Hände aus dem zerrupften Heu und gebe den Handschuh frei. Mein Hintern brennt, meine Muschi will dringend Zuwendung, aber ich kann das nicht. Nicht hier. Nicht jetzt. Das Risiko ist zu hoch. Das war verflucht knapp.

Anscheinend hat er andere Pläne, und ehe ich ein Wort sagen kann, ist er auf mir. Seine Zunge taucht in meinen Mund, und seine Arme ziehen mich mit ihm nach unten. »Wir können nicht …«, wimmere ich. Mit aller Kraft klammere ich mich an meinen letzten Rest Vernunft.

»Schhh«, beruhigt er mich. Sein Gewicht hält mich auf dem Heuteppich fest. Scharfe kleine Pikser malträtieren meinen Hintern und meine Oberschenkel, doch er küsst mich inbrünstig, und ich fühle seine Erektion an meinem Venushügel, deren herrliche Länge und Dicke ich sogar durch seine Hose spüre, als er sie verführerisch an mir reibt.

Denken weicht purem Fühlen.

Ich erwidere seinen Kuss. Wir müssen uns beeilen.

Er versteht mein ungeduldiges Rekeln und setzt sich auf. Schemenhaft erkenne ich seine gebeugten Schultern, höre das Ziehen seines Reißverschlusses. Dann ist er wieder über mir, entschlossen und schwer. Er wird groß und hart sein, und ich poche zitternd vor Verlangen.

Doch erneut sind seine Pläne andere als meine, denn statt eine schnelle Nummer in Missionarsstellung durchzuziehen, packt er meine Beine und stemmt meine gebeugten Knie gegen das dicke Oberteil, das ich nach wie vor trage. Als Nächstes legt er meine Unterschenkel über seine breiten Schultern und zieht meinen brennenden Hintern auf seine Oberschenkel. Ich wimmere frustriert, denn ich will dringend ausgefüllt werden. Sofort. Er soll es einfach nur tun, und das schnell. Mir ist nicht nach Raffinesse, solange wir mit dem Feuer spielen.

Er führt seinen Penis zu meiner Öffnung und vergräbt ihn mit einem einzigen Stoß vollständig in mir. Seine Länge drückt gegen meinen Schoß, und der Umfang dehnt mich weiter als jemals zuvor. Bevor mir ein Schrei des Schmerzes und der Wonne entfährt, hält er mir mit einer Hand den Mund zu. Ich kann ihm nicht sagen, wie gut es sich anfühlt, ihn hart und groß in mir zu haben.

Er gleitet ein Stück zurück und stößt wieder tief in mich hinein. Er stöhnt sehr leise und zufrieden. Dominant und verblüffend selbstsicher. Seide auf Stahl. Ich kann mich kaum bewegen, als er wieder und wieder hineinstößt. Er nimmt die Hand von meinem Mund und knetet meinen brennenden Hintern. Mit der anderen Hand umkreist er meinen Kitzler, während er den empfindlichsten Punkt in mir mit seinem Schwanz bearbeitet.

Wirbel von köstlichen, gierigen Empfindungen rauschen

durch meine Scheide. Atemberaubende Elektrizität erfasst meine Klitoris. Die Spannung baut sich auf, wächst, steigert sich. Noch ein fester Stoß, ein Kreisen mit den Fingern … und ich stürze kopfüber in den Himmel. Ich brauche es jetzt. Ich halte den Atem in qualvoller Erwartung der Explosion an.

»Was zum Henker …!«, flucht er und weicht glitschig aus mir.

Das Heu an meinen Ohren raschelt, und ich verkrampfe mich so sehr, dass ich befürchte, mir etwas zu brechen. Meine Beine fallen von seinen Schultern, und ich fühle etwas auf meiner Brust landen.

Es ist die verdammte Stallkatze!

»Verschwinde von hier«, zische ich wütend und stütze mich auf die Ellbogen, um die Katze von mir zu scheuchen.

»Miau …« Sie springt empört von mir und huscht in die Dunkelheit. Mein Herz schlägt sehr unregelmäßig. Habe ich gerade einen Herzinfarkt? »Wir sollten aufhören. Hier ist es zu heikel«, hauche ich.

Binnen einer Sekunde liege ich flach auf dem Rücken, und er rammt erneut in mich hinein, sodass ich nichts mehr sagen kann. Seine Zunge in meinem Mund bewegt sich im Takt mit seinen Hüften. Meine Beine sind frei links und rechts von ihm, sodass sein Becken an meiner Klitoris reibt. Das ist einfach zu gut, als dass ich aufhören könnte. Sterben Leute vor Wonne? Oder vor Scham?

Ich fühle, wie ich keuche, gierig Sauerstoff einsauge. Der kalte Schwall in meiner Lunge, vermischt mit der Hitze seiner Stöße, ist die stärkste Droge der Welt. Ich bin schweißgebadet, ein unsagbares Verlangen rauscht durch meine Nervenbahnen. »Nicht«, hauche ich, »nicht aufhören.«

Seine Lippen sind an meinem Hals, und er saugt fest, bis es wehtut. Mir ist klar, dass er im Begriff ist, die Kontrolle zu verlieren. Tief in mir wird sein Schwanz so steif, wie es nur irgendein Schwanz werden kann. Er steht ebenso kurz vor dem Orgasmus wie ich.

»Gott, ja … ja«, raunt er heiser und atemlos in meine Haare.

Seine Zustimmung schafft mich endgültig. Ein tiefes, kehliges Stöhnen steigt in meiner Kehle hoch, wird aber von seinem heißen Mund verschluckt. Seine Hüften zucken mit unvorstellbarer Kraft, als sein Schwanz mich in ein fantastisches Hochgefühl peitscht. Alles an mir ist herrliche Empfindung, verharrt in äußerster Spannung, bevor ich mich in den Strudel reißen lasse.

Sein Körper bäumt sich über mir auf, und er fällt mit mir zusammen in einen ekstatischen Orgasmus. »O ja … ja, Baby, das ist gut … Gott, du bist so verdammt gut.« So viel hat er noch nie zu mir gesagt.

Er stößt weiter in mich hinein, während sich sein Mund von meinem löst und seine Schultern zu Granit werden. Meine Scheidenmuskeln zucken und drücken ihn, pressen jede Sekunde seinen Orgasmus aus ihm heraus und streicheln ihn mit meiner wilden Freude.

Seine Wange reibt rau über mein Gesicht. Ich spüre, dass er jeden Moment laut stöhnen wird, und fange es mit meinem Kuss ab.

Dann fällt er erschöpft auf mich. Seine Schwere drückt mich unangenehm ins Heu, aber ich genieße seine Erschöpfung, denn für die bin ich verantwortlich.

Der Moment hält nicht lange an; wir haben keine Zeit. Viel zu bald steht er auf, ich fühle mich leer und hohl. Aber ich kann ihn noch in mir fühlen, spüre das Nachklingen seiner Bewegungen.

Meine Reithose fällt mir auf den Schoß, und er zieht an

meinen Stiefeln. Unsicher und zitternd entwirre ich Hose und Slip, ziehe beides an. Dann reicht er mir eine Hand und hilft mir auf. Mein Herz pocht so laut, dass er es hören muss. Gott, was haben wir getan? Das ist verrückt, unverantwortlich und waghalsig. Mein Atem geht unregelmäßig.

Ich steige in meine Stiefel und suche nach meiner Jacke. Sie liegt auf einem Ballen weiter rechts. Eilig streife ich sie über, und er verwebt seine Finger mit meinen, richtet seine schwere Jacke und fährt sich durch das krause Haar.

Schließlich gehen wir um den Heuturm herum auf das Licht zu, das vom Tor hineinfällt. In der Tür bleiben wir stehen und sehen den Schneeflocken zu, die lautlos vom Abendhimmel fallen. Ich will nicht reden und die Magie des Moments zerstören.

Nach einer vollen Minute dreht er sich zu mir und sagt: »Ich heiße übrigens Blake.« Seine Lippen verziehen sich beinahe zu einem Lächeln.

»Sherry«, entgegne ich und komme mir blöd vor. Natürlich kennt er meinen Namen längst!

Eine Horde von Stiefeln poltert auf uns zu. Emily und ihre Freundinnen kommen über den Hof gelaufen, haben Schneebälle in den Händen und kreischen so vergnügt, dass es durch den Stallhof hallt. »Hey, Dad, hier!«, ruft Emily und schleudert ihm einen Schneeball entgegen.

Blake duckt sich, sodass er an ihm vorbei in die Scheune fliegt. Dann richtet er sich auf, sieht mich an, und zum ersten Mal, seit ich ihn kenne, ist seine Miene nicht ernst. Nein, sein Gesicht leuchtet förmlich. Er sieht glücklich aus, lebendig. Fältchen kräuseln sich in seinen Augenwinkeln, und ich bemerke, wie weiß und gerade seine Zähne sind, als er lacht. Das sollte er öfters tun.

Lächelnd greift er in mein Haar und zieht einen langen

Halm heraus, den er mir zeigt, bevor er ihn über seine Schulter wirft. »Hast du Lust, etwas essen zu gehen?«, fragt er.

Mir entgeht das Funkeln in seinen dunklen Augen nicht, das mir verrät, was er mir wirklich anbietet: ein heißes Dessert.

Ich nicke. Ja, ich bin immer noch hungrig.

Passendes Gerät

Kay Jaybee

In dem Moment, in dem ich seinen nackten Arsch sah, wusste ich, dass ich ihn bumsen wollte, was ich ihm auch sagte. Es war das erste Mal, dass ich Lee Cooper unsicher erlebte. Für einen Sekundenbruchteil legte sich ein Schleier von Verunsicherung, womöglich sogar Furcht, über seine sonst so selbstbewussten, kantigen Züge. Dann quittiert Lee meine Bemerkung mit einem Achselzucken und einem jungenhaften Lachen. »Dazu fehlt dir das passende Gerät, Baby«, sagte er, während er seinen festen Schwanz in meinen willigen Körper schob.

Vor drei Monaten fing ich als Teilzeitkraft in der Werkstatt an, in der Lee als Mechaniker arbeitete. Das Erste, was er zu mir sagte, als er meine zierliche Gestalt und mein rotes Haar mit seinen klaren braunen Augen musterte, war: »Ich freue mich schon darauf, an diesen Zöpfen zu ziehen, Kleine.« Bei jedem anderen hätte ich solch einen Satz nicht hingenommen, aber von jemandem wie Lee war er okay. Er strahlte eine Art sexuelles Selbstvertrauen aus, und das Wissen, dass wir es letztlich miteinander treiben würden, strömte ihm aus jeder Pore. Es wäre blöd von mir gewesen, diese unausgesprochene Übereinkunft zu leugnen, und im Stillen freute ich mich auf den Tag, an dem ich herausfinden würde, ob die Tattoos, die seine muskulösen Arme zierten, sich bis zu seiner Brust und zu seinen Beinen erstreckten.

Es lagen drei Monate unablässigen Flirtens hinter uns, und es war spaßig gewesen, die erotische Spannung aufzubauen, die mit jeder Woche größer wurde, bis Lee schließlich nachgab. Er erzählte mir, nachdem er in seiner Mittagspause ungeduldig an meiner Tür gehämmert hatte, dass er gerade einen Ölwechsel an einem alten, heruntergekommenen Wagen vornahm, als ihm klar wurde, dass er es keine Minute länger aufschieben konnte.

Nach dem herrlichen Kribbeln des Wartens bestand immer die Gefahr, dass die Realität hinter den Erwartungen zurückblieb. Doch ich wurde nicht enttäuscht, kein bisschen.

Ich lächelte vor mich hin, als Lee seinen schmutzigen Overall wieder anzog und im Laufschritt über meinen Gartenweg verschwand. Seine Worte gingen mir durch den Kopf. »Dazu fehlt dir das passende Gerät, Baby.« Ich spürte, wie ein verwegenes Funkeln in meine Augen trat, als ich überlegte, was dem nichts ahnenden Mechaniker blühte, und in den leeren Raum hinein murmelte ich: »Tja, eigentlich, Mr. Lee Cooper, habe ich alles an Geräten da, die wir uns nur wünschen können …«

Der Gedanke daran, wie ich seinen strammen Hintern erobern, Lee für eine Weile die Kontrolle entreißen und ihm vielleicht auch gleich ein bisschen von seiner Macho-Haltung abgewöhnen würde, nahm Gestalt an, und ich begann, Pläne für die vorübergehende Zähmung dieses Alphamännchens zu schmieden.

Bei Lees nächstem Besuch, der verlässlich in der nächsten Mittagspause erfolgte, wiegte ich ihn in falscher Sicherheit, indem ich weder erwähnte, wie köstlich ich seinen Hintern fand, noch, was ich mit ihm anzustellen gedachte. Als seine rauen Hände über meine nackte Brust wanderten, meine Nippel köstlich schmerzhaft zwackten, stöhnte ich auf vor echtem Vergnügen. Ich streichelte den wunderschönen Körper, der sich gegen meinen drängte, und genoss den Anblick der sonnengebräunten tätowierten Brust, die ich erst kürzlich entdeckt hatte.

Es war bei Lees viertem Besuch, dass ich meine Hände ausschließlich auf seinem Hintern ließ, ihm leichte Klapse versetzte, die ich sofort durch Streicheln wettmachte, auf völlig harmlose Weise eben. Unterdessen stieß mein neuer Liebhaber rasch in mich hinein.

Beim fünften Besuch verkündete Lee, er hätte geträumt, dass er mich fesselte. Seine Miene, als ich ihm sagte, dass er das gern mal dürfte, war ein Bild für die Götter. Ich weiß nicht, was ihn mehr erregte: die Tatsache, dass er alles mit mir machen könnte, während meine Hände auf meinem nackten Hintern gefesselt waren, oder das Gefühl von Macht, das ihm meine Hilflosigkeit in dieser Situation bescherte. Ich vermutete, es war Letzteres. Während Lees warme Zunge meinen Bauch erkundete und geübt zwischen meine gespreizten Beine tauchte, gab ich mich unterwürfig den köstlichen Gefühlen hin.

Während seines sechsten Besuchs, ausnahmsweise nach Feierabend, als Lee mich mit wundervoller Effizienz von hinten fickte und mir die Hände auf den Hintern klatschte, fügten sich die letzten Teile meines Plans zusammen, und ich wusste, dass mein Wunsch, sein straffes, sauberes Hinterteil einzunehmen, zu einer Obsession geworden war.

Etwas mehr als zwei Wochen nach seinem ersten Erscheinen vor meiner Tür beschloss ich, dass die Zeit gekommen war. Ich legte meine Sexspielzeuge fein säuberlich auf meinen Kissen aus und deckte die Tagesdecke darüber. Nachdem ich den Kleiderhaufen von dem alten Sessel in der Schlafzimmerecke entfernt hatte, schob ich den Sessel unten ans Fußende. Dann zog ich meine Jeans und das T-Shirt aus und mein enges Lycra-Mieder mit dem passenden Slip an. Schon das Reiben des Stoffes auf meiner Haut genügte, um meinen Puls zu beschleunigen und meine sorgsam gebändigte Erregung zu steigern.

Lees energisches Klopfen ertönte um fast Punkt sieben, wie vereinbart. Ich lächelte über seine Pünktlichkeit und hüllte mich dann in einen schwarzen Seidenmorgenmantel, bevor ich die Treppe hinunterging und mein ahnungsloses Opfer hereinließ.

»Wow, Babe«, sagte er, als sein Blick über meinen Morgenmantel wanderte. »Netter Fummel.« Er streckte die Arme aus, und ich erlaubte ihm, mich kurz an sich zu drücken, wobei seine Bartstoppeln an meiner Wange kratzten, als er mich küsste. Dann löste ich mich aus seiner magnetischen Wärme und hielt ihn auf Armeslänge.

»Gefällt dir, was du siehst?« Ich grinste, und meine grünen Augen spiegelten sich in seinen braunen. »Willst du mehr sehen?«

»Worauf du wetten kannst.« Er wollte nach dem Gürtel des Morgenmantels greifen, aber ich wich zurück, sodass er fragend die Brauen zusammenzog. Diese Reaktion war er nicht gewöhnt. Wenn Lee nach etwas griff, bekam er es. Normalerweise.

»Noch nicht, Süßer. Komm mit.« Ich ging zur Treppe und lockte ihn mit mir, indem ich ihm neckisch über die Schulter zuwinkte.

Lee folgte mir die Treppe hinauf wie ein artiger Hund seinem Frauchen. *Hervorragend.* Ich blickte mich nicht noch einmal um, sondern schritt zielstrebig auf mein Schlafzimmer zu und blieb erst stehen, als ich das Fußende meines Bettes erreicht hatte. Dort wandte ich mich ihm zu, die Hände in die Hüften gestemmt, und hoffte, dass mein Gesichtsausdruck Strenge zeigte, wie ich es mir vorstellte.

Vollkommen verwirrt beobachtete Lee mich. Ich öffnete meinen Morgenmantel und ließ ihn zu Boden gleiten. Wieder machte Lee einen Schritt auf mich zu, und wieder wich ich ihm aus. Er wollte etwas sagen, doch ich hob eine Hand.

»Wir hatten eine Menge Spaß zusammen, Süßer. Wir haben so miteinander gespielt, wie du es magst, und das war fantastisch. Jetzt darf ich mal bestimmen.«

»Bestimmen?«, wiederholte er, als wäre ihm nichts fremder als das. Was vermutlich der Wahrheit entsprach. Zumindest glaubte ich nicht, dass jemals eine Frau Lee gesagt hatte, was er tun sollte.

Ich blieb ruhig, unterdrückte meinen Wunsch, tief Luft zu holen, um ein wenig von der Spannung loszuwerden, die sich in mir aufbaute. »Ja, genau, ich bin dran. Also, zieh dich aus!«

»Ich …«

»Ausziehen, Lee. Sofort. Ich bitte dich nicht noch einmal.« Er griff zu seinem T-Shirt, zögerte aber, also fuhr ich fort: »Es sei denn, du möchtest lieber gehen.«

Er starrte mich sekundenlang verdattert an, unsicher, ob ich es ernst meinte. Dann zuckte er mit den Schultern, zog sein T-Shirt, die Jeans, die blauen Boxershorts und die Socken aus. Sobald er nackt war, zeigte ich auf den Sessel. »Hinsetzen!«

Wieder zögerte er, aber seine Neugier schien zu siegen, denn er hockte sich auf den Sesselrand. Ich stand gerade außerhalb seiner Reichweite, seine Hände hatten offenbar noch nicht kapiert, dass sie mich nicht berühren durften. »Das ist mein Spiel, okay?«

Lee nickte und fuhr sich mit den Fingern durch sein kurzes braunes Haar.

»Schön.« Ich ging ans Kopfende, griff unter die Tagesdecke

und angelte einen blauen Seidenschal hervor. Unsicher und erstaunt riss Lee die Augen weit auf, als ich sagte: »Deine Hände, bitte.«

Er streckte mir die Arme entgegen, die Handgelenke aneinandergelegt wie ein Krimineller, der verhaftet werden sollte. Ich fing an, mich zu fragen, ob er das schon einmal in echt erlebt hatte. Immerhin wusste ich, dass sich in seinen einunddreißig Jahren eine Menge Vergangenheit angehäuft hatte. Nachdem ich ihn einen Moment lang ruhig angesehen hatte, wies ich ihn an aufzustehen, damit ich den Schal fest um seine Handgelenke wickeln konnte.

Ein herrliches Machtgefühl durchströmte mich, als ich seinen riesigen Körper vor mir hatte, die tätowierte Brust teils verdeckt von seinen gefesselten Armen. Lees Schwanz, der schon steif war, seit er sich ausgezogen hatte, reckte sich mir anklagend entgegen, und ich musste mich zusammennehmen, nicht vor ihm auf die Knie zu gehen und das salzig süße Aroma abzulecken. Stattdessen zeigte ich wieder auf den Sessel, und Lee setzte sich.

Ich warf meinen geflochtenen Zopf über die Schulter und sah Lee in die Augen, während ich begann, mit meinen Händen über meinen Bauch, meinen Hals und meine Arme zu streichen. Lee befeuchtete die Lippen. Sein unübersehbares Vergnügen spornte mich an, langsam mit einer Hand zu meinem Schritt zu wandern. Als ich den engen Bund meines schwarzen Höschens berührte, hörte ich, wie Lee Luft holte, und ich lächelte, als er sich automatisch vorbeugte, wobei seine Arme den Schal dehnten, mit dem er gefesselt war. Zentimeter für Zentimeter schob ich den Lycra-Slip nach unten. Mein Herz pochte schneller und lauter, weil ich Publikum hatte.

Sobald ich meinen Slip ausgezogen hatte, richtete ich mich

wieder auf. Ich neckte mit der linken Hand die Haut über dem Mieder und spielte mit der rechten am Reißverschluss, der das enge Oberteil zusammenhielt.

Lee blickte gebannt auf meine Finger, während ich mich langsam bewegte, eine Show daraus machte, wie ich in Zeitlupe das Mieder öffnete und meinem gefesselten Partner ein tiefes Seufzen entlockte.

Warme Zimmerluft wehte mir über die ein wenig klebrigen Brüste, sodass ich gleichfalls seufzte, wenn auch nur sehr kurz. Aber Lee bemerkte es, sah mich forschend an und schien erst jetzt zu begreifen, wie scharf es mich machte, die Kontrolle über ihn zu haben. Nun wusste ich, dass ich nicht länger warten konnte.

»Komm her!«, befahl ich ihm, was Lee wiederum verwirrte. »Beug dich übers Bett, die Knie auf dem Boden.«

Er gehorchte ungeschickt, weil ihn die gefesselten Hände einschränkten, sank neben dem Bett auf den Fußboden und beugte sich auf die Tagesdecke. Sein Hintern wölbte sich perfekt, sodass ich ungehinderten Zugang zu ihm hatte, als ich ihn mit beiden Händen streichelte. Ich trat näher, bis meine Beine seine Schenkel berührten, und erhöhte den Druck meiner Hände, bis ich nicht mehr widerstehen konnte, ihn fest auf die rechte Backe zu schlagen.

»Scheiße!« Lees erschrockener Ausruf wurde von der Bettdecke gedämpft. Er wollte aufstehen, doch dem kam ich zuvor, indem ich seinen Hintern mit aller Kraft hinunterdrückte und ihn noch einmal schlug.

Er fluchte, machte jedoch keine Anstalten, seiner Strafe zu entfliehen. Sobald ich sicher war, dass Lee nicht ausweichen würde, drosch ich mit beiden Händen in einem bestimmten Rhythmus auf ihn ein und schuf ein hübsches Muster aus roten Flecken und Striemen auf seiner hellen Haut. Lee reagierte darauf mit einem kehligen Wimmern. Darauf hatte ich gewartet. Ich brach ab, neigte mich vor und übersäte seine Haut mit Küssen, sodass aus dem Wimmern Lustseufzer wurden.

Meine Küsse gingen derweil in ein zärtliches Lecken über mit dem ich genüsslich das Aroma von Lees erhitzter Haut kostete und spürte, wie er unwillkürlich unter mir erschauderte. Dann wich ich zurück, konnte meinen Hauptgewinn aber nicht ganz loslassen, also drückte ich meinen rechten Zeigefinger an seinen Spalt. Alle Muskeln in Lees Leib spannten sich an, als ich meinen Finger dort ließ. Ich sagte nichts, tat nichts, ließ ihn einfach warten.

Nach einer Weile wurde die Spannung zu groß für mich, und ich griff nach der Gleitmitteltube unter der Tagesdecke. Mit der freien Hand drehte ich den Deckel ab, ersetzte meine Fingerspitze durch die Tube und drückte.

»Scheiße!« Lee zuckte heftig, doch ich war vorbereitet und hielt ihn mit meinem Knie an Ort und Stelle. »Was machst du denn da?«

Ich verteilte das klare Gel mit dem Finger am äußeren Rand seines Lochs, bevor ich vorsichtig ein Stück hineintauchte. »Ist das nicht offensichtlich, Süßer? Ich benutze mein Gerät.«

»Was? Ich mache nicht …«

»Was machst du nicht?«, fiel ich ihm ins Wort, wobei ich weiter in seinen Hintern drang und genoss, wie sich seine Muskeln um meinen Finger spannten. »Willst du mir ehrlich sagen, dass es dir keinen Spaß macht?«

»Aber ich …« Lees Stöhnen wurde tiefer, je weiter ich mich vorwagte.

»Das hat noch niemand mit dir gemacht, stimmt's? Hat noch keiner dieses wundervolle Hinterteil genommen? Hat dir noch keiner gezeigt, wie herrlich es sich anfühlt, so gebumst zu werden? Willst du mir erzählen, dass Lee Cooper, Mr. Sex persönlich, eine Arschfick-Jungfrau ist?«

»Ich …« Lee stockte wieder. Ich sah zu seinem Gesicht, das er in der Decke vergraben hatte, sodass ich nur seine geschlossenen Augen und die feuerroten Wangen erkennen konnte.

Ich tätschelte seinen Rücken mit der freien Hand. »Dann gehört das alles mir. Deine Öffnung ist ganz allein meine. Aber ich bin nicht grausam, Mr. Cooper. Wenn du willst, dass ich aufhöre, höre ich auf. Du brauchst bloß *Stopp* zu sagen, dann beende ich das Spiel, und du kannst gehen.« Inzwischen war mein Finger vollständig in ihm, und ich drehte ihn behutsam, um das Gel zu verreiben. »Also, soll ich aufhören?«

Das erstickte Wimmern war nicht zu verstehen, deshalb wiederholte ich die Frage, während ich mit dem zweiten Finger eindrang. »Was hast du gesagt, Süßer?«

»Bitte …«

»Bitte was?« Ich schlug ihn mit der kleinen Lederklatsche, die ich bei den übrigen Spielsachen versteckt hatte. »Bitte mach weiter? Bitte schlag mich fester? Bitte bums mich mit etwas Dickerem? Denn ich habe etwas Dickeres hier, Süßer. Ich habe alle Geräte, die du brauchst.«

Schweiß lief über Lees Rücken, als ich mit der Kante der Lederklatsche zwischen seine Schulterblätter und dann die Wirbelsäule hinunterstrich, wobei ich aufmerksam lauschte. Halb erwartete ich, dass er schrie, ich sollte aufhören, aber er sagte nichts.

Ich hätte meinen Finger länger in ihm lassen können, zumal ich es genoss, wie sein Loch mich umklammerte, aber mein Körper verlangte nach mehr, und auf einmal ärgerte mich, dass Lees geübte Hände gefangen waren und nicht über meine harten Brüste streichen oder sich des zunehmenden Pochens zwischen meinen Beinen annehmen konnten.

»Da du mich nicht gebeten hast aufzuhören, nehme ich an, dass dir deine gegenwärtige Situation behagt, und deshalb …« Ich zog einen langen Hinternstöpsel unter der Bettdecke vor und wedelte mit dem blauen Plastikteil vor seinem Gesicht. »Siehst du, was ich hier habe? Ich bin sicher, dass er perfekt passt.«

Lee öffnete die Augen, blinzelte, sagte jedoch nichts.

»Willst du, dass ich ihn reinstecke, Babe? Du musst mich schon nett bitten.« Meine Muschi zuckte, während ich wartete, dass er bettelte. Zweifellos hatte ich genug getan, sodass er es dringend wollte.

»Ich …« Mehr kam nicht, also steigerte ich die Spannung, schob eine Hand zwischen seine Beine und strich mit einer Fingerspitze über seinen Schwanz. Er knurrte tiefer, als ich seine Eichel erreichte und sie nur sehr sacht berührte.

»War das eben eine Bitte?«

»Oh, Scheiße, oh, Mist!«

»Wenn du fluchst, muss ich dich nur weiter bestrafen, Süßer.« Ich klatschte ihm die flache Hand auf den Hintern, sodass meine Handfläche genauso brannte wie seine Backe.

»Mach schon, bitte, tu es!« Lees Stimme kippte vor Verlangen.

»Was tun, Süßer?«

»Fick meinen Arsch! Steck mir das Ding rein. Bitte!«

Mein triumphierendes Seufzen war kaum zu hören, als ich meinen Finger herauszog und durch den Stöpsel ersetzte. Ich genoss das leise Wimmern, als sich Lees Muskeln um das Spielzeug dehnten.

Nachdem es richtig saß und sich die Kappe an seinem Hintern festgesaugt hatte, wies ich ihn an, sich aufs Bett zu legen. Ich band seine Handgelenke los, hockte mich auf ihn und blickte in seine wässrigen, hungrigen Augen, während ich seinen Schwanz zwischen meine feuchten Schamlippen führte. »Na, Süßer, habe ich das passende Gerät?«

Lee streckte die steifen Arme nach mir aus und knetete meine Titten wunderbar grob. Ich sank gegen ihn, erregt von dem Gedanken, dass er von beiden Seiten gebumst wurde. Er richtete sich auf, küsste meinen Hals, knabberte zärtlich und rau daran und raunte, »Ja, das kann man sagen.«

Ich gab meine Dominopose auf. »Wie fühlt es sich an, Babe?«

»Für ein erstes Mal ist es eindeutig Spitze.« Lee legte die Arme um mich und verpasste mir Klapse auf das Hinterteil. Dann, ohne Vorwarnung, tauchte er einen Finger in meinen Anus, und ich stöhnte vor Ekstase, als er mich gleichzeitig küsste.

Es war zu viel für mich, denn seinen jungfräulichen Hintern einzunehmen hatte mich schon maßlos erregt. Ich spürte, wie die Spannung in mir stieg, als Lee meinen Zopf packte und fest dran riss. Im nächsten Augenblick kniff er die Augen zu schmalen Schlitzen zusammen. Rote Flecken erschienen auf der Brust meines Liebhabers, als wir heftiger gegeneinanderstießen. Jede Faser in mir schien entflammt, und plötzlich kamen wir beide laut stöhnend.

Lees Hände befühlten die Sexspielsachen, die noch unter der Tagesdecke verborgen waren.

Er nahm einen dickeren Anusstöpsel in die Hand. »So was habe ich noch nie gesehen.« Er warf mir einen Seitenblick zu. »Benutzt du die an dir?«

Ich schmunzelte. »Ja, tue ich«, antwortete ich und wies mit dem Kopf auf das Ding, das er in der Hand hielt. »Das ist allerdings nichts für Anfänger, Süßer.«

»Du spielst mit diesem ganzen Kram an dir rum?« Er wiegte einen beängstigend langen Vibrator in seiner Hand.

»Mit dem meisten. Für manche Dinge brauche ich einen Freund.«

»Na dann.« Lee demonstrierte wieder das gewohnte Selbstbewusstsein, als er mir eine starke Hand auf die Schulter legte und mich zum Sessel herumdrehte. »Ich würde sagen, du beugst dich lieber über diesen Sessel, junge Dame. Schließlich warst du ein sehr, sehr böses Mädchen, und jetzt habe ich das Sagen, was den Einsatz deines Geräts betrifft …«

Stillleben

Sommer Marsden

Er tut es nur, weil ich es brauche. Weil ich darum bitte. Und wir machen es nur zwei Mal pro Jahr, höchstens drei.

»Bleib da hinten, Marilee«, sagt Jess und geht dorthin zurück, wo wir begonnen haben: zum einsamen Doppelbett mit den schneeweißen Laken und umgeben von unzähligen Schaufensterpuppen.

Ich werfe mich in Pose und versuche, nicht zu hoffen. Oder zu träumen. Mein langes schwarzes Haar fließt in breiten Strähnen über die blasse Haut. Einzig meine Nippel linsen darunter hervor. Mir ist kalt, und ich bin erregt. All die Jahre als Model, die Arbeit bei Schauen und die Shootings für Coverfotos, die Partys und wilden Feten. Unter meinen Schwestern aus Kunststoff fühle ich mich besonders heimisch, vor allem dann, wenn Jess mir gibt, wonach ich mich sehne.

Für einen Moment lässt er mich allein. Man sollte meinen, dass ich entspannt bin, solange ich warte, mich aufs Bett lege oder auf den Fußboden setze. Oder mir einen Stuhl suche. Aber so ist es nicht.

»Also, du bist so was wie … ein Künstler?« Ihre Stimme ist hoch, und sie kaut schmatzend Kaugummi, was mich rasend macht, und Jess weiß es. Das ist sein kleiner Scherz. Seine Art, mich zu bestrafen, weil ich das hier von ihm verlange. Ich bin es, die die Frauen mag, nicht Jess.

»Ich bin so was wie ein Künstler, ja. Komm rein.« Seine Stimme ist fließend, dunkel und warm, sodass ich prompt eine Gänsehaut kriege. Dieser Klang. Das Geräusch ihrer Schritte auf der Treppe und das hohe, klirrende Kichern des Mädchens.

»Wow, das ist ja unheimlich! Und cool!«, sagt sie. *Schmatz, schmatz, schmatz* macht ihr Kaugummi. Selbst von hier hinten – von den billigen Plätzen aus, sozusagen – kann ich das glitzernd rosa Kaugummi auf ihrer Zunge erkennen. Sie guckt sich in dem Meer von Körpern um: nackte Titten, Plastikschritte; manche in schwarzen Höschen, manche in weißen Dessous, andere ohne alles. Ich kann künstliche Titten vorgaukeln, aber keine haarlose, nahtlose Muschi aus Plastik. Deshalb hatten wir einigen der Puppen Höschen angezogen, damit ich unter ihnen nicht auffalle.

Sie hockt sich aufs Bett, lässt ihre Handtasche fallen und zieht ihre Jeansjacke aus, die voller Broschen, Buttons und Anstecker ist. »Also ...«

Jess sieht mich an, blickt mir fest in die Augen, und ich muss mich ermahnen, flach zu atmen und keinen Gesichtsmuskel zu bewegen. Ein ausdrucksloses Gesicht. Ein unbeschriebenes Blatt. Er lächelt. »Also, was?«

»Willst du ...« Sie wickelt eine ihrer blondierten Haarsträhnen auf. Ihre Fingernägel sind blau lackiert, der Lack an den Rändern ist schon abgeplatzt. Die Geste soll wohl schüchtern wirken.

»Dich vögeln?« Jess sieht mich an, dann sie, dann wieder mich. Ich bekomme eine deutliche Gänsehaut, rühre mich nicht. Gegen die Gänsehaut kann nicht einmal ich etwas tun, so gut ich auch darin sein mag, Plastik darzustellen.

»Ähm, ja?« Sie zuckte kichernd mit den Schultern, und obwohl er nicht antwortet, streift sie ihr knappes T-Shirt ab, das genauso pink ist wie ihr Kaugummi und der Lippenstift. Auch ihr BH ist grellrosa. Schockierend.

Jess drückt eine ihrer Brüste heraus, bevor sie den BH ausziehen kann, rollt den rosigen Nippel mit dem Daumen, und sie schnurrt wie eine Katze. »Magst du das?« Sie nickt. Meine Muschi wird feucht in dem schwarzen Slip. Ich beobachte, wie er dieses nicht vollkommene, kaugummischmatzende Mädchen aus Fleisch und Blut berührt. Und ich wünsche mir, dass er sie vögelt. Und dann mich. Vielleicht fühle ich mich dann wieder lebendig.

Jess sagt mir, ich bin ziemlich lebendig. Dass ich genauso wie jede andere bin. Ich versuche es ja. Trotzdem fühle ich mich eher wie die Frauen um mich herum, die aus einer Fabrik kommen: kahl, bemalt, formbar. Künstlich.

Jess' braune Augen brennen in meine Haut, versengen mein schnell schlagendes Herz. Für einen kurzen Moment runzelt er die Stirn. Ich weiß, was er will. Er will, dass ich vortrete, ihn aufhalte, das hier abblase. Er möchte, dass ich es nicht will. Und er will, dass ich mich gut fühle. Er liebt mich. Weil er mich liebt, schenkt er mir dies hier, obwohl er es hasst. Seht ihr, was für ein wahnsinniger Teufelskreis das ist? Da schmerzt einem der Kopf, nicht? Meiner jedenfalls tut es.

Ich bleibe ruhig, so still und makellos wie die Plastikfrau neben mir. Ein Stillleben. Ein Kunstwerk. Perfekt.

Ich sage kein Wort. Also macht Jess weiter. Noch ein Mädchen aus einem Club. Noch eine Eroberung. Mir gefällt es, ihm mit ihnen zuzusehen, denn wenn ich eifersüchtig bin, schlägt mein Herz schneller, wird meine Muschi feuchter und sind meine Gedanken lauter. Ich fühle mich lebendiger. »Gefällt dir das, Amy?« Er sagt ihren Namen. Das tut er, damit ich weiß, dass sie Amy heißt und dass er sie vögeln wird, wenn ich ihn nicht aufhalte.

Ich sehe zu.

Sein Mund auf ihrem. Er hat ihr das Kaugummi abgenommen. Sein Mund an ihrem Hals, auf ihrem Nippel, knabbernd an der Innenseite ihrer Brust, auf dieselbe Art, die mir verlässlich die Kehle eng macht und meine Möse zum Pochen bringt wie ein zweites Herz. Er drückt ihre Hände über ihrem Kopf auf das weiße Bett. Sie stößt kleine Laute aus, als würde sie weinen, doch dann blickt sie zur Seite, und ich sehe ihr Lächeln. Jess leckt sich an ihr nach unten, über den Oberkörper, den kleinen Bauch (ich habe keinen). Er schiebt sein Gesicht zwischen ihre Beine, und ich schließe meine Augen, unterbreche meine Regungslosigkeit nur ganz kurz, weil ich weiß, wie gut sich seine Zunge auf meinem Kitzler anfühlt. Breit, warm und feucht. Ich kenne den Druck genau, den er beim Lecken ausübt, die Kraft, mit der er saugt, und ich weiß, dass er gern weitermacht, wenn ich komme, weiter leckt und saugt, weil er meint, dann würde ich am süßesten schmecken – wie Rohzucker oder Kleehonig.

»O Gott«, sagt sie. Sagt *Amy*. Sie sagt, *O Gott*, als hätte sie es erfunden. Aber ich verübele es ihr nicht, denn ich öffne die Augen und sehe Jess' Zungenspitze den winzigen Schlitz ihrer Muschi reiben. Und ich weiß, dass sie das Einzige sagt, was ihr überhaupt noch in den Sinn kommt.

Ihre Hände – auf einer ist der Clubstempel – graben sich in sein langes braunes Haar, und sie berührt ihn so, wie ich ihn berühren will. Wie eine Blinde fährt sie mit den Fingern über sein Gesicht, biegt ihm ihre Hüften entgegen und hakt ein Bein (kürzer als meine) über seine Schulter, um sich dichter an ihn zu drängen, damit er mehr von ihr nimmt, härter, schneller, feuchter … mehr.

Wieder richten sich seine Augen auf mich. Selbst in diesem Meer von Kopien findet er mich sofort. Bei seinem Blick bleibt mir das Herz stehen, aber ich reagiere nicht. Dann ist er über ihr, über der zierlichen blondierten Amy und malt ihre grellpinken Lippen mit seinem Schwanz nach. Der runde Kopf seines Glieds streift über ihren Mund, als trüge er ihr Lippenstift auf, und ihre Zunge schnellt vor, um ihn zu schmecken. Ich fühle einen Schwall Flüssigkeit aus meiner Muschi fließen, halte aber meine Pose. Alles andere wäre unannehmbar. Hier geht es um sie beide, nicht um mich.

»Lutsch meinen Schwanz, Amy. Lutsch ihn wie ein braves Mädchen. Nimm mich mit deiner rosa Zunge, Mädchen.« Er sagt es für mich, doch sie ist es, die ihm gehorcht. Amy scheint es zu mögen, wenn man so mit ihr redet.

»Ja, Jess«, sagt sie lachend. Ich weiß, dass sie kichert, weil sich die beiden Silben hintereinander komisch anhören. Weil sie eben so ein Mädchen ist. Und dann fickt er ihren Mund mit langen, gleichmäßigen Stößen, doch seine Augen sind auf mich gerichtet. Ich merke, dass sich Schweißperlen auf meiner Oberlippe bilden und kitzeln. Mein Herz schlägt so wild, dass es wehtut. Mein Körper summt vor Eifersucht und Verlangen nach ihm. Ich beobachte, wie seine Bauchmuskeln zucken, wenn er seinen Schwanz tief in den kleinen rosa Mund schiebt.

Sie leckt ihn, saugt an ihm, macht Geräusche. Es sind feuchte, vergnügte Pornofilmgeräusche, mit denen sie jeden seiner Stöße aufnimmt. Jess klammert sich ans Kopfende des Atelierbetts, dass seine Fingerknöchel weiß hervortreten. Ich kann seine Gedanken lesen. Wenn er jetzt kommt, hätte er nur Oralsex mit diesem fremden Mädchen gehabt. Wenigstens hätte er mich nicht richtig betrogen. Aber es wäre auch nicht das Wahre, wenn es bei einem Blowjob und seinem Lecken an Bubble-Gum-Barbie blieb. Ich starre ihn an, will ihn hypnotisch dazu bringen, dass er tut, was ich mir wünsche.

Er tut es.

Jess zieht sich aus ihrem Mund. Sein Gesicht wirkt streng, beinahe wütend. Nicht auf sie. Auf mich. Das erste Mal, als ich ihm sagte, dass ich ihn mit realen Mädchen sehen will, hätte er mich fast verlassen. *Du bist ein reales Mädchen!* Er hatte wütend gebrüllt. Und ich musste all meinen Mut zusammenraffen, um nicht zu sagen: *Nein! Nein, bin ich nicht. Jedenfalls fühle ich mich nicht so.*

Er hatte mich wahnsinnig genannt. Aber er tat es.

»Spreiz die Beine«, sagt er zu ihr. Die Muskeln in meiner Schulter versteifen sich, und mein kleiner Finger bekommt einen Krampf. Ich könnte meine Pose ändern, ohne dass sie es bemerkt, denn jetzt spießt Jess sie zornig mit seinem vollkommenen Steifen auf. Dennoch rühre ich mich nicht. Seine Augen begegnen ihren, und er stößt tiefer und tiefer in sie. Ihr blondierter Schopf rammt gegen das Kopfende. Sie schlingt ein langes, künstlich gebräuntes Bein um seine Mitte und biegt sich ihm entgegen.

»Fick mich, Daddy«, sagt sie in ihrer Kleinmädchenstimme. »Fick mich fest, Daddy.«

Meine Möse spannt sich an; ein Krampf durchfährt mich, und ich ziehe meine Beckenbodenmuskeln zusammen. Ich spüre feinen, kalten Schweiß auf der Oberlippe. »Fotze«, sagt Jess, und sie lacht. »Dreckige kleine Nutte.«

»Ja«, haucht die Blonde. »Ich mag's dreckig, Daddy.«

Ich hasse sie. Und in diesem Moment hasse ich ihn. Vor allem aber hasse ich mich, weil meine Muschi in ihrem eigenen Takt pocht und ich seine Finger sehe, wie sie über ihre sehr echte Haut streifen. Ein blauer Fleck hier, eine Narbe dort, blondes Haar auf ihren Armen, das im hellen Oberlicht des Lofts schimmert. Sie ist nicht perfekt, retuschiert und makellos. Sie hat Stoppeln auf den Beinen und kaut wie eine Kuh.

»Hure!«, sagt Jess und sieht zu mir. Ich breche meine Pose eine Sekunde lang, um meine Lippen zu benetzen. Jede meiner Fotostrecken in jeder Zeitschrift, die jemals gedruckt wurde, würde ich geben, um ihn jetzt zu küssen. Er grinst, zieht sich aus ihr zurück und steigt von ihrem gezeichneten, unvollkommenen Körper, als hätte er seinen Punktausgleich bekommen.

Was er wahrscheinlich auch hat.

Jess befreit sich von den Laken; für einen Moment verfangen sie sich an seinem langen, muskulösen Bein. Er vergräbt das Gesicht zwischen ihren Schenkeln. Ich kann die schönen silbrigen Dehnungsmale von hier aus sehen. Er leckt lange rosa Locken zwischen ihren äußeren Schamlippen, bearbeitet sie mit der Zunge, dass sie hechelt wie ein Hund. Er zwackt ihre kecke kleine Klitoris mit seinen unglaublich weißen Zähnen und lächelt mir zu, die winzige Hautknospe ist so eingefangen, dass ich sie sehen kann. Dann taucht er wieder in ihren Schritt. Seine Nase verschwindet, und das Mädchen bäumt sich auf, krallt sich in sein Haar und kommt wie eine Pornodarstellerin.

»Ja, Baby, ja!«, gurrt sie, und ihre Knie, die fleischiger als meine sind, klemmen seinen wunderschönen Kopf ein, als sie abermals kommt, seine Finger in ihrer Möse, seine Nase in ihrer Scham.

Dann dringt er wieder mit seinem Schwanz in sie ein, erfüllt mir meinen Wunsch und straft mich gleichzeitig. Ich beobachte sie, die in ihrer Unvollkommenheit vollkommen ist: Die kleine Fleischrolle um ihre Mitte, das Muttermal auf der Hüfte, die Orangenhaut an ihrem Hintern. Jedes Mal, wenn er in sie stößt, geht ein wellengleiches Rollen über ihren Körper. Ich bewege mich nicht, bleibe ganz und gar dünn, straff und perfekt. Wie eine gegossene Plastikpuppe.

Ich liebe dich, sagt er mir jedes Mal. *Ich liebe dich, wie du bist. Für mich bist du sehr real, Marilee.*

Doch es geht jetzt nicht um ihn, sondern um mich. Er verwebt seine Finger mit ihren, wie er es sonst mit mir tut. Und das macht mich traurig. Diese Traurigkeit ist greifbar, gibt mir das Gefühl, lebendig zu sein. »Ja«, sage ich, und nur ich allein kann es hören.

Er küsst sie unterm Kinn, knabbert zärtlich an ihrem Hals, neigt den Kopf, um ihren Nippel einzufangen, während seine Hüften gegen ihre stoßen, und sie stöhnt, als läge sie im Sterben. »Ich komme, Daddy«, sagt sie, und Jess sieht mich mit Augen an wie ein Unwetter, das am Horizont aufzieht.

Ich nicke kaum merklich. Inzwischen bin ich steif vom Stillstehen. Schmerz breitet sich in meinem Leib aus. Jess schließt die Augen und beißt sich auf die Lippe. Er wirkt sehr konzentriert. Wie er immer sagt, versucht er, sich mich vorzustellen, dass ich unter ihm liege, meine Muschi ihn umfängt. Denn er liebt mich. Er liebt mich mehr, als ich mich jemals lieben könnte.

Er kommt. Mein Herz setzt drei Schläge aus und tut so weh, dass ich fürchte, es bricht.

Amy wird sofort weggeschickt, was sie nicht im Mindesten zu verwundern scheint. Jess bringt sie wieder in den wummernden Club unter seinem Loft. Ich höre ihn im Treppenhaus. *Ja, Baby, ich ruf dich an. Ich hab da gerade was am Laufen. Ich melde mich bei dir.* Was er niemals tun wird. Ich kann an ihrer Antwort hören, dass sie weiß, dass er sie verarscht.

Auf tauben Beinen gehe ich zum Bett, schiebe die zerknüllten Laken zusammen, sodass es lässig, aber nicht hässlich aussieht. Wie eine Illustration. Wie ein Fotoshooting. Dann sinke ich auf das noch warme Bett und rekele meine langen Beine auf dem faltigen, klammen Laken. Ich arrangiere mein Haar und meine Arme so, dass ich schön bin, aber nicht zu schön.

Ich versuche, mich an die hässliche Fratze zu erinnern, die Amy zog, als sie kam. Während ihres Orgasmus war sie der Inbegriff künstlicher Hässlichkeit, es erinnerte an ein Gemälde von Dämonen, das Gesicht verzerrt und unvollkommen in wonniger Pein. Ich versuche, solch eine Miene nachzumachen, nur fühlt sie sich auf meinem Gesicht gekünstelt an.

»Baby«, sagt Jess. Er ist hier, beobachtet mich stirnrunzelnd. In diesem einen Wort liegen Liebe, Hass und Sorge.

»Baby, es ist genug.«

Ich strecke meine Arme aus, betrachte sie, als gehörten sie nicht zu mir. Lang, blass und dünn. Zu dünn im echten Leben, aber auf teurem Hochglanzpapier sind es die Arme einer Göttin. Eines Engels. Er kommt zu mir. Er riecht nach Vögeln und Kaugummi. Ich küsse ihn, sauge an seiner Zunge, schmecke sie. Ein zuckriger Rausch mit einer säuerlichen Note. Als ich meine Beine spreize, drängt sein Schwanz, der schon in der Jeans hart ist, gegen meine Muschi. Ich bin so feucht, so bereit, warte darauf zu fühlen.

Er ist schmutzig von ihr. Und doch ist er makellos.

Drei Herzschläge lang erlaube ich ihm, mich anzusehen, mich, das Stillleben, das Gemälde. Dann sage ich »Schhh« und küsse ihn. Ich wiege meine Hüften an ihm, presse mein Becken gegen seines, bitte ihn mit meinem Körper, nicht zu sprechen, keine Fragen zu stellen, nicht zu analysieren, sondern mich einfach zu vögeln. Mich zu nehmen. Gleich hier auf dem Bett, das nach ihr riecht.

Ich zerre an seiner Jeans, befreie seinen Schwanz und führe seinen harten Schaft an meine sehr heiße Muschi. Ich öffne mich ihm und weine. Wenn ich weine, bin ich hässlich. Dann bin ich echt.

Jess starrt mich an, leckt meine Tränen ab und dringt in mich ein. Seine Zähne fangen mein Ohrläppchen ein und beißen es sanft. Ich weine noch mehr, komme schnell. Seine Lippen streifen über meine, benetzen sie mit dem Kaugummigeschmack. »Ich liebe dich«, sagt er.

Ich weine noch heftiger, umklammere ihn mit meiner Möse, drücke seinen Hintern an mich, verzweifelt, lüstern, vollkommen unattraktiv, aber überquellend vor Gefühlen. Ich empfinde so viel, dass ich umwerfend sein muss.

»Ich liebe dich.« Er sieht mich an und bewegt sich langsamer, vögelt mich mit seinen Blicken wie mit seinem Schwanz. »Sag, dass du mich liebst, Marilee.«

»Ich liebe dich.« Das ist wahr, aber es fällt mir schwer.

»Sag, dass du *dich* liebst, Marilee.« Diesmal fängt er mit beiden Händen mein Gesicht ein.

Ich schüttele den Kopf, während ein neuer Orgasmus auf mich zurast wie eine violette Welle. Alles wird grell, meine Möse läuft über und überschwemmt ihn. Er bewegt sich schneller, seine Augen sind dunkel, gefährlich und voller Hoffnung.

Ich schüttele wieder den Kopf, und er kneift mich. »Sag es, Marilee.«

»Ich liebe mich«, schluchze ich und komme. Ich komme, und mein Gesicht ist hässlich, und seines ist perfekt, und für einen Sekundenbruchteil bin ich so real wie Kaugummi und Dehnungsstreifen und zusätzliche Pfunde. Einen Herzschlag lang bin ich vollkommen.

Secret Service

Rachel Kramer Bussel

Manche Leute gehen auf die Kochschule und träumen davon, der nächste Sternekoch zu werden und Amerikas Haute Cuisine zu revolutionieren. Ich wollte einfach nur Menschen glücklich machen, vor allem Frauen, und das Einzige, was für meine Begriffe besser war als Essen, war ich. Mein Plan war von Anfang an gewesen, beides zu kombinieren. Was ich natürlich nicht herausposaunen durfte, solange ich am Culinary Institute of America war, also wartete ich ab, arbeitete als Köchin in den Toprestaurants von New York, Miami, L. A., San Francisco und Seattle, wo ich mir alles merkte, was gut war, und alles, was meiner Ansicht nach verbessert werden konnte.

Ich perfektionierte meine Kochtechnik und ging nebenher mit unzähligen Kochkollegen, Kellnern, Bedienungshilfen, Hostessen und Gästen ins Bett. Der Feierabend bekam eine völlig neue Bedeutung, nämlich die, dass ich jemanden küsste, der nach den Gerichten schmeckte, die ich zubereitet hatte, und so entstand die Idee des Secret Service. Ich lebte zu jener Zeit in Brooklyn und bekam meine Inspiration von *Kokie's*, einer Bar, in der bis zu ihrer Schließung vor wenigen Jahren ein reger Kokainhandel im Hinterzimmer betrieben wurde. (Googeln Sie »Kokie's Place«, wenn Sie mir nicht glauben.) Man ging rein, bestellte ein Bier und ließ beiläufig fallen, dass man gern Stoff hätte, schon wurde man nach hinten geführt und kehrte high und happy wieder zurück.

Meine Freunde und ich staunten, dass sich ein solcher Laden überhaupt halten konnte, denn der Name allein war ja schon mehr als eindeutig. Natürlich konnte man nicht einfach hereinmarschieren, mit einer Dollarnote vorm Barkeeper herumwedeln, um kurz darauf einen Spiegel und ein bisschen Schnee zu bekommen. Ein bisschen subtiler lief es durchaus ab, und gerade dieses Subtile, die Heimlichkeit war es, die mir meine Idee bescherte: Ich wollte ein Kokie's des Cunnilingus eröffnen, ein Restaurant, in dessen Hinterzimmern gewisse Extras angeboten wurden, speziell für Frauen, die sich ein paar Minuten zurücklehnen, die Beine spreizen und von einem fachmännischen Mund lecken lassen wollten.

Das ganze Ding war eher eine Art Scherz, zumindest für einige Leute. Für meine Arbeitgeber und Gäste allerdings war es eine brillante Verquickung von Angebot und Nachfrage. Es war wie das sexuelle Pendant zum Fast Food; Frauen mussten nicht ewig auf das warten, was sie eigentlich wollten. Natürlich hätten die meisten von ihnen einen Mann finden können, den sie mit nach Hause nahmen und sich von ihm vögeln ließen, aber einen, der sich ganz mit der Zunge auf ihre Intimstellen konzentrierte? Das war eher selten, und ich dachte mir, dass es genügend Frauen gab, die lieber für ihren Orgasmus zahlen würden, zusätzlich zum Genuss eines schönen Essens. Ich hatte recht. Vom Eröffnungsabend an waren wir der große Hit.

Ich stellte mir etwas Ähnliches vor wie es im *In-N-Out-Burger* klappte; wir machten weder durch ein Schild noch durch eine Speisekarte auf uns aufmerksam, die als Beilage*: Pommes frites: $5, Cunnilingus: $20* anbot. Das wäre schlicht geschmacklos. So modern mein Konzept auch sein mochte, es würde auf gänzlich altmodische Weise durch Mundpropaganda bekannt werden. Meine Beobachtung, wie Frauen mit diesem vielsagenden Leuchten auf dem Gesicht aus dem Hinterzimmer kamen, verschaffte mir eine Befriedigung, die nicht für Geld zu haben war.

Die Arbeit im Restaurant hatte mich gelehrt, wie man orale Wonnen verkaufte; man sehe nur jemandem zu, der sich ein wahrlich exzellentes Essen gönnt, seien es Käse-Makkaroni, Tiramisu oder auch ein Teller perfekt gedünsteter Spinat, und man erkennt einen Gesichtsausdruck, der dem beim Orgasmus verteufelt ähnlich ist. Indem ich mein Angebot vor allem an Frauen richtete, hoffte ich, ihnen einen Raum zu geben, in dem sie das Essen wie auch die Extras in Ruhe genießen konnten, ohne sich zu sorgen, was ihr Mann – oder irgendein Mann – dachte.

Verstehen Sie mich nicht falsch. Schon vor der offiziellen Eröffnung sprach sich die Sache unter den richtigen Männern herum, also bei jenen, die eine Frau befriedigt sehen wollten und die Vorstellung einer ekstatischen Frau erregend fanden. Mein Telefon glühte von lauter Anrufern, die reservierten und sich diskret erkundigten, wie sie ihre Begleiterin des Abends mit einem Ausflug ins Hinterzimmer beglücken könnten. Das Geschäft brummte, und der Eröffnungsabend war bereits zwei Wochen im Voraus komplett ausgebucht. Ich hatte eine große Werbekampagne geplant, stellte jedoch fest, dass ich die gar nicht brauchte. Wer wollte, fand mich auch so.

Gern hätte ich versteckte Kameras installiert, damit ich beobachten konnte, was dort hinten vor sich ging, aber das hielt ich für nicht angebracht, denn ich wollte nicht, dass sich die Männer gehemmt fühlten, die ich einstellte. Wie wählte ich sie aus? Nun, ich hatte keinerlei Bedenken, sie persönlich auf einer Couch zu prüfen. Mit meinem Businessplan war ich zu beschäftigt, um mich zu verabreden, und wie viele meiner Kundinnen hatte auch ich keine Lust auf das ganze Rendezvous-Drama. Dazu hätte ich später noch Zeit. Jetzt wollte ich es kurz halten, und obgleich ich über eine beachtliche Sammlung von Sexspielzeugen verfügte, die ich weidlich nutzte, konnte sie doch nicht mit der menschlichen Berührung mithalten, die ein anständiger Cunnilingus erforderte. Also bekam ich ihn von Dutzenden überschwänglicher Männer und auch einer Handvoll talentierter Frauen, deshalb wusste ich, was zu einem guten Muschimahl gehörte. Die Dauer allerdings variierte nach persönlichen Vorlieben.

Ich stellte Timer auf, damit die Frauen bei der Bestellung eine bessere Orientierung hatten. Wollten sie ihre privaten Vergnügungen außerhalb des Restaurants fortsetzen, stand dem nichts im Wege. Meine Mitarbeiter waren Freiberufler, und viele von ihnen landeten nach Restaurantschluss in den Betten der Frauen, die sie zuvor bedient hatten.

Das Wichtigste, ohne das es für mich nicht funktionierte, war, dass die Person, die ihren Mund in meine Muschi steckte, dort auch sein wollte, und zwar nicht nur wegen des Geldes, sondern weil sie oder ihn genau das scharfmachte. Es stimmte übrigens, was man sagte: Gute Esser sind auch gut im Oralsex, wohingegen mäkelige Esser selten gute Liebhaber abgeben. Ich leitete meine Leute an, achtete darauf, dass sie sich in ihrem Job wohlfühlten. Es würde sowohl Ausfall- als auch Stoßzeiten geben, da ich meine Gäste ja schlecht bitten konnte, einen Termin zu machen, wenn sie ein Happy End wollten. Also konnte es passieren, dass ein Mitarbeiter mehrere Frauen hintereinander beglücken musste. »Könntest du damit klarkommen?« Bei den Bewerbungsgesprächen verwöhnte ich meine potenziellen Muschivernascher mit meinen Spezial-Calamari oder meiner gerösteten Ente. Eine oder zwei freie Mahlzeiten gehörten mit zum Bewerbungsgespräch. Dabei hörte ich ihnen aufmerksam zu und versuchte herauszufinden, weshalb sie diesen Job wirklich wollten, der letztlich bedeutete, dass sie ihre Zunge vermieteten.

Die Männer, deren Haltung sich beim Gespräch über die Wonnen des Oralverkehrs veränderte, bekamen später einen Anruf von mir. Ich konnte etwas in ihren Stimmen hören, an dem Tonfall, der gedämpfter wurde und unmissverständlich ehrfürchtig, wenn sie ihr Loblied auf die Muschi mit derselben Verzückung sangen, mit der sie den Geschmack von importiertem Olivenöl priesen. Sie waren die wahrhaft sinnlichen Menschen, und auch wenn sie nicht in der Küche arbeiten würden, wollte ich, dass sie beide Dienste schätzten, die mein Lokal anbot. Ebenso mussten meine Köche wissen, wie wichtig die Geschmacksknospen für die Erregung waren und welches Wechselspiel zwischen den beiden Lippenpaaren stattfand. Die Freuden, die meine Gäste erlebten, ob eine scharfe Chilinote am Gaumen oder ein Mund, der fest an ihrer Klitoris saugte, ob die prickelnde, geschmeidige Süße eines perfekten Gelato oder eine Zunge, die ihre intimsten Stellen streichelte, mussten zusammenpassen, einander ergänzen. Ich gestehe auch, dass mein eigenes Geschlecht bei diesen Gesprächen vor Verlangen pulsierte. Eingestellt habe ich dann Männer sowie einige Frauen für die Küche und die Hinterzimmer, weil ich eine möglichst breite Kundenschicht ansprechen wollte, und manchmal will eine Frau lieber eine andere Frau, die sie entspannt und anschließend ihre Welt zum Beben bringt, sodass sie Sterne sieht.

Mir gefiel das Wortspiel »Secret Service«, weil es gleichzeitig verbarg und offen aussprach, worum es ging, genau wie vorher bei *Kokie's*. Nachdem ich alle Mitarbeiter gefunden hatte, die ich wollte, lud ich die ersten zwei Monate Freunde zum Probeessen ein. Sie waren mehr als froh, ein exquisites Mahl nach dem nächsten zu kosten, von den Beurteilungen des oralen

Angebots ganz zu schweigen. Mir wurde schnell klar, dass wir ein bisschen lautere Musik brauchten, um die Erregungsschreie der Frauen zu übertönen. Eines der Hinterzimmer wurde zusätzlich schalldicht gedämmt – für Frauen, die richtig laut schrien. Was ich von meinen Freundinnen erfuhr, bestätigte mir, dass wir hier etwas wirklich Großes starteten. Mein Telefon bimmelte wie verrückt, die Website quoll über vor Reservierungsanfragen von Leuten, die gehört hatten, was für eine Karte wir anboten – beziehungsweise was wir neben der Karte anboten. Ich hatte eben nicht gewartet, bis meine Gäste um einen amourösen Appetithappen baten, sondern ihre Bedürfnisse erahnt, bevor sie es taten.

Tara, meine Pressesprecherin, war angewiesen, öffentlich nur über das Essen zu reden. Doch sie perfektionierte die Kunst der Zweideutigkeit. Da sie persönlich jeden unserer freien Mitarbeiter getestet hatte, wusste sie, wovon sie sprach, wenn sie ihre Pressemitteilungen mit Worten wie »Befriedigung«, »orgasmisch«, »absolut einzigartig« und »weiblich ausgerichtet« würzte. Trotzdem wusste der Durchschnittsleser nicht – sofern er nicht irgendwo etwas gehört hatte –, was (und wer) hier wirklich abging. Am Eröffnungsabend eilte ich nervös umher und betete, dass die Gerüchte, die Neugier und die allgemeine Geilheit für uns arbeiteten.

Reporter schwärmten herbei, und mir entging nicht, dass einige der Restaurantkritikerinnen nach hinten gingen, während sie auf ihr Essen warteten, um sich anschließend mit umso größerem Appetit darüber herzumachen.

Aber mich interessierte mehr, was die normale Restaurantbesucherin dachte. Hätte es eine moralisch vertretbare Möglichkeit gegeben, in die Hinterzimmer zu sehen, ich hätte es getan. Stattdessen überwachte ich emsig meine Köche, sorgte dafür, dass alle Leute schnell an ihre Tische gebracht wurden, und versuchte, nicht allzu panisch zu wirken. Worin ich kläglichst versagen musste, denn Ed, meine rechte Hand, nahm mich beiseite. »Kate, du machst alle nervös. Hör auf, hin und her zu tigern. Komm mit.« Er zog mich in eines der Hinterzimmer, das zufällig leer war. »Du weißt, was du jetzt brauchst. Das alles hier ist nichts anderes als deine Fantasie. Also, beruhige dich, lehn dich zurück und entspanne.«

Er bugsierte mich auf einen Stuhl, doch ich war entsetzt. »Doch nicht jetzt! Später, wenn alle weg sind. Ich kann dich das unmöglich jetzt tun lassen!«

»Und warum nicht?«, fragte er, schob eine Hand unter meinen Jeansrock und glitt mit den Fingern in meinen Slip. Ich war schon feucht, bevor ich aus dem Nebenzimmer eindeutig die Laute einer Frau beim Orgasmus hörte.

Ich nagte an meiner Unterlippe, als mir keine Antwort einfallen wollte. Eigentlich konnte ich momentan nicht viel tun, und nachdem er mich jetzt schon mal erregt hatte, dürfte ich wohl kaum lockerlassen können, bevor ich nicht gekommen war. »Außerdem wette ich, dass du dringend wissen möchtest, wozu ich mit meinem Mund fähig bin.« Er hatte mich schon rumgekriegt. Ich hatte ihn wegen seines erstklassigen Lebenslaufs eingestellt, aber auch, weil er einen Kinnbart, große Hände und Tattoos hatte, die mich verlockten, mich auf ihn zu stürzen und ihn auszuziehen. Nun war er im Begriff, genau das mit mir zu tun, und ich wollte es.

Ich schloss die Augen, als er meinen Rock hochschob und mit einem Schweizer Armeemesser meinen feuchten weißen Slip durchschnitt, ihn zusammenknüllte und in seine Jeanstasche steckte. Das Klicken des Messers hallte durch den kleinen Raum; er behielt es in der Hand, als er meinen Rock festhielt und seinen Mund zu meinen Lippen neigte. Ich rechnete damit, dass er sofort eintauchte, doch er begann langsam, atmete meinen Duft ein und rieb seine Lippen sanft an meinen, bevor er seine Zunge einsetzte. »Entspanne dich«, flüsterte er, und da begriff ich erst, dass ich noch nicht entspannt war. Ich lockerte meine Arme, die Hände an der Stuhllehne, und lehnte meine Fersen an Eds Schulterblätter, als er mir zeigte, was er konnte.

Normalerweise war Ed ein wahres Energiebündel, doch als er mich leckte, ließ er sich Zeit, gab mir einen langsamen Zungenstrich nach dem anderen. Dann bewegte er flatternd seine Zunge mit schnellen kleinen Schlägen, bei denen meine Nasenflügel bebten und ich ihm die Hüften entgegenbog. Er drückte sie wieder runter, obwohl ich versuchte, mich zu wehren. »Das nächste Mal werde ich dich wohl festbinden müssen«, sagte er, und ich sank hilflos zurück.

Seine Zunge tauchte in mich hinein, füllte mich aus, und meine harte Klitoris flehte darum, berührt, gesaugt, geküsst zu werden. Nach und nach verschwanden alle Gedanken an die Zukunft des Restaurants, der Stress der letzten Monate und besonders des heutigen Tages. Sie wurden durch den simplen, dringenden Wunsch ersetzt zu kommen. Dieses Verlangen genoss ich, denn auch wenn ich mir die Zeit für kurze Vergnügen mit meinem Vibrator gegönnt hatte, sogar in meinem Büro, war es nicht dasselbe wie mit einem Mann, der mich zum Orgasmus bringen wollte. Alles an Eds Vorgehen zeigte mir, dass er es genauso sehr genoss wie ich. Er summte an meinen Schamlippen und entlockte mir immer mehr Säfte.

Am kritischen Punkt hob er den Kopf, sodass ich meinen gleichfalls ruckartig aufrichtete. »Nicht aufhören«, keuchte ich.

»Daran würde ich nicht im Traum denken, Kate«, sagte er, gab mir einen flüchtigen Kuss, eigentlich einen Schmatzer, aber trotzdem schmeckte ich mein salziges Aroma auf seinen

Lippen. Sein Daumen drang in mich ein, krümmte sich nach hinten und glitt dann nach oben zu meinem G-Punkt. Bald wurde der Daumen durch andere Finger ersetzt, während seine Handfläche auf meinen Bauch presste. Er winkelte die Finger ein klein wenig an, und ich biss mir fester auf die Lippen, da es mir in unserem stummen Machtspiel ja untersagt war, die Hüften zu bewegen.

Seine Finger drehten sich in mir in dem Moment, als sich meine Muskeln anspannten. Es war wie ein sinnliches Tauziehen, das endete, als er vier Finger hineinsteckte, meine arme Möse dehnte und mich weit öffnete, wobei er zugleich meine Klitoris wieder mit seinen Lippen verwöhnte. Seine Finger und sein Mund bedienten mich im Gleichtakt, lockten mich, erschütterten mich bis ins Mark. Er streichelte meine Knospe mit der Zunge, und seine Finger in mir schienen zu wachsen, obwohl ich wusste, dass das technisch unmöglich war. Er gab mir das Gefühl, unsagbar groß zu sein, eine gigantische Muschi zu haben, die die ganze Welt regieren könnte, auch wenn sie auf dieses eine Empfinden reduziert war. Schließlich kam ich zum Höhepunkt, bei dem es mir vorkam, als würde meine Scheide brennen, einen Flammenschwall, der aus meiner Mitte schoss. Eds Mund verharrte, wurde aber nach und nach ruhiger, wie auch seine Finger. Er gab uns beiden Zeit, uns zu erholen.

Nach einer Weile zog er seine Finger aus mir heraus, leckte sie ab und richtete sich auf. Dann nahm er mich in seine Arme und zog meinen Rock nach unten. »Das hast du gut gemacht, Kate«, flüsterte er mir ins Ohr, und ich wusste nicht, ob er mein Kommen meinte oder die Eröffnung. »Übrigens, falls du hier hinten mal einen zusätzlichen Mann brauchst, kannst du auf mich zählen.«

Der Rest des Abends verging wie im Flug, zumindest für

mich, die ich umherschwebte, half, wo es nötig war, und unschlüssige Frauen ermunterte, doch wenigstens mal einen Schnurrbartritt hinten auszuprobieren. »Das geht auf mich«, sagte ich zu einigen, weil ich ahnte, dass derlei Gratisangebote mir ein paar treue Kundinnen sichern würden.

Die Blicke, mit denen sie mich bedachten, waren unbezahlbar – vorher und nachher. So viele Versionen von gelüpften Brauen, fragenden Seitenblicken, wissendem Schmunzeln. Manche Frauen waren unsicher, worauf sie sich einließen, aber die wahren New Yorkerinnen, die wagemutigen, waren unbedingt gewillt zu tun, worüber ihre Freundinnen nur staunen konnten.

Am nächsten Tag überschlugen sich die Zeitungen mit Lob für den herausragenden Service, die Spezialitäten, die nicht auf der Karte standen, und unser Händchen fürs Detail. Sogar das Essen erntete großes Lob, und im folgenden Monat lief das Telefon heiß mit Reservierungen. Jeden Abend waren wir ausgebucht. Mir wollte Ed nicht aus dem Kopf, und ich lud ihn eines Abends nach der Arbeit zu mir nach Hause ein, um zu sehen, wozu er in entspannterer Atmosphäre fähig war. Zehn Minuten mit ihm waren schon himmlisch gewesen, aber drei Stunden erst! Ich hatte buchstäblich weiche Knie, als er fertig war. Es war keine Täuschung gewesen: Er konnte mich auf magische Weise entspannen, mich zum Kommen bringen oder kurz davor halten. Sein Mund liebte mich auf die unglaublichsten Arten, ohne dass er prahlte oder sich wie ein Macho gab, und vor allem deutete er nicht einmal an, irgendeine Gegenleistung zu wollen. Ich musste ihn anbetteln, damit er mir das Geschenk zeigte, das sich in seiner Hose versteckte. Bei diesem Anblick holte ich bebend Luft. Es war so verlockend, doch er sagte, ihm wäre es lieber, wenn wir uns weiterhin auf mich konzentrierten. »Aber … dir gefällt es, nicht? Muschis zu lecken, macht dich geil, stimmt's? Das ist nicht bloß ein Job für dich.« Der Gedanke ängstigte mich.

»Natürlich nicht«, sagte er und strich mir übers Haar, wie ich gern über seinen Schwanz gestrichen hätte. »Ich sage nicht, dass ich dich nie vögeln will, aber erst mal möchte ich, dass es nur um dich geht. Du sollst sehen, dass du mir vertrauen kannst, mit deiner Muschi und deinem Geschäft. Ich kann es auf Kommando machen oder wie jetzt bei dir, was ich wie ein Fest empfinde. Ich muss an mich halten, damit ich nicht wie ein Teenager in meiner Hose komme. Ich lerne, was du magst, wo du berührt werden willst, wie sanft, wie grob. Das genügt mir fürs Erste.« So etwas hatte noch kein Mann zu mir gesagt. Wir hatten es immer viel zu eilig gehabt, uns die Kleider vom Leib zu reißen. Ja, selbst in langen, faulen Urlauben. Wir rösteten uns in der Sonne, schwammen, dann wanderten unsere Hände, und es endete beinahe mit einer öffentlichen Nummer am Strand. Noch nie war ich einem Mann begegnet, der geduldiger war als ich, vor allem wenn es um Sex ging. Ich sank zurück und ließ abermals Eds Magie auf mich wirken. Bewusst verbannte ich alles Denken aus meinem Kopf, jeden noch so kleinen Einfall, der es wagte, sich in meinen Orgasmus zu mischen. Bei Ed trieb ich dahin, wurde mal hochgehoben, mal sank ich ein in die schiere Wonne, die mir seine Zunge und seine Lippen bereiteten, seine Hitze und seine Leidenschaft. In jener Nacht gab er mir das Gefühl, etwas ganz Besonderes zu sein, ermöglichte mir eine Entspannung, wie ich sie schon ewige Zeiten nicht mehr empfunden hatte.

Mit ihm in meiner Nähe relativierten sich selbst die schlimmsten Momente im Restaurant. Ich muss bloß daran denken, wie ruhig er alles angeht, wie er mir wissend zuzwinkert, oder, falls nötig, einen lüsternen Appetit entwickelt, der erst gestillt scheint, wenn es meiner auch ist.

Häufig werde ich gefragt, wann ich ein entsprechendes Restaurant für Männer aufmache, und keine Sorge, ich arbeite bereits daran. Es wird BJ's heißen, und ich kann es gar nicht erwarten, das HIER KOMMT DEMNÄCHST-Schild an der Tür aufzuhängen.

Schichtwechsel

Emerald

Ich schob den Schulterriemen meiner Aktentaschen höher, als ich durchs Einkaufszentrum ging. Beim Apple-Store angekommen, steuerte ich direkt die Genius Bar an, wie der technische Kundendienst in der Apple-Welt firmierte. Ich hatte einen Termin, war pünktlich und hoffte, dass es nicht allzu lange dauerte. Ohne Computer zu sein, fühlte sich für mich an, als hätte man mich über einer einsamen Insel abgeworfen.

Andere Kunden sah ich nicht an der Genius-Bar, und das Genie dahinter, sein Hemd wies ihn als solches aus, fragte, ob es mir helfen könnte, während ich schon mein MacBook Pro aus der Tasche zog und zwischen uns auf den Tresen stellte. Das Genie hieß JAKE. Ich stellte mich vor und erklärte, dass mein Laptop es nicht mehr über den grauen Ladebildschirm hinaus schaffte, wenn ich ihn hochfuhr. Er nickte knapp, geschäftsmäßig, stöpselte meinen Computer ein, klappte ihn auf und drückte den Power-Knopf.

Unterdessen betrachtete ich ihn genauer. Auf den ersten Blick hatte ich ihn nicht sonderlich attraktiv gefunden, aber nun stellte ich fest, dass er exakt zwischen klassischem Technik-Geek und verhalten sexy rangierte. Mit ernster Miene sah er auf den Bildschirm, dessen helles Licht sich in seinen Brillengläsern spiegelte, als er tippte, klickte, hackte und sonst noch tat, was Apple-Genies eben tun, wenn ihnen jemand einen problematischen Computer brachte.

Je länger ich ihn beobachtete, umso faszinierender wurde er. Er war nicht der Typ, zu dem ich mich üblicherweise hingezogen fühlte, nach dem ich mich auf der Straße umdrehte und der mir ein »Bitte bums mich« durch den Kopf huschen ließ. Nein, diesen Typ musste man genauer ansehen, um die subtilere Attraktivität zu bemerken, die erst mit anderen Merkmalen wie Konzentration, Intensität, Wissen zur Geltung kam. Er sprach in klaren, knappen Sätzen, und sein Tonfall war weder langweilig noch distanziert. Alles an seinem professionellen Verhalten schien fließend, wenn auch auf strukturierte Art – wie Flüssigkeit in einem Strohhalm.

Und plötzlich wollte ich, dass er seine Aufmerksamkeit auf mich richtete.

Ein zweites Genie tauchte hinter ihm auf, ebenfalls in einem mit GENIUS bedruckten Hemd. Er sah auf den Bildschirm und fragte: »Probleme beim Startup?«

»Ja, ich überprüfe die Festplatte«, antwortete Jake.

Der zweite Techniker sah mich an und lächelte. Und mein Magen machte einen Hüpfer. Er war der Typ, auf den ich normalerweise flog, selbstbewusst und auf raue Art sexy, sodass ich mir wünschte, er würde mich bei meinem Haar packen und seinen Schwanz fest in mich hineinstoßen. Ich sah auf sein Namensschild, auf dem NICK stand, und stellte mich vor. Als er mich von oben bis unten musterte, wallte Hitze in mir auf wie Lava in einem Vulkan, denn ich brodelte ja bereits, wegen Jake. Der Apple-Store kam mir sehr viel spannender vor, als ich ihn in Erinnerung hatte.

Jake klickte noch einige Male, dann sah er zu mir. »Die Festplatte ist in Ordnung, was gut ist, aber entweder liegt ein Memory-Problem vor oder das Betriebssystem funktioniert nicht richtig. Wir müssen es vielleicht neu installieren, was bedeutet, dass ich erst mal ein Back-up auf eine andere Festplatte vornehmen muss.«

Ich nickte und versuchte so auszusehen, als hätte ich einen Schimmer, wovon er redete. »Okay.«

Er lächelte, und was für ein entzückendes Lächeln er hatte! Es war das erste Mal, und ich erwiderte es ein bisschen verlegen.

»Na gut, also ich habe keine Ahnung, worüber wir hier reden, aber ich gehe davon aus, dass du es weißt.«

Er lachte, griff unter den Tresen und holte irgendein Gerät nebst einem Kabel hervor, das er mit derselben Effizienz an meinen Laptop anschloss, mit der er alles tat, seit ich ihm zusah.

Jemand trat neben mich an den Tresen und lehnte sich an die Bar. »Wie läuft es?«, fragte er die beiden anderen. »Viel zu tun?«

»Eher nicht«, antwortete Nick und nickte in meine Richtung. »Stacey hier hat uns ihr MacBook Pro gebracht, das nicht hochfährt. Jake kümmert sich bestens um alles.« Sein flirtender Unterton passte sehr gut zu dem Eindruck, den ich von ihm hatte – und zu dem Bild von ihm, wie er mich hielt und seinen Schwanz in mich rammte. Ich grinste und wandte mich dem Neuankömmling zu.

»Hallo, Stacey. Ich bin Andrew«, sagte er und reichte mir die Hand.

Ich schüttelte sie und klimperte ein klein wenig mit den Wimpern. »Offensichtlich bist du auch ein Genie.« Ich zeigte auf sein Hemd. Er wirkte offen und attraktiv. Allmählich bekam ich das Gefühl, ich sollte mich um einen Job im Apple-Store bewerben.

»Ja, aber ich bin noch nicht im Dienst«, sagte Andrew. »Bin eben erst gekommen und fange in zwanzig Minuten an.« Er bedachte mich mit einem trägen Grinsen. »Bis dahin musst du dich also mit diesen beiden begnügen. Falls sie bis fünf nicht raus haben, was mit deinem Rechner ist, nehme ich mich deiner an.«

»Alles unter Kontrolle.« Erstmals mischte Jake sich ins Gespräch, ohne vom Monitor aufzusehen.

»Tja, dann bleibe ich einfach hier und unterhalte mich mit dir, bis meine Schicht anfängt.« Andrew zwinkerte mir zu und setzte sich neben mich auf den Barhocker.

Innerlich strahlte ich, äußerlich blickte ich zu den beiden hinterm Tresen, die an meinem Laptop arbeiteten.

»Ah, dann darf wohl einer von euch gehen, wenn Andrew anfängt?«, fragte ich Jake und Nick.

»Ja«, antwortete Nick. »Ich bin bald hier weg.«

Jake ignorierte uns größtenteils, nahm eine CD aus einer Schublade unter sich und blies darüber, bevor er sie in meinen Laptop steckte. Ich biss mir auf die Lippe, weil es eine unglaublich verführerische Geste war.

»Und was ist mit dir? Bist du fast fertig, gerade gekommen oder mitten in der Schicht?«

Jake blickte auf. »Ich bin bis Ladenschluss hier. Aber ich gehe raus und mache meine Pause, wenn ich das hier fertig habe«, fügte er hinzu.

»Raus?«, entfuhr es mir prompt.

»In die Gasse hinterm Laden. Nick und ich machen da unsere Zigarettenpausen, und Jake geht raus, um von den Leuten wegzukommen.« Andrew lachte. »Wir scheinen die Einzigen zu sein, die sich da jemals aufhalten.«

Ich nickte, denn in meinem Kopf entstand eine Idee, deren Bild ich mir sehr bunt ausmalte. Meine Berechenbarkeit war fast lachhaft!

»Ja, ich würde sagen, du hast dir eine Pause verdient«, sagte ich zu Jake, »so konzentriert, wie du an meinem Computer arbeitest. Was ich übrigens sehr zu schätzen weiß. Ich könnte mir vorstellen, dass du ihn am liebsten aus dem Fenster werfen würdest.«

Jake lächelte, während er seine Finger über Trackpad bewegte und auf den Bildschirm sah. »Das ist mein Job.«

»Die kleine Gasse klingt reizvoll«, fahre ich fort. »Aber mindestens einer von euch muss wohl immer hier sein, womit meine Idee von einer spontanen Gruppennummer leider hinfällig ist.«

Nick und Jake sahen beide gleichzeitig zu mir auf. So viel Aufmerksamkeit hatte Jake mir noch nicht geschenkt, seit ich den Laden betrat. Ich lächelte, und Nick starrte mich entgeistert an. Dann entspannten sich alle drei. Offenbar hielten sie meine Bemerkung für einen Scherz.

Mein unbekümmertes Lächeln hatte auch genau diese Wirkung bezweckt – ich testete bloß das Terrain. Dennoch hatte ich ganz eindeutig ihr Interesse geweckt, und ich beschloss, dass das genügte, um mich weiter vorzuwagen. Jedenfalls hoffte ich es.

Ich lachte mit ihnen. »Also, du willst demnächst Pause machen, Jake, Nick hat gleich Feierabend, und du hast noch nicht angefangen«, sagte ich zu Andrew gewandt.

Andrew sah mich an, und ich konnte erkennen, dass er sich fragte, worauf ich hinauswollte. Ich wollte ihn nicht auf die Folter spannen.

»Wenn ich jetzt da rausgehe und mich an die Mauer lehne, an der ihr wahrscheinlich sonst steht und raucht, könntet ihr alle hintereinander rauskommen und mich vögeln.«

Jake und Nick, die beide wieder mit meinem Computer beschäftigt waren und miteinander sprachen, hatten nicht mitbekommen, was ich vorschlug. Nur Andrew, der ganz auf mich konzentriert war, betrachtete mich ungläubig.

»Da du momentan der Einzige zu sein scheinst, der aufpasst, und noch nicht im Dienst bist, könntest du anfangen«, sagte ich. »Keine Sorge, ich habe Kondome in der Handtasche. Wärst du so freundlich, mir eure geheime Pausenecke zu zeigen?«

Andrews Miene blieb unverändert, und ich fürchtete schon, er würde mein Angebot ablehnen. Vielleicht hatte er Angst um seinen Job, oder ihm war nicht wohl dabei, so etwas mit den anderen beiden zu teilen.

»Willst du das echt?«, fragte er schließlich.

»Denkst du, ich würde hier sitzen und fragen, wenn ich es nicht wollte?« Ich lachte. »Zahlenmäßig kommt es sogar bestens hin, denn ihr seid drei, und mir fallen drei Stellen ein, an denen ich gerne einen Schwanz hätte.«

Nick und Jake legten zufällig gerade eine Gesprächspause ein und sahen beide erschrocken zu mir auf. Diesmal blieben ihre Blicke auf mich gerichtet.

»Ihr habt den ersten Teil verpasst«, sagte ich zu ihnen. »Ich bat Andrew, mir zu zeigen, wo ich euch draußen treffen kann, aber das finde ich schon. Einer von euch muss immer hier drinnen sein, also müsst ihr nacheinander zu mir kommen. Ich habe Andrew schon vorgeschlagen, dass er der Erste ist. Ihr drei dürft entscheiden, welcher von euch meinen Mund vögelt, welcher meine Muschi kriegt und welcher meinen Hintern. Ich laufe inzwischen rüber zur Drogerie und besorge Gleitmittel.« Meine praktische Ader brachte mich zum Schmunzeln. Dann wandte ich mich wieder Andrew zu. »Ich treffe dich also in ungefähr fünf Minuten draußen. Und falls einer von euch nicht interessiert ist, kein Problem.«

Ich entfernte mich von der Genius-Bar und ging in den Wandelgang des Einkaufszentrums. Nachdem ich in der Drogerie gewesen war, kam ich wieder am Apple-Store vorbei und schaute hinein. Jake und Nick standen nebeneinander hinterm Tresen und arbeiteten offenbar immer noch an meinem Laptop. Andrew war nicht zu sehen.

Ich ging weiter zum nächsten Ausgang, der zufällig nur ein Notausgang war, und stieß die doppelten Metalltüren auf. Sobald ich draußen war, knallten sie hinter mir zu. Die graue Betonfläche vor mir war einsam und verlassen. Ich bog nach links und umrundete eine Ecke wenige Meter entfernt. Dort sah ich Andrew, der an einer Wand neben einer grauen Tür stand und rauchte. Er drehte den Kopf und entdeckte mich.

Er war unübersehbar nervös, während ich in diesem Moment einfach nur geil war. Außer uns beiden war niemand hier, genau wie sie gesagt hatten.

Ich schritt auf ihn zu, und er drehte sich zu mir, ohne den Augenkontakt abzubrechen, ließ seine Zigarette fallen und trat sie mit dem Stiefel aus. Erst als sich unsere Körper berührten, blieb ich stehen. Meine Lippen verschlangen seinen Mund in der rauchgeschwängerten kühlen Herbstluft. Seine Reaktion hatte nichts Zögerliches. Er schlang die Arme um mich, ließ seine Hände von meinem Hintern hinauf zu meinem Nacken wandern, wo sie in mein Haar eintauchten. Normalerweise hasse ich Zigarettenrauch, aber mir gefiel es so gut, wie er mich in diesem Moment berührte, dass mich der Qualm nicht störte.

»Also, wo willst du mich vögeln?«, flüsterte ich. Vor Lust war meine Stimme ein bisschen heiser.

Andrew holte ruckartig Luft, und als ich nach unten griff, konnte ich seinen harten Schwanz hinter dem Reißverschluss fühlen.

»Deine Muschi«, murmelte er.

Ich lächelte. Irgendwie überraschte mich seine Wahl nicht. Ich bedauerte, dass ich keinen Rock trug, öffnete rasch meine

Jeans, schob sie nach unten und streifte sie über die Stiefel, die ich anbehielt. Dann wand ich mich aus meinem Slip, während er zusah.

»Du musst deine Hose auch aufmachen, Süßer«, sagte ich lächelnd zu Andrew, der wie gebannt dastand. Er zuckte kurz zusammen, grinste verlegen und griff nach seinem Hosenbund.

Sein Schwanz sprang hervor, und ich rollte ein Kondom über ihn, das ich aus meiner Handtasche genommen hatte. Dann bewegte ich mich rückwärts, als er auch schon auf mich zukam, und unsere Körper trafen in dem Augenblick aufeinander, in dem mein Rücken gegen die Betonmauer stieß. Auf einem Bein stehend, winkelte ich das andere um seine Hüfte, und er packte mich unter dem Schenkel, bevor er mit einem Stoß in mich eindrang.

Mein Kopf sank nach hinten an den rauen Stein, und ich biss die Zähne zusammen, um nicht aufzuschreien. Ich fühlte die Nässe auf meinen Schenkeln, als er in mich hineinpumpte, schwer atmend und ohne zu sprechen. Unsere Blicke begegneten sich, während ich weiter das Stöhnen unterdrückte, das in meiner Kehle aufstieg, und er seinen Schwanz wieder und wieder in mich hineinstieß. Sein Tempo beschleunigte sich im Takt mit seinem Atmen, je näher er dem Orgasmus kam. Schließlich konnte ich nicht mehr an mich halten und drückte mein Gesicht an seine Schulter, damit sie meinen Schrei dämpfte. Er keuchte heftiger, rammte in mich hinein wie verrückt, bis sein Körper zuckte, er kam und seine Hand meine Schulter packte.

Hinterher glitt er aus mir heraus und starrte mich an, anscheinend um Worte verlegen.

»Danke«, sagte ich mit einem Zwinkern.

Er lächelte, und ich erwiderte sein Lächeln. Dann neigte er

sich vor, küsste mich kurz und wich zurück. Mit einem kurzen Winken verschwand er durch die graue Metalltür. Sie fiel schwer hinter ihm ins Schloss, als ich schon meine Klitoris rieb und mich binnen Sekunden zum Orgasmus brachte. Ich war immer noch kurzatmig, da öffnete sich die Tür schabend, und Jake kam mit einem verhaltenen Lächeln auf mich zu.

»Du siehst bereit aus«, sagte er, als er vor mir stand. Er wirkte genauso wie bei seiner Arbeit an meinem Computer: zielgerichtet, konzentriert, professionell. Selbst unter den gegenwärtigen Umständen schien der Lack nach wie vor da zu sein.

Das machte mich genauso heiß, wie ich es mir ausgemalt hatte.

Ich kicherte atemlos und stellte fest, dass ich zu erregt und zu sehr außer Atem war, um etwas zu sagen. Jakes konzentrierter Ausdruck nahm eine lustvolle Note an, als er nach unten griff und seinen Gürtel öffnete. Seine Augen waren auf mich gerichtet, während er seine Hose öffnete und seinen Schwanz herauszog. Ich wusste auch ohne Ansage, in welchen Teil von mir er eindringen wollte.

Lächelnd zwinkerte ich ihm zu, sank auf die Knie und nahm seinen Schwanz in den Mund. Ich blickte zu ihm auf, als er sehr rasch Atem holte. In dem Wissen, dass ich nur wenige Minuten hatte, saugte ich fester und schneller, nahm seinen Schwanz vollständig in mich auf und wurde selbst mit jedem Pumpen schneller. Dann zog ich mich ganz kurz zurück, sodass nur noch Speichel mich mit seinem Schwanz verband, als ich zu ihm aufsah.

»Ich mag das hier ein bisschen grob«, flüsterte ich. »Falls du also nichts dagegen hast, darfst du gern in mein Haar greifen und meinen Kopf auf deinen Schwanz stoßen, wenn du kommst.«

Jakes coole Haltung brach beinahe zusammen, als er den

Mund ein klein wenig öffnete und seine Augen halb schloss. Ich sog weiter an seinem Schwanz, und tatsächlich glitt eine Hand in meinen Nacken. Er knurrte leise, als er zustimmte, mein Haar mit beiden Händen packte und meinen Kopf rhythmisch nach vorn schob, während mir sein heißer Samen in den Mund spritzte. Ich sah zu ihm auf, umfing seinen Schwanz unten mit einer Hand und strich alles aus ihm heraus, sodass es mir über die Lippen und das Kinn floss.

Als er fertig war, lächelte ich. Er auch, kühl. Er wich zurück, wobei er seinen Schwanz wieder in die Hose steckte.

»Danke«, sagte er und streckte mir die Hand hin, um mir aufzuhelfen. Er sah mir in die Augen. »Du machst das verteufelt gut.« Zum ersten Mal war seine Stimme heiser, und ich fürchtete jeden Moment zu kommen. Mit einem Nicken wandte er sich zur Tür. »Ich sehe dich drinnen.«

Ich lächelte, atemlos vor Erregung – was gut war, denn ich sollte gleich in den Hintern gefickt werden. Ich nahm ein Taschentuch aus meiner Handtasche, um mir seinen Samen vom Gesicht zu wischen, dann holte ich die Drogerietüte mit dem Gleitmittel heraus.

Nick kam kurz darauf durch die Tür.

»Hi«, sagte er. »Dein Computer ist fast fertig.«

Ich hätte fast gelacht, denn den Computer hatte ich so gut wie vergessen – den eigentlichen Grund, weshalb ich hier war.

Nick trat auf mich zu. Anders als Jake, der eine zurückhaltende Selbstsicherheit und Professionalität ausstrahlte, oder Andrew, der auf charmante, ein wenig linkische Weise nett war, hatte Nick etwas Kühnes, was mich normalerweise auf Anhieb zum Sabbern brachte.

Und hier schienen die gegenwärtigen Umstände keine Ausnahme zu sein.

»Wenn ich es richtig verstanden habe, darf ich dich von hinten nehmen«, sagte er.

»Stimmt genau.« Ich hielt das Gleitmittel in die Höhe.

»Tja, das ist schön.« Nick kam näher, sah mich an und sagte: »Ich habe schon lange niemanden mehr in den Arsch gefickt. Und dass ich heute die Gelegenheit bekomme, daran habe ich ganz sicher nicht gedacht, als ich zur Arbeit kam.«

»Was für ein hübscher Zufall.« Während unseres Gesprächs hatte ich ein Kondom aus meiner Tasche genommen und Nick bereits seinen Schwanz aus der Jeans befreit. Ich blickte nach unten, streifte ihm das Kondom über und sah wieder zu ihm auf, bevor ich mich umdrehte und nach vorn beugte, meine Hände an der Mauer abgestützt.

Nick gab einen zustimmenden Laut von sich, und ich fühlte, wie er dicht hinter mich trat. Dann hörte ich ihn das Fläschchen mit dem Gleitmittel öffnen und spürte gleich darauf seinen Schwanz zwischen meinen Backen, der jedoch noch nicht eindrang.

»Ich weiß nicht, wie oft du das schon gemacht hast, also richte ich mich nach dir«, sagte er. Seine Stimme war angespannt vor Erregung. Ich nickte und beugte mich langsam nach hinten, sodass ich seinen Schwanz schrittweise in mich aufnahm, bis er vollständig in mir war. Schließlich atmete ich aus, bog meinen Rücken, um das Gefühl auszukosten. Die Verdorbenheit unseres Tuns rief ein Kribbeln tief in meinem Bauch hervor.

An Nicks Atem konnte ich hören, dass er ähnlich empfand. Ich glitt ein Stück von ihm ab und dann wieder zurück auf seinen Schwanz, langsam zunächst, bis ich bereit war und mich zu ihm umsah.

»Okay«, flüsterte ich. »Jetzt kannst du loslegen.«

Nick stieß in mich hinein, wurde allerdings nicht viel

schneller als ich vorher gewesen war. Er stöhnte leise und versetzte mir einen Klaps auf den Hintern. Seufzend vor Wonne bewegte ich mich mit ihm, drängte mich fest an ihn, bis ich hörte, wie er ein tiefes Knurren ausstieß, das mir verriet, dass er kam. Im nächsten Moment fühlte ich Feuchtigkeit zwischen meinen Schenkeln.

Nick überraschte mich, indem er mit der rechten Hand um mich herum griff, meine Klitoris ertastete und sie zart streichelte, während er sich aus mir herauszog, mich aber weiter festhielt. Ich stöhnte, konnte unmöglich leise sein, als er mich zum Orgasmus brachte und mir abermals einen Klaps auf den Hintern gab, ohne die Finger von meiner Klitoris zu nehmen.

Hinterher drehte ich mich lächelnd zu ihm um. »Danke.«

Er grinste. »Ah, ich danke dir.« Er zwinkerte mir zu, schloss seine Hose und sah mir zu, wie ich meinen Slip und meine Jeans aufhob.

»Du kannst schon vorgehen«, sagte ich. »Ich komme gleich nach.«

Rasch zog ich mich an und ging um die Ecke, wo ich durch den Notausgang ins Einkaufszentrum zurückging. Nachdem ich mich in der Toilette ein bisschen sauber gemacht hatte, kehrte ich zum Apple-Store zurück und steuerte direkt die Genius-Bar an, wo Jake und Andrew sich über meinen Laptop beugten. Nick sah ich seitlich stehen, er machte sich wohl zum Gehen bereit.

Andrew sah mich als Erster und lächelte scheu. Dann schaute auch Jake zu mir auf, dessen durchdringender Blick vollkommen ruhig war.

»Wie sieht es aus?«, fragte ich gelassen und nickte in Richtung meines Laptops.

»Wir machen gerade einen Testlauf, dann sollte alles wieder funktionieren. Er ist gleich fertig«, antwortete Jake.

»Aber du darfst jederzeit wiederkommen, wenn wir irgendwas für dich tun können«, sagte Nick und grinste.

Mein Lachen war ein bisschen atemlos. Ich wusste nicht, ob ich der Versuchung widerstehen könnte, dieser Aufforderung zu folgen. Ich nahm meinen Laptop von Jake entgegen und steckte ihn wieder in meine Aktentasche. Anschließend bedankte ich mich bei den dreien und fühlte, wie sie mich beobachteten, als ich mich umdrehte und durch das Gewusel aus Kunden und Computertischen zum Ausgang ging.

Auf dem Weg musste ich lächeln, denn mir fiel ein, wie genervt ich wegen meines defekten Computers gewesen war, als ich vor einer Stunde in den Laden kam. Fünfundvierzig Minuten Spannungsabbau später fragte ich mich, was als Nächstes mit meinem Laptop sein könnte. Erstaunlich, zu was diese Genies alles fähig waren!

Über die Autorinnen

RACHEL KRAMER BUSSEL (rachelkramerbussel.com) schrieb u.a. *Bottoms Up, Spanked, Do Not Disturb, The Mile High Club, Rubber Sex, Tasting Him, Tasting Her* und *Best Sex Writing 2008, 2009* und *2010*. Sie arbeitet als Redakteurin bei *Penthouse Variations*, war vorher Sexkolumnistin für *Village Voice* und moderiert die »In the Flesh Reading«-Reihe.

Wenn sie gerade nicht in den Tiefen ausgefallener Vergnügungen forscht, beschäftigt CARRIE CANNON sich mit Altbausanierungen und Warmhalteteckniken in Küchen. Sie hat schon als Kochbuchredakteurin, Köchin, Restaurantbesitzerin und Hundefriseurin gearbeitet – aber das Verfassen von Schmutzliteratur ist bisher ihr Lieblingsjob.

ANGELA CAPERTONs (angelacaperton.com) Fantasyroman *Woman of the Mountain* gewann 2008 den Eppie Award for Best Erotica. Sie hat außerdem Kurzgeschichten in zahlreichen erotischen Anthologien veröffentlicht, unter anderem in *Girls on Top, Love at First Bite, Coming Together: Against the Odds, Coming Together: Al Fresco* und *Maiden Mother Crone*.

HEIDI CHAMPA (heidichampa.blogspot.com) erschien bereits in über zehn Anthologien, unter anderem *Tasting Him,*

Frenzy und *Girl Fun One*. Außerdem bringt sie die Seiten des *Bust*-Magazins zum Dampfen. Online findet man sie bei Clean Sheets, Ravenous Romance, Oysters and Chocolate und Erotic Woman.

EMERALDs (thegreenlightdistrict.org) erotische Geschichten wurden bereits veröffentlicht oder werden in mehreren Anthologien erscheinen, online wie auch in Buchform. Sie lebt in einem Vorort in Maryland, wo sie als Webcam-Model arbeitet und sich für freie Geburtenkontrolle und die Rechte von Prostituierten engagiert.

AMIE M. EVANS schreibt die »Two Girls Kissing«-Kolumne und ist Redakteurin, Workshop-Veranstalterin sowie eine ehemalige Burlesque/Drag-Künstlerin. Sie sitzt mit in der Jury des Saints and Sinners LGBTQ Literaturfestivals, hat einen Magna-cum-laude-BA in Literatur und arbeitet an ihrem MLA in Harvard sowie an einem Roman.

SCARLETT FRENCH ist Kurzgeschichtenautorin und Dichterin und lebt mit ihrem Partner, dem gemeinsamen Kleinkind sowie einer kampflustigen gescheckten Katze im Londoner East End. Ihre erotischen Erzählungen erschienen in vielen Sammlungen, einschließlich *Girl Crazy, Best Women's Erotica 2009, 2008* und *2007*.

K. D. GRACE lebt mit ihrem Mann in England. Sie begeistert sich für die Natur, das Schreiben und den Sex – nicht zwingend in dieser Reihenfolge. Ihre Hobbys sind chinesische Kampfkunst, lange Spaziergänge zum Nachdenken und Extremgemüseanbau. Ihre erotischen Geschichten erschienen bisher in Ausgaben von Black Lace, Xcite Books und anderen.

LILY HARLEM gewann den ersten Preis beim LoveHoney Vulgari Award for Erotic Fiction mit einer in Amerika angesiedelten Geschichte, »Madam President«. Sie lebt mit ihrem Ehemann, zwei Kindern im Teenageralter und einer stetig wachsenden Schar geretteter Haustiere in Wales.

LOUISA HARTE (louisaharte.com) machte den dritten Preis beim For the Girls Erotic Fiction Competition 2008 und wurde zur Wochengewinnerin und Halbfinalistin beim 5th Better Sex Erotic Fiction Contest Fall 2008 gekürt. Sie ist Neuseeländerin, findet ihre Inspiration allerdings an allen möglichen Orten, einschließlich ihrer Gedanken, Träume und Fantasien.

AIMEE HERMAN hat bisher bei Oysters and Chocolate, im *Cliterature Journal, Pregnant Moon Review* und *Evoke Journal* veröffentlicht.

KAY JAYBEE (kayjaybee.me.uk) ist Autorin der erotischen Anthologie *The Collector*, veröffentlicht regelmäßig bei Oysters and Chocolate und hat schon zahlreiche Geschichten für Anthologien von Cleis Press geschrieben (*Lips Like Sugar, Lust, Best Women's Erotica 2007, 2008, 2009* und *Best Lesbian Romance 2009*), Black Lace, Xcite Books, Mammoth Books und Penguin.

KRISTINA LLOYD (kristinalloyd.wordpress.com) ist die Autorin von drei erotischen Romanen, zu denen der umstrittene Black-Lace-Bestseller *Asking for Trouble* zählt. Ihre Kurzgeschichten erschienen in zahlreichen Anthologien, und ihre Romane wurden ins Deutsche, Holländische und Japanische übersetzt (*Gib's mir, Die dunklen Farben der Begierde*). Sie gilt als »frisches literarisches Talent«, das »mit verblüffender Energie über Sex schreibt.«

SOMMER MARSDEN (SmutGirl.blogspot.com) hat ihre Arbeiten in Dutzenden von Sammlungen veröffentlicht und viele Bücher geschrieben, unter anderem *Double Booked* und *The Mighty Quinn*. Sie lebt in Maryland, wo sie Rotwein trinkt, schreibt, läuft, liest und ein bisschen besessen ist, was Sex, E-Mails und Reality-TV angeht.

Für ANASTASIA MAVROMATIS ist Schreiben wie Sauerstoff und Sexualität wie Schokoladenglasur. Ihre erotischen Geschichten erschienen auf Websites wie Oyster and Chocolate und im Druck beim *Scarlet Magazine* (UK) und bei *Girls on Top: Explicit Erotica for Women* (Cleis Press). Sie lebt in Sydney, Australien, wo sie das *Lucrezia Magazine* herausgibt.

Nach mehreren gescheiterten Schreibversuchen an der Universität, wo sie sich immerzu fragte, warum ihre Professoren ständig die besten Absätze aus ihren Arbeiten rausstrichen, hat LOZ MCKEEN unlängst ihre Nische in der erotischen Literatur entdeckt. Sie lebt mit ihrem Mann und ihrem Sohn in Tasmanien.

AIMEE PEARL ist eine bisexuelle Exhibitionistin, die in San Francisco lebt. Sie mag herrische Perverse, Geschlechterrebellen und einiges, was es an sexuellen Außenseitern gibt. Ihre Geschichten sind weit mehr Fakten als Fiktionen. Aimees Arbeiten erschienen in *Best Lesbian Erotica 2008,* im *On Our Backs*-Magazin und in *Longing, Lust, and Love.*

Die von Good Vibrations »literarische Sirene« getaufte ALISON TYLER (alysontyler.com) ist ungezogen und weiß es. Ihre heißen Kurzgeschichten sind in über hundert Anthologien erschienen. Sie hat mehr als fünfundzwanzig erotische Romane geschrieben und gibt über fünfzig einschlägige Anthologien heraus.